나는 범죄조직의
시나리오 작가다

나는 범죄조직의 시나리오 작가다

린팅이 지음
허유영 옮김

我在犯罪組織當編劇

VANTA

일러두기
- 본문 속 각주는 옮긴이 주입니다.
- 본문에서 언급된 도서는《 》, 노래 제목은〈 〉로 표기했습니다.

목차

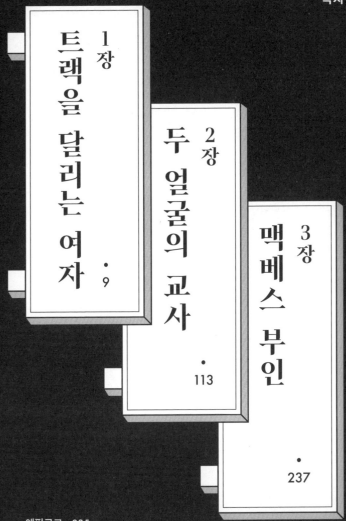

누구에게나 자기 인생이 불만스럽지만

어쩔 도리가 없을 때가 있다.

지금 이 순간, 인생의 시나리오가 있다면 어떻게 다시 쓸 것인가?

어떤 사람이 되고 싶은가?

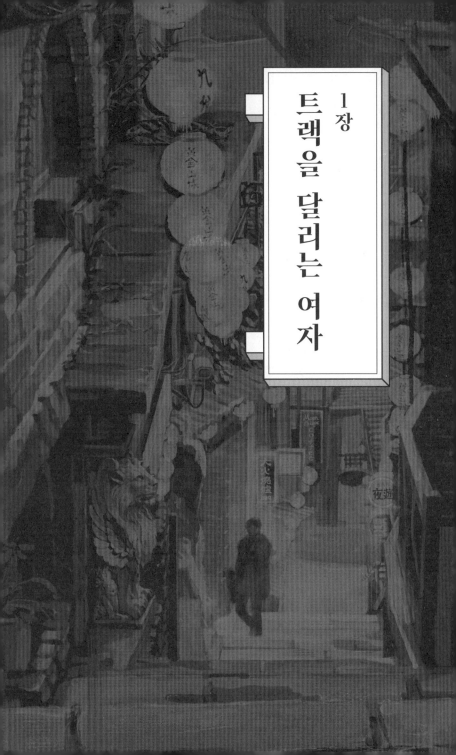

1장

트랙을 달리는 여자

1

밤 11시, 이자카야의 바테이블 옆에 걸린 텔레비전에서 어느 연예인의 외도 뉴스가 흘러나오고 있다. 마치 세상에 이것보다 더 중요한 사건은 없다는 듯 집요하고 떠들썩하게 사건을 파헤친다.

연예인의 사건 사고는 언제나 대중의 오락거리가 된다.

인생은 종종 한 편의 드라마다.

"점점 비극적인 방향으로 흐르게 될 것을 뻔히 알면서도 사람들은 늘 일이 터지도록 내버려두지. 그게 우리가 사는 세상이야."

나는 새벽까지 영업하는 이자카야의 테이블에 비스듬히 기대어 앉아 야근으로 늦어진 저녁 식사를 마친 뒤 허탈하게 생각에 잠겼다.

타이베이(台北) 시먼딩(西門町) 거리에는 호텔에 들어가기 아쉬운 외국인 여행객들이 이국적인 거리의 미식 간판 앞을 두리번거리고 있다. 선택지가 많지 않은지 밖에서 기웃거리고 있던 몇몇 사람이 '후보쿠(浮木)'라는 이름의 이자카야로 들어왔다.

내부는 오렌지색 조명에 나무 테이블과 의자 등 여느 이자카야와 크게 다르지 않지만, 소박하면서도 따뜻한 분위기를 내려고 신경 쓴 흔적이 엿보였다.

"징청, 조금 옆으로 옮겨주겠어? 손님 자리가 좁아서. 미안해."

후보쿠 이자카야의 주인 우팅강이다. 이번 달에 서른다섯이 된, 나보다 두 살 많은 남자다. 장대처럼 큰 키는 어릴 적 일본에 살 때 매일 우유를 물처럼 마셔 댄 부작용이라고 했다.

그는 새로 들어온 손님들을 응대한 뒤 냉장고에서 꺼낸 맥주병을 퐁, 소리가 나게 따고는 능숙한 손놀림으로 천천히 잔에 따랐다. 곧 그가 금빛 액체와 조밀한 흰 거품이 완벽한 비율로 담긴 맥주잔을 내 앞으로 내밀었다.

이때 뉴스 화면이 바뀌며 마피아 세력 간의 원한 살인 사건이 보도됐다. 칼에 맞아 죽은 어린 조직원이 병원으로 이송된 뒤 핏자국이 낭자한 바닥이 화면에 등장했는데, 그걸 보도하는 앵커의 말투에서 미묘한 경멸이 느껴졌다.

우팅강이 잠시 뉴스를 보다가 자기 잔에 맥주를 따랐다.

"인생은 맥주 따르는 원리와 닮아 있어. 각도가 조금만 비뚤어져도 완전히 다른 결과가 나오지. 하지만 나중에 생각해 보면 사실 별거 아냐."

그가 다시 뉴스 화면으로 시선을 옮겼다.

나는 말없이 시원한 맥주를 들이켰다.

"너도 내 말에 동의하는 거 같은데?"

"어떻게 알았어요?"

내가 웃으며 말했다.

"표정이 말해줬어." 그가 맥주를 크게 한 모금 마시고는 또 물었다. "참, 일은 적응됐어?"

지난달 있었던 보직 이동에 대해 묻는 것이다.

나는 2천 병상 규모인 타이베이 캐피탈 병원의 매니저로 근무하고 있다. 병원에 매니저가 있다고 하면 호기심과 의구심이 섞인 눈빛으로 바라보는 사람들의 반응에도 이제 익숙해졌다.

병원을 일반 기업이라고 생각해 보면 병원 내부에서 투자 효과를 평가하고, 프로젝트를 추진하고, 치료 항목의 가격을 결정하는 일련의 과정이 필요하다는 점을 이해할 수 있을 것이다. 작게는 쓰레기통 구매에서부터 크게는 성과급 시스템 구축까지 일일이 매니저가 모니터링해야 한다.

이렇게 말하면 대부분은 막강한 권한을 가진 자리일 거라 생각하지만, 사실 이름만 매니저일 뿐 실제로는 결정권도 없이 병원 고위층의 비서 노릇을 하고 있다는 걸 내부인들은 다 알고 있다. 한마디로 매니저는 병원의 고위 경영진과 일선 의료진 사이를 오가며 위에서 직접 말하기 껄끄러운 지시를 대신 전달하는 역할이다.

예를 들면 의사가 약을 처방할 때 여러 가지 재미있는 일이 일어난다. 제약 회사는 다르지만 동일한 약효를 가진 약들 가운데 어떤 약을 처방할 것인지 결정할 때, 경영진은 이윤이 높은 약을 선호한다. 그래서 전산 시스템의 약품 리스트에서 이윤이 높은 약과 낮은 약을 각각 다른 색깔로 구분해 놓는다. 의사가 약을 처방할 때 각종 약의 이윤을 한눈에 식별할 수 있게 하는 이 방법을 우리는 '색상 관리'라고 부른다.

사실 이것은 일반 기업에서 흔히 쓰는 방식이다. 기업은 당연히 생존을 위해 최대 이익을 낼 수 있는 방법을 강구해야 하고, 이익이 있어야만 지속적인 경영이 가능하다. 생존은 기업의 가장 중요한 선택 기준이다.

하지만 환자 치료를 책임지고 있는 병원은 환자와 함께 '생존하는' 것이 가장 이상적이다. 만약 이 둘 사이에 충돌이 일어난다면 어떻게 해야 할까?

흔히들 의료 수가를 부풀리거나 환자에게 비보험 치료를

권하는 수법을 사용하지만, 불필요한 처치로 인해 환자의 병세가 악화되면 상당히 심각한 일이 벌어질 수 있다.

특히 의료진과 환자 사이에 정보 불평등 현상이 존재하기 때문에 보통 환자는 자신이 받는 치료가 정말 필요한 것인지 아닌지는 물론이고, 자신에게 이로운 것인지 해로운 것인지조차 알지 못한다.

지난달 나는 내부 회의를 통해 병원의 의료 수가 부풀리기와 비보험 치료 남용 문제가 점점 심각해지고 있음을 알았다. 그런데 다음 날 그 내부 보고서가 언론에 새어나가 대서특필되는 바람에 한바탕 소란이 벌어졌다.

비난이 빗발치자 병원 경영진은 모든 책임을 내게 돌리며 내가 경영진의 의도를 의료진에게 잘못 전달함으로써 벌어진 일이라고 공개적으로 해명하고 사태를 수습했다.

후속 조치로 내게 징계가 내려졌고, 나는 병원 뉴스레터를 편집하는 부서로 전보 발령 받아 지하 2층 영안실 옆에 있는 허름한 사무실로 자리를 옮겨야 했다.

맥주를 단숨에 들이켜자 입천장을 타고 올라간 냉기가 뒤통수를 두들겨 머리가 땅했다. 나는 피식 웃으며 대답했다.

"무엇에 적응해야 하는지 모르겠어요. 하루 종일 전화도 거의 오지 않아요. 가끔 욱할 때는 옆방에 누워 있는 시체들을

생각해요. 그러면 이까짓 거 견디지 못할 것도 없다 싶거든
요.”

“옳소! 살아서 먹고 마실 수 있으면 그걸로 된 거지.”

우팅강이 내 잔에 맥주를 가득 따라주고 자기 잔을 가볍게
부딪쳤다.

“건배!”

“건배.”

나도 따라 말했다.

“얼마 전에 네가 인터넷에 연재한 소설을 보고 아주 잘 썼
다고 생각했어. 노숙자를 살해한 사이코패스가 응분의 대가
를 치르는 결말이 마음에 들어.”

그가 손님이 떠난 테이블에서 접시를 치우며 고개를 돌려
말했다.

“마음에 들었다니 다행이에요.”

나는 싱긋 웃으며 몸을 일으켰다. 밤도 깊었고 이제 집에
갈 시간이었다.

“어쩌겠어요? 현실이 너무 잔인할 땐 다른 아름다운 세상
이 존재한다고 상상할 수밖에.”

“내 생각도 그래. 어쨌든 살아야 하니까.”

“갈게요.”

지하철 막차도 끊긴 늦은 밤, 타이베이 거리에 서서 택시를

부를지 걸어서 집에 갈지 고민했다.

그때 한 무리의 손님이 이자카야에서 나왔는데, 그중 취기에 벌겋게 달아오른 얼굴로 크게 웃으며 비틀비틀 걷는 중년 남자가 내 눈길을 끌었다.

잠시 후 그가 가게 앞에 세워진 은색 SUV 앞으로 다가가더니 주머니에서 열쇠를 꺼내 문을 열었다.

그런데 뜻밖에도 다섯 살쯤 되어 보이는 여자아이가 조수석에서 곤히 잠들어 있었다. 주정뱅이 아빠를 오래 기다리다 잠이 든 것 같았다.

원래는 그냥 지나치려고 했지만 아이의 잠든 표정과 만취한 남자의 벌건 얼굴을 보니 잠시 후에 일어날지도 모를 비극적인 교통사고 장면이 눈앞을 스쳤다.

나는 휴대폰을 꺼내 전화 한 통을 걸고 난 뒤, 조용히 SUV 앞으로 다가가 운전석 창문을 두드렸다. 휴대폰 액정의 강한 불빛에 눈이 부셨는지 남자가 짜증스러운 표정을 지었다.

"넌 뭐야?"

남자가 차창 밖으로 팔을 뻗어 내 멱살을 덥석 쥐었다.

"선생님, 음주 단속 중입니다. 협조해 주십시오."

나는 목소리를 낮춰 사무적인 말투로 말했다.

남자가 사색이 된 얼굴로 더듬거렸다.

"아니에요. 그냥 물건만 가지고 내릴 생각이었어요. 운전하지 않았다고요!"

"죄송하지만 면허증을 보여주시겠습니까?"

"아, 네네. 여기요……."

남자가 허겁지겁 가방을 뒤졌지만 취해서인지 긴장해서인지 가방에 있던 물건들이 다 쏟아졌다. 한참을 허둥대던 그가 면허증을 내밀었다.

"죄송합니다. 경관님."

그때 골목 어귀로 들어온 경찰 오토바이 두 대가 우리를 보고 다가왔다. 내 신고 전화를 받고 온 것이었다.

그때 부스스 잠에서 깬 여자아이가 큰 눈망울을 깜박이며 나를 보았다.

"괜찮아. 별일 아니야. 잘 잤니?"

아이를 향해 미소를 지은 뒤 경찰을 향해 손을 흔들었다.

눈앞의 광경이 내가 썼던 소설 속 장면과 오버랩됐다. 그날 밤, 그 사람도 지금 이 남자처럼 만취해 있었다.

내가 쓴 소설에서도 이런 주정뱅이를 처리한 적이 있다. 이따금 허구와 현실이 별로 다르지 않다는 생각이 든다.

내 이름은 허징청.

밤이 오면 나는 범죄조직의 시나리오 작가가 된다.

2

우리는 매우 세분화된 분업 시스템을 갖고 있다.

지금까지 알려진 역할은 감독, 제작자, 시나리오 작가, 촬영 감독, 미술 감독이다.

언뜻 보면 여느 영화 스태프들과 다름없는 듯하지만, 우리가 실제로 하는 일을 안다면 이 역할들이 그저 이름만 같을 뿐 영화 제작과는 전혀 관련이 없음을 깨닫게 될 것이다.

이 조직의 이름은 '다크펀(dark fern)', 즉 '어둠의 고사리'다.

빼앗긴 재산을 찾아주는 일, 기밀 정보를 빼내 전달하는 일, 심지어 법으로 처벌할 수 없는 악당을 응징하는 일 등등 드러낼 수 없거나 법적으로 허용되지 않는 행위를 의뢰받아 암암리에 처리한다. 어두운 곳에서 자라는 고사리처럼 눈에 띄지 않지만 아무도 모르게 천천히 퍼져나간 뒤 기회가 찾아오면 즉시 행동한다.

한마디로, 불법 범죄조직이다.

각각의 역할을 가진 사람들이 정교하게 맞물린 기계 부품처럼 각자의 자리에서 소리 없이, 아무도 모르게, 어둠 속에 감춘 톱니를 조용히 돌리고 있다.

하지만 다크펀의 가장 신비한 임무는 타인의 인생을 새로 만들어주는 것이다.

1년 전만 해도 나는 다크펀에 대해 전혀 알지 못했다.

그날 밤 경영 관리 회의를 마치고 병원 문을 나서니 막 10시가 넘은 시각이었다. 등 뒤의 백색 거탑이 달빛을 받아 더 하얗게 보였다. 아니, 그건 시리고 냉혹한 창백함이었다.

혼자 단수이(淡水)라인 MRT˅의 마지막 칸에 몸을 실었다. 딱딱한 플라스틱 의자는 피곤한 육체에 안식을 제공하지 못했고, 골치 아픈 업무가 생각날 때마다 '내가 이대로 죽어도 세상은 눈 하나 깜짝하지 않겠지?' 하는 이상한 생각이 나를 잡아 끌었다.

내일 아침, 항상 제시간에 꼭 맞춰 출근하는 행정 비서가 제일 늦게 카드를 찍고 사무실에 들어가면 한 번도 지각한 적 없는 내 자리가 비어 있는 것을 발견하고 전화를 걸 것이다.

˅ 타이베이에서 북부 근교의 단수이까지 연결된 지하철 노선.

내가 전화를 받지 않으면 즉시 일련의 조치를 발동시켜, 모든 미완성 파일을 클라우드 시스템에 저장하고, 각종 평가 보고서를 각 부서에 보내 처리에 협조해 달라고 할 테지. 처음에는 다들 투덜대겠지만 완벽하게 구축된 거대한 시스템이 부속품 하나의 결손을 수정하고 적응하는 데까지 채 사흘도 걸리지 않을 테고, 나의 부재는 더 이상 시스템 운용에 아무런 영향을 끼치지 않을 것이다. 그런 후에는 내가 다시 나타나는 것이야말로 성가신 일이 될 것이다.

객차 천장에 달린 까만 전광판에 '중정기념당(中正紀念堂)▸▸'이라는 글씨가 깜빡거렸다. 그동안 열차가 이 역을 지날 때마다 내 몸이 저절로 일어나려고 들썩였지만, 올해는 그런 일이 절반으로 줄었다.

이 역에서 걸어서 10분도 안 되는 거리에 어릴 적 우리 집과 쉬징즈의 집이 있다.

징즈는 내 여자친구다. 우리는 어릴 때 한 동네에 살았지만, 대학생 때 지역 동아리 행사에서 처음 만났다.

뙤약볕이 내리쬐던 7월의 어느 날, 공연장에 들어서자 에어컨 냉기가 뜨거운 더위를 순식간에 식혀주었다. 그때 긴 생머리에 하늘색 민소매 원피스를 입은 여대생이 동그랗게 휘

▸▸ 대만의 초대 총통이었던 장제스를 기리기 위해 건립된 기념관.

어진 눈으로 무대 위 연극배우들을 응시하고 있었다. 무대에 완전히 매료된 그 눈동자를 보면 누구라도 저절로 그녀의 시선을 좇아 배우들이 어떤 중요한 장면을 연기하고 있는지 유심히 보게 될 것이다. 하지만 나는 그 여대생에게서 시선을 뗄 수가 없었다.

징즈에게 배우의 꿈이 있다는 걸 나중에야 알았다. 그때 나도 베스트셀러 소설가가 되겠다는 야심만만한 꿈을 품고 있었다.

징즈의 투명하고 초롱초롱한 눈동자와 무심코 시선이 마주친 순간, 우리는 서로 같은 종족이라는 걸 알아보았다. 마치 초원에 사는 동물들이 상대의 울음소리를 듣지 않아도 체취와 발자국만으로 같은 종족임을 식별할 수 있는 것처럼.

몇 주 후, 우리는 사귀기 시작했다.

서로의 꿈을 향한 응원이 자연스럽게 이어졌다. 징즈는 내가 계속 글을 쓰도록 격려했고 언제나 내 소설의 첫 독자가 되어주었다. 그녀는 주제가 무엇이든 도움이 되는 조언을 해주었다. 실제로 몇몇 절묘한 장면은 그녀에게서 나온 아이디어였고 그 덕분에 내 소설이 여러 상을 받기도 했다.

나도 징즈에게 타이베이 극단의 오디션에 참여하라고 권유하고, 비가 오나 눈이 오나 오토바이로 그녀를 전국 각지의 공연장까지 데려다주었다. 그녀는 언제나 무대에서 가장 빛나는 배우였고, 그녀를 향한 객석 관중들의 눈빛을 볼 때면 내 어깨가 으쓱했다.

대학을 졸업한 나는 타이베이 캐피탈 병원에 말단 인턴으로 취직했다. 병원 일은 힘들었지만, 매일 마주치는 사람과 사건 모두 훌륭한 글감이 되었다. 병원은 생명이 시작되는 곳이자 끝나는 곳이다. 인간의 짧은 인생은 병원과 무관할 수 없다. 모든 기쁨과 슬픔이 이 백색 거탑 안에 모여 있다. 이 세상에서 가장 드라마틱한 곳이 어디냐고 묻는다면 나는 병원이라고 단언할 수 있다.

징즈와 나는 언제나 서로의 가장 든든한 버팀목이었다. 나는 징즈를 지켜주었고, 징즈는 나를 지지해 주었다. 심지어 내가 창작의 재능을 갖게 된 것은 그녀를 만나기 위해서가 아닐까 하는 생각도 들었다. 우리가 가장 아름다운 시절을 지나고 있다는 사실로 충분했으므로 내게 베스트셀러 작가의 꿈은 더 이상 중요하지 않았다.

하지만 2년 전 봄, 그 아름다운 시절이 갑자기 끝났다.

그날 나는 병원 매니저로 승진한 지 얼마 안 된 터라 업무 인수인계로 며칠째 야근을 하고 있었고, 마침 징즈가 출연하는 연극이 병원 근처의 극장에서 상연될 예정이었다. 시간을 계산해 보니 연극의 후반부가 시작될 때 극장에 도착할 수 있을 것 같았다.

본가에서도 극장이 멀지 않아 부모님도 징즈의 공연을 보러 왔다. 두 분 모두 징즈를 무척 예뻐해서 징즈가 타이베이에서 공연을 할 때면 만사를 제치고 극장을 찾아가 응원하곤 했다.

"네가 바쁘게 일하는 건 징즈의 미래를 위해서니까, 징즈의 현재는 우리가 대신 돌봐줄게."

어머니는 이렇게 말하며 행복한 미소를 지었다. 예쁘고 재능 있는 며느리를 맞이할 생각에 내심 기쁜 듯했다.

컴퓨터 모니터 하단의 시계가 저녁 8시를 넘기고 다시 또 8시 30분, 9시를 넘겼다. 그날 밤 갑자기 행정 이사가 다음 날 필요한 프로젝트 보고서를 작성하라는 지시를 내렸고, 일을 하다 보니 시간이 계속 흘러 징즈의 공연을 볼 수 없을 것 같았다.

공연은 보지 못했지만, 다행히 커튼콜이 끝나기 직전에 극장에 도착할 수 있었다.

징즈는 화려하게 디자인된 순백의 새틴 원피스를 입고 무대에 서 있었다. 내가 본 것 중 제일 아름다운 옷이었다. 청순하면서도 부드럽게 떨어지는 실루엣은 징즈가 사람들에게 주는 느낌 그대로였다.

징즈는 박수갈채를 받으며 배우들 한가운데 서서 관객들을 향해 인사했다. 만족스러운 미소에서 그 순간 그녀가 아주 행복하다는 걸 알 수 있었다.

무대 아래를 둘러보던 징즈의 시선이 구석에 있는 내게 멈췄다. 손을 힘껏 흔들자 징즈가 웃음을 터뜨리며 나를 향해 승리의 브이 자를 그렸다.

나는 부모님과 함께 주차장에서 징즈를 만났다. 미처 갈아입지 못한 순백의 새틴 원피스 위에 짙은 색 외투를 걸친 징즈가 토끼처럼 재빠르게 차 뒷좌석에 올라타더니 흥분한 목소리로 말했다.

"와주실 줄 알았어요. 징청, 오늘 공연 정말 재밌었어! 무대 뒤에서 누굴 만났는지 알아? 그 사람이……."

나와 징즈가 뒷좌석에 앉고 아버지가 운전석에, 어머니가 조수석에 앉았다. 징즈의 한껏 들뜬 목소리가 차 안을 가득 채웠다.

징즈는 언제나 밝게 웃었고 그녀가 있는 곳은 항상 웃음이 떠나지 않았다.

"잘됐네! 다음에 그 사람을 또 만나면 적극적으로 네 소개를 해."

나도 기뻤다. 징즈가 대스타를 만나서가 아니라 그녀의 꿈을 향해 한 발짝 더 나아갔기 때문이었다. 멀게만 보였던 무대에서 그녀는 점점 자신의 자리를 찾아가고 있었다.

그런데 바로 그때…….

신호등이 녹색으로 바뀌고 차가 막 출발했을 때, 오른쪽에서 헤드라이트도 켜지 않고 맹렬한 속도로 돌진해 오는 검은 벤츠를 아무도 발견하지 못했다. 벤츠에 오른쪽을 들이받히며 그 충격에 차가 완전히 전복됐다. 차창이 깨지며 폭발하듯 날아온 유리 조각이 몸에 박혔지만 아픔을 느낄 겨를도 없이 온몸이 세탁기에 처박힌 듯 사정없이 굴렀다. 언제 멈출지, 이 모든 일이 결국 어떻게 끝날지 아무것도 알 수 없었다.

정신이 들었을 때는 이미 캐피탈 병원 응급실이었다. 공기 중에 감도는 분주함과 긴장감이 익숙했다.

병상 옆을 서성이는 병원 동료들의 얼굴이 보였다. 몸에 주렁주렁 매달린 투명한 줄을 통해 수액이 천천히 내 팔 속으로 흘러 들어가고 있었다. 나는 그제야 팔뚝의 찢어진 상처에 아직도 유리 파편 몇 조각이 박혀 있는 것을 보았다. 손을 움직이려 하자 찢어지는 듯한 통증이 순간적으로 혼미한 의식을 깨웠다.

어머니가 돌아가셨다.

징즈는 중환자실에서 일주일 동안 끈질기게 버티고 있었고, 나도 갈비뼈 몇 개가 부러지는 중상과 더불어 온몸에 심한 타박상과 찰과상을 입었다.

나는 개인 사물함에서 징즈가 입었던 순백의 새틴 원피스를 찾았다. 핏자국이 진한 커피색으로 변해 있었다. 원피스를 끌어안고 사물함 앞에 엎드려 통곡했다. 흐느낄 때마다 견딜수 없는 고통이 가슴을 후볐고, 원피스 위로 떨어진 눈물이 마른 핏자국과 뒤섞여 가슴에 지워지지 않는 흔적을 남겼다.

새틴 원피스는 여전히 매끄럽고 부드러웠다.

징즈의 주치의는 그녀가 눈물 한 방울 흘리지 않고 꿋꿋이 버티고 있다며 이렇게 용감한 환자를 본 적이 없다고 했다.

나도 고개를 끄덕이고는 그녀가 지금보다 더 강인한 모습을 보인 적도 있었다며 당신이 그녀를 이제야 알게 돼 유감이라고 말했다.

병원에 입원한 지 일주일 째 되는 날 새벽, 징즈가 죽었다.

나와 아버지는 한 달 뒤 퇴원했지만, 내 몸의 일부가 병원에 남아 영영 되찾을 수 없게 된 것 같았다.

나는 아버지 집에서 MRT로 몇 정거장 떨어진 곳에 살고 있었으나, 그 일 이후 아버지에게 갈 때마다 MRT를 타지 않고 걸어서 갔다. 나처럼 짝을 잃은 아버지를 어떻게 대해야 할지 생각할 시간이 필요했기 때문이다. 주로 주말 저녁에 갔다가 어릴 적 내가 쓰던 방에서 하룻밤 자고 돌아왔다.

아버지는 올해 예순여섯이고 나는 서른셋, 아버지 나이의 딱 절반이지만, 사랑하는 사람을 잃은 고통은 나이와 관계가 없다. 우리 둘 다 마음속에 커다란 구멍이 뚫린 동병상련의 처지였다.

아버지는 강한 사람이었다. 아버지는 내 나이였을 때 혼자서 철강 공장을 차렸다. 마침 타이완 경제가 고속 성장을 하던 시대라 그땐 뭘 해도 돈을 벌 수 있었다고들 하지만, 사람들의 눈에 보이는 빛나는 모든 성과는 피눈물과 땀으로 일궈낸 것임을 나는 알고 있다. 세상에 공짜는 없다.

만약 있다면, 아주 비쌀 것이다.

이러한 이치는 아버지가 가르쳐준 것이다. 내게 아버지는 한결같이 부지런하고, 바라는 것이 있다면 직접 싸우고 이겨내서 자기 손으로 얻어내는 사람이다. 그러는 동안 넘어지고 구르며 만신창이가 될 수도 있지만, 결국에는 허리를 펴고 웃는다면 그것이 바로 승자라는 것을 몸소 증명해 냈다.

하지만 강철 같은 남자 뒤에는 언제나 그를 물처럼 부드럽게 보듬어주는 여자가 있다. 그것이 바로 어머니였다.

어머니가 돌아가신 뒤 본가에 갈 때마다 아버지는 우두커니 소파에 앉아 있었다. 아버지의 시선은 텔레비전에 고정되어 있었지만 눈에는 아무것도 담기지 못했고, 빛조차 눈동자에 닿자마자 사그라졌다.

아버지가 텔레비전을 보고 있는 것인지, 텔레비전이 아버지를 보고 있는 것인지 분간할 수 없었다. 과거 혈기 왕성하게 세상을 누비던 청년도 오랫동안 살아온 집에서 점점 노쇠했다.

나는 어머니와 연인을 잃은 고통을 동시에 감당해야 했지만 아직 젊었고 버틸 만한 체력도 있었다.

곁에 없는 사람들에 대한 그리움이 영원히 사라질 수 없는 것이라면 그리움과 공존할 방법을 찾아야 했다.

그날 밤 나는 고등학생 때 공부하던 책상에 턱을 괴고 앉아 깊이 고민했다. 주위를 둘러보니 방 안의 모든 것이 독립해 집을 떠날 때의 모습과 거의 똑같았다.

나는 그날 밤을 새워 단편 소설 몇 편을 썼다. 원래는 상극 관계여야 하는 시어머니와 며느리가 예기치 않게 외국에서 단둘이 배낭여행을 하게 된다. 런던에서 파리, 프라하를 거쳐 로마까지 두 여자의 모험이 이어진다. 그들은 누구의 도움도 받지 않은 채 타고난 인내와 용기로 갖가지 난관을 헤쳐나가고 마침내 타이완으로 돌아와 가족들과 상봉한다.

하지만 얼마 안 가 일상이 갑갑하게 느껴진 두 사람은 어느 날 서로를 보며 눈을 찡긋하고 웃더니 나란히 손을 잡고 뉴욕행 비행기에 몸을 싣는다. 두 여자의 끝나지 않은 모험을 계속하기로 했다는 말을 남긴 채.

"우릴 보러 집에 오고 싶지 않은 거야. 그렇지?"

소설을 읽은 아버지가 말했다.

"아니에요. 타이베이에 남아 있는 가족들을 걱정하고 있을 거예요."

"그런데 왜 빨리 집에 오지 않아?"

"그래야 나중에 만났을 때 두 사람이 이렇게 많은 곳을 가 봤다고 자랑할 수 있으니까요. 그 마음을 아버지도 이해하시 잖아요."

"그건 그래."

반년 만에 처음으로 아버지의 미소를 보았다.

그 순간, 나는 교통사고의 비극에서 진정으로 벗어나 불현 듯 내가 가진 창작의 재능이 쓸모 있다는 사실을 깨달았다.

그렇게 해서 나는 퇴원한지 반년 만에 다시 글을 쓰기 시 작했다.

정말로 영혼이 있다면, 징즈는 분명히 잔뜩 찡그린 얼굴로 나를 컴퓨터 앞에 앉혀놓고 큰소리로 나무랄 것임을 알고 있 었기 때문이다.

'야! 도대체 언제까지 이럴 거야? 난 이미 세계 일주를 하 고 돌아왔는데 넌 아직 한 발짝도 떼지 못했잖아. 지박령이 되고 싶어?'

오랫동안 글을 쓰지 않으면 감각이 조금 무뎌질 수는 있지 만, 창작의 영혼은 녹슬지 않는다. 쉽게 타오르는 불씨처럼, 오랫동안 처박혀 있다가도 불꽃이 닿는 순간 다시 활활 타오 른다.

나는 그 작은 불씨를 남몰래 감추고 있었다.

돌이킬 수 없는 비극적인 밤 우리를 덮친 검은 벤츠의 주인을 찾고 싶었다.

그날 벤츠 운전자도 부상을 입었다고 했다. 만취 상태였지만 에어백 덕분에 생명에는 지장이 없었고, 우리와 다른 병원으로 옮겨 치료를 받았는데, 며칠 뒤 퇴원 수속도 하지 않은 채 병원에서 도주해 지금까지 경찰에 수배 중이었다.

처음에는 너무 화가 나서 그가 있던 병원으로 달려가 의료진과 보안 요원에게 항의하고 싶었지만, 냉정하게 생각해 보니 사건 해결에 아무런 도움이 되지 않는 일이었다.

그래서 다시 소설을 쓰기 시작했다. 어머니와 징즈의 인생이 이렇게 허망하게 끝나도록 내버려두기 싫었다. 두 사람이 계속 살아 있길 바라는 마음으로 그날 밤 아버지에게 보여주었던 소설을 수정했다. 주인공을 두 소녀로 바꾸고 추리와 미스터리가 섞인 이야기를 쓴 다음 프랑스 루브르 박물관을 의미하는 'Louvre'라는 필명으로 인터넷 플랫폼에 연재했다. 루브르 박물관은 징즈가 좋아하는 곳 중 하나다.

소설에서 두 주인공은 함께 힘을 합쳐 미제 사건들을 남몰래 해결한다. 물론 악당들도 제거하는데 그 수법이 아주 절묘하다.

스토리를 만들어가며 소설 속 인물들은 이야기의 흐름에 따라 서로를 더 잘 이해하게 되었고, 나도 나 자신을 더 깊이 이해하게 되었다.

이것이 징즈의 생각을 더 깊이 이해하기 위함인지, 아니면 단순히 허구의 수수께끼를 통해 아물지 않는 그날 밤의 상처를 덮으려는 것인지 나도 알 수 없었다.

소설을 쓸수록 온라인에서 점점 반응이 나타났고, 독자들이 자기 의견을 댓글로 쓰기 시작했다. 대부분은 개인적인 취향이었기 때문에 칭찬이든 비난이든 일절 대응하지 않았다. 소설 속 징즈가 다른 사람에게 좌우되는 것을 원치 않았기 때문이다.

별다를 것 없었던 어느 날 밤, 나는 혼자 컴퓨터 앞에 앉아 새 소설의 진행 상황을 인터넷에 올리고 있었다.

그때 모니터 아래쪽 메신저 창이 깜박였다.

이상한 일이었다. 작가와 직접 채팅하는 기능을 진즉에 차단해 놓았으므로 아무도 내게 직접 연락할 수 없어야 했다. 의아했지만 대화창을 클릭했다.

— 우리에게 당신의 재능이 필요합니다.

짧고 단도직입적인 메시지였다.

이 수상한 메시지에 답장을 할까 말까 고민하고 있을 때 두 번째 메시지가 도착했다.

— 수정하기. 이것이 세상이 필요로 하는 당신의 능력입니다. 일이 비극적인 방향으로 발전할 것을 뻔히 알면서도 그 일이 발생하도록 내버려둔다면… 이것이 무슨 의미인지 당신은 알고 있을 것입니다.

방조범 또는 공범. 상대가 무슨 말을 하려는지는 알겠지만, 내게 원하는 것이 무엇인지는 알 수 없었다.

— 누구시죠?

대화창에 입력하고 발송 버튼을 눌렀다.
3초간의 정적이 흐른 뒤, 다시 대화창이 깜박였다.

— 감독. 제 이름은 '감독'입니다.

나와 다크펀의 만남은 이렇게 이루어졌다.

3

다크펀은 일반적인 범죄조직과 달리 무고한 사람들에게 이유 없이 해를 끼친 적이 없기 때문에 일반인들은 다크펀의 존재를 알지 못한다. 또 공공연하게 범죄를 저지르는 마피아 조직들과 달리 지하에서 아주 은밀하게 활동하기 때문에 경찰도 조사할 방법이 없다.

모든 범행은 한겨울 진흙 위에 내리는 눈처럼 해가 뜨면 흔적도 없이 사라진다. 차가운 눈송이가 물방울이 되어 땅속에 스며들듯 주위 식물에 소리 없이 영향을 미치는 것이다.

사람의 마음 또한 마찬가지다.

"아주 작은 외부 요인이 작동하기만 해도 근본적인 변화가 일어나지. 우리가 할 일은 단지 그뿐이야."

감독은 이렇게 말했다.

나는 감독의 얼굴을 자세히 본 적이 없다. 더 정확히 말하면 그를 만날 수 있는 곳은 후보쿠 이자카야의 다락방뿐이다.

그 다락방은 '다크펀 하우스'라고 불렸다.

다크펀 하우스는 은밀하게 감춰져 있지만 그곳에 대한 소문이 신비한 도시 기담처럼 인터넷에서 떠돌고 있다. 그 다락방에 가면 사람의 운명을 바꿀 수 있다고 했다. 마치 연극의 막간에 인생의 극본을 바꿔 배역을 다시 선택할 기회를 주는 것처럼.

그곳에서 할 수 없는 일은 단 하나, 이미 사망한 사람을 되살리는 일 뿐이었다.

그렇다면 도대체 어떤 사람들이 다크펀 하우스에 들어갈 수 있을까?

"자네가 할 일은 사람들에게 인생 시나리오를 다시 써주는 것이야. 이게 바로 내가 자넬 영입한 이유지."

감독은 군데군데 붉은 칠이 벗겨져 나무색이 드러난 낡은 유럽식 문을 사이에 두고 이렇게 말했다. 약간 허스키하고 나이가 느껴지는 목소리였다.

"아. 그런데 왜 저를?"

"우리처럼 상처받은 사람이기 때문이지. 또⋯⋯." 그가 몇 초쯤 뜸을 들이다가 말했다. "훌륭한 시나리오 작가는 감독과 배우에게 어떤 제약도 두지 않아. 훌륭한 건축가가 건물 외관을 설계한 뒤, 내부 인테리어는 실제 그 건물을 사용할 사람이 결정하도록 하는 것과 마찬가지지. 서로 간섭하지 않아. 난 우리가 아주 잘 협력할 수 있을 거라고 믿네."

"하지만 당신이 '감독'이라면…… 배우는 어디 있죠?"

"다크펀 하우스에 들어오고 싶어 하는 사람들이지."

"알겠어요. 그런데 구체적으로 어떻게 일해야 하죠?"

"의뢰인에게 새로운 인생 시나리오를 써주고 다크펀 하우스의 문을 열고 들어가라고 하면 되네. 그다음은 감독이 할 일이야."

"알겠어요. 어려운 일은 아니군요."

다크펀 하우스에 대한 소문은 도시의 어두운 곳에서 떠도는 기담이지만, 인생을 반전시켜 준다는 신비한 마력에 이끌려 단순한 호기심으로 찾아오는 사람들이 적지 않았다. 하지만 찾아오는 사람들에게는 우선 세 가지 조건이 주어졌다.

첫째, 의뢰인이 원하는 인생 시나리오의 참고 대상이 될 롤모델이 있어야 한다.

둘째, 롤모델의 동의를 받을 필요는 없지만 일정 부분 타인의 인생을 훔치는 셈이기 때문에 그 인생의 장단점을 모두 수용해야 한다.

셋째, 자신의 전 재산을 비용으로 지불해야 한다.

비용 수납은 후보쿠 이자카야의 주인 우팅강이 책임졌다.

그도 다크펀의 일원으로서 '제작자'의 역할을 맡고 있었다.

"거짓말을 하는 사람이 있으면 어떻게 하죠?"

내가 호기심에 물었다.

"거짓말?"

"자기 재산을 거짓으로 얘기할 수도 있잖아요. 돈이 많은 사람이 빈털터리라고 속인다거나."

하얀 일식 요리복을 입은 우팅강이 숙련된 손놀림으로 식재료를 썰었다. 예술가의 붓 터치처럼 리드미컬한 칼질이 빠르게 이어졌다.

"그런 일은 있을 수 없어. 규칙은 규칙이니까."

그가 바테이블 뒤에서 냉정하게 말했다. 건장한 체구에서 흘러나오는 묵직한 카리스마에 공기마저 얼어붙는 듯했지만, 정작 그의 표정은 늘 여유로웠다.

"하긴, 범죄조직이니까……. 역시 호락호락하지 않겠네요."

나는 쓴웃음을 지을 수밖에 없었다.

유리잔에 담긴 흰 맥주 거품이 찰랑거렸다. 우팅강이 일본에 살 때 그의 집이 야마구치파*와 가까운 사이였다는 소문이 근거 없는 소리는 아닌 듯했다.

▼   일본 최대의 폭력 조직으로 1915년 야마구치 하루키치가 고베 항만 노동자 30여 명과 결성한 동네 폭력단이 시초.

그렇게 큰 대가를 치러야 한다는 걸 알면 대부분의 손님들은 포기하고 돌아간다. 물론 애초에 인생을 바꿔준다는 것 자체가 터무니없는 사기극이고 다크펀 하우스도 존재하지 않는다고 생각하는 사람들도 적지 않다.

우리가 하는 일을 떠벌린 적도 없지만, 굳이 감추려 한 적도 없다. 하지만 찾아와 문의하는 사람들이 점점 늘어나는 추세인 듯하다. 자기 인생에 불만을 가진 사람들이 내 생각보다 훨씬 많은 모양이다.

"뭐라고요? 다 팔렸다고요? 어떻게 그럴 수가 있죠?"

샤오후이가 의자에서 튕기듯 일어나 카랑카랑한 목소리로 외치자 다른 테이블의 손님들이 흘끔거렸다.

"소리 낮춰. 손님들이 놀라잖아."

조리대 앞에서 테이블을 정리하던 우팅강이 미간을 찡그렸다.

"아니, 꼬치 먹으러 여기까지 왔다고요!"

샤오후이가 조금 낮춘 목소리로 계속 구시렁거렸다. 그녀는 정말로 우팅강의 시그니처 메뉴를 무척 기대한 것 같았다.

샤오후이는 스물여덟 살 여자다. 갈색 머리를 포니테일로 묶은 채 까만 뿔테 안경을 쓰고 청바지를 입은 그녀는 대학생이라고 해도 될 만큼 실제 나이보다 훨씬 어려 보였다. 그녀도 다크펀의 일원으로 '미술 감독'을 맡고 있었다.

미술 감독이란 의뢰받은 사건이 발생한 현장에서 모든 것을 극중 상황에 맞게 배치하는 사람이다. 특히 경찰을 포함해 그 누구도 이상한 낌새를 차릴 수 없도록 해야 하므로, 고도의 꼼꼼함과 관찰력이 요구되는 일이다.

다크펀에 도움을 청하러 오는 사람들은 대부분 현실에 불만을 품고 인생이 바뀌기를 간절히 바란다. 하지만 그 대가로 전 재산을 내놓아야 한다고 하면 깜짝 놀라면서도 쉽게 발길을 돌리지 못한다.

그러면 다크펀은 한 가지 절충안을 제시한다. 일정 금액을 지불한다면, 다크펀의 조직원들이 의뢰인의 인생을 일부만 바꿔주겠다는 것이다.

예컨대 얼마 전에는 마약 중독에 빠졌지만 그 사실이 들통나면 경찰직에서 쫓겨날까 두려워 치료 센터에 입원하지 못하는 경찰이 있었다. 그는 타이베이 각지의 마약 거래상과 암시장을 너무 잘 아는 탓에, 마약을 끊기로 결심했다가도 금단 증상을 참지 못하고 다시 마약을 사곤 했다.

그때 그 경찰에게 마약을 끊는 시나리오를 써주었는데, 타이완 북부의 모든 암시장에서 파는 마약이 하루아침에 전부 밀가루로 변해 돈이 있어도 마약을 살 수 없게 된다는 내용이었다.

사실 그건 다크펀 조직원들에게 지나가듯이 던진 농담이

었고, 그들이 그런 일까지 할 수는 없을 거라고 생각했다.

그런데 샤오후이가 내 말을 듣고 아주 가뿐한 목소리로 "알겠어요!"라고 말하더니 벌떡 일어나 경쾌한 발걸음으로 나갔다.

그로부터 한 달 뒤, 타이완 북부의 모든 암시장이 혼란에 빠졌고 마피아 조직 간에 유혈 폭력 사건이 몇 차례나 일어났다. 그 일이 일어나고 나서 나는 다크펀의 실력을 조금도 의심하지 않았다.

"맛있어. 맛있어! 역시 내 생각 해주는 사람은 팅강 오빠 밖에 없어요."

"사과 받은 걸로 쳐줘."

"생맥주 한 잔 더 주신다면!"

"하……. 넌 정말. 알았어. 알았어. 금방 가져다줄게."

우팅강은 할 수 없다는 듯 두 팔을 벌려 어깨를 으쓱이고는 수건으로 손을 닦은 뒤 바테이블 뒤에 있는 냉장고로 다가갔다.

샤오후이는 우팅강이 방금 만들어준 볶음 우동을 입안 가득 넣고 맛있게 먹었다. 볶음 우동도 후보쿠의 시그니처 메뉴였다.

샤오후이가 우동을 씹으며 말했다.

"참, 징청 오빠, 지난번에 그 병원장 부인 기억나?"

"병원장 부인? 린위치 씨가 자기 인생 모델로 삼은 그 사람?"

린위치는 전 재산을 내놓고 다크펀 하우스에 들어간 몇 안 되는 의뢰인 중 한 명이었다.

어느 날 밤, 휠체어를 탄 린위치가 후보쿠를 찾아왔다. 그녀는 후천적인 장애로 인해 왼쪽 다리에 위축 증상이 있었다.

그녀의 남편은 종합병원에서 근무하는 젊은 전문의였고, 부유하다고는 할 수 없지만 평범한 직장인보다는 연봉이 훨씬 많았다. 단점이 있다면 남편이 아직 연차가 낮은 탓에 병원에서 24시간 넘게 당직을 서는 날이 많아 집에 자주 오지 못한다는 것이었다.

린위치는 이웃에 사는 샤오원을 부러워했다. 샤오원의 남편 닥터 뤄는 자기 병원을 가진 개업의로 돈도 많이 벌고 가정도 무척 화목해 보였기 때문이다.

하지만 나는 병원에서 근무하고 있으므로 젊은 의사들의 고충과 노고를 누구보다 잘 알고 있다.

"기억나. 그런데 왜?"

"죽었어."

"죽었다고? 어쩌다?"

얼마 전에도 그 병원 앞을 지날 때 접수대에서 친절하게 진료 접수를 받고 있는 샤오원을 본 기억이 있었다.

"몰라. 암 진단을 받고 병세가 급속도로 나빠졌대. 짧게 고통받고 죽는 것도 복이긴 하지."

샤오후이의 무심한 말투에 나는 조금 놀랐다.

"어떻게 그럴 수가……."

나는 린위치에게 새로운 인생 시나리오를 써주었던 일을 찬찬히 돌이켜보았다.

그날 밤, 후보쿠에서 나는 휠체어에 앉은 그녀와 테이블을 사이에 두고 마주 앉았다. 처음에는 린위치가 말없이 앉아 있기만 했기 때문에 그녀가 진정으로 원하는 게 무엇인지 알 수 없었다.

"정말…… 내 인생을 바꿔줄 수 있어요?"

린위치가 불안한 표정으로 물었다.

"가능합니다. 하지만 저는 당신이 원하는 인생의 시나리오를 써줄 뿐이고, 나머지 일은 다른 사람이 해줄 겁니다."

"아……. 알겠어요."

그녀가 조용히 고개를 주억거렸다.

"지금 자기 인생에서 어떤 점이 만족스럽지 않은지 말씀해주세요."

나는 그녀의 두 눈을 가만히 응시했다.

살며시 내 시선을 피하며 입술을 오므리는 그녀의 얼굴 위로 복잡한 감정이 스쳤다. 인생을 바꾸고 싶다며 다크펀을 찾아오는 사람들은 대부분 실타래처럼 복잡하게 엉킨 감정을 안고 있다.

나는 재촉하지 않고 눈앞에 있는 젊은 여자를 보며 참을성 있게 기다렸다.

"제 얘길 듣고 저를 이상한 여자라고 생각하지 않으셨으면 좋겠어요."

린위치가 마침내 침묵을 깨고 천천히 입을 열었다.

그녀는 지난 몇 년간 하반신 장애로 인해 여러 가지 차별 대우를 경험했다. 자상한 남편이 그녀를 위해 치료 방법을 백방으로 수소문했지만 별 성과가 없었다. 게다가 최근에는 그녀의 남편이 병원 일과 대학 강의 및 연구를 병행하면서 예전처럼 그녀와 자주 시간을 보낼 수가 없게 되었다. 그녀는 이제 남편도 희망을 버린 것 같다고 말했다.

린위치는 잠시 말을 멈추고 침묵하더니 갑자기 남편에 대한 원망을 쏟아내기 시작했다. 요즘에는 크고 작은 일을 자기 혼자 처리해야 한다는 것이었다. 심지어 얼마 전 몸이 아플 때도 혼자 택시를 타고 병원에 갔다며 남편 없이 혼자 사는 기분이라고 했다.

나는 가만히 듣고 있다가 물었다.

"그러니까…… 지금 당신은 남편과 자주 함께 있는 인생을 원하시는 거죠?"

린위치가 잠시 생각하다가 고개를 끄덕이고는 천천히 말했다.

"……남편이 운이 좋아서 의사로 더 성공하면 좋겠어요. 참! 이웃에 닥터 뤄 부부가 사는데 아내의 이름이 샤오원이에요. 우리와는 다르게 직접 병원을 개원해서 환자가 아주 많아요. 그 병원 앞을 지날 때마다 나도 저 여자처럼 되면 얼마나 좋을까 생각해요. 그리고 장애 없이 잘 걸을 수 있다면……."

린위치가 머뭇거리며 약간 민망한 듯 얼굴을 붉혔다. 하지만 그것이 진정으로 그녀가 원하는 일이라는 걸 알 수 있었다.

"문제없어요. 세상에 해악을 끼치는 일이 아니라면 뭐든 다 써넣을 수 있다는 게 저희 규칙이에요."

사실 다크편에는 이런 규칙이 없다. 내 마음대로 붙인 규칙이었다. 나 스스로 세운 창작 원칙인 셈이다.

"그런데…… 비용은 알고 계신가요?"

그로 인해 치러야 하는 대가를 다시 한번 상기시켜 주고 싶었다.

"네. 알아요. 전 재산을 내놓는 거죠?"

"맞아요."

"다 드릴게요. 어차피 부자도 아닌 걸요. 매달 가계부를 보며 한숨짓죠. 재산을 다 내놓고 샤오원처럼 살 수 있다면 얼마 안 가서 그보다 더 많은 돈을 벌 수 있을 거예요. 하지만 한 가지 분명히 해둘게요. 내 재산만 내놓으면 되는 거죠?"

그때 옆에 있던 우팅강이 끼어들었다.

"물론이죠. 그 이상은 더 주셔도 안 받습니다."

비용을 청구하고 수납하는 일은 제작자인 우팅강이 도맡아 했다.

린위치가 우팅강에게 크라프트 봉투를 내밀었다.

"내 전 재산이에요."

우팅강은 봉투를 받았지만 곧바로 열어 확인하지 않고 내 어깨를 툭툭 두드린 뒤 조리대로 가서 자기 일을 했다.

나는 그녀와 나눈 이야기를 정리해 시나리오 노트에 글을 쓰기 시작했다.

한 시간 뒤, 린위치가 원하는 새로운 인생의 시나리오가 완성됐다. 나는 시나리오를 쓴 페이지를 뜯어내 반으로 접은 뒤 그녀를 데리고 후보쿠의 다락방으로 올라갔다.

이자카야는 일제강점기에 지어진 목조 건물을 개조한 것으로 곁에서 보아도 그 시대에 유행했던 서양풍 양식의 흔적을 발견할 수 있었다. 원래 3층짜리 건물이었는데 60년 전 주인이 다락방을 증축해 한 층의 작은 공간이 더 생긴 것이었다.

걸음이 불편한 린위치는 부축해 주겠다는 내 제안을 거절하고 오랜 세월 손길에 닳은 계단 손잡이에 의지해 스스로 한 걸음 한 걸음 힘겹게 계단을 올라갔다. 아주 느린 속도였음에도 이마에 땀이 송골송골 맺혔지만 그녀는 계단을 끝까지 올라갔다. 인생을 바꾸겠다는 그녀의 굳은 결심이 느껴졌다.

"여기가 다크펀 하우스인가요?"

"네. 이 시나리오를 가지고 들어가세요."

반으로 접은 시나리오를 그녀에게 건넸다.

"오래된 곳이네요. 사람이 살지 않는 것 같아요."

"허름해 보여도 당신 인생을 바꿔줄 곳이에요."

나는 린위치에게 대답하며 문을 두 번 두드렸다. 그러나 아무런 인기척이 없었다.

"아무도 없는 건 아니겠죠?"

린위치가 의심스러운 표정을 지었다.

"기다려보세요."

다시 노크하려다가 문 옆 청동색 돌사자상 안에 다크펀 하우스의 열쇠가 있으니 직접 열고 들어오라고 했던 감독의 말이 떠올랐다.

나는 머리를 긁적이며 망설이다가 오른쪽 테이블로 다가갔다. 약 30센티미터 높이의 돌사자가 오래된 무덤을 지키는 석수(石獸)처럼 입을 쫙 벌리고 있었다.

"잠시만요. 아, 찾았어요."

돌사자의 입에 손을 넣자 빛바랜 구리 열쇠가 만져졌다. 손에 닿는 촉감이 냉장고에서 꺼낸 것처럼 차가웠다.

"열어 드릴게요."

"이곳에 들어가면 제게 무슨 일이 일어나는지 말해줄 수 있어요?"

린위치의 얼굴에 긴장감이 역력했다.

"사실 저도 잘 몰라요. 이 방은 감독님과 당사자만 들어갈 수 있어요. 하지만 걱정 마세요. 별일 없을 거예요."

열쇠 구멍에서 찰칵 소리가 나며 문이 천천히 열렸다.

불도 켜지 않은 어두운 방 한가운데 고동색 빈티지 책상이 놓여 있고, 그 위에 유럽풍 빈티지 스탠드가 있었다. 시선을 더 멀리 옮기자 격자 유리창 너머로 오색영롱한 구슬처럼 반짝이는 타이베이 밤거리의 네온 간판이 보였다.

"별처럼 아름다워요." 린위치가 야경을 보며 말했다. "좋아요. 준비됐어요."

그녀는 자신이 원하는 인생의 시나리오를 가슴에 안고 숨을 한 번 크게 들이마신 뒤 다크펀 하우스로 들어갔다.

어둠에 삼켜지듯 사라지는 그녀의 뒷모습을 보며 갑자기 현기증이 났다. 희로애락이 뒤섞인 온갖 감정이 왈칵 솟구쳐 눈시울이 찡하더니 눈앞이 흐릿해졌다.

그때 어둠 속에서 한 남자가 나타났다.

나와 린위치 사이에 도깨비처럼 나타난 그 남자는 헌팅캡을 쓰고 있었는데, 그 그늘에 가려 이목구비를 자세히 볼 수 없었다.

　　"환영합니다. 당신의 새로운 인생을 내게 보여주세요."

　　감독이 이렇게 말하고는 문밖에 선 나를 흘긋 본 뒤 천천히 문을 닫았다.

4

"죽었다고? 안타까운 일이군. 휴일에 진료 받으러 가려고 했는데 당분간은 안 가는 게 좋겠어."

우팅강이 맥주잔 몇 개에 금빛 맥주를 천천히 따르며 말했다.

"닥터 뤄가 상심이 클 텐데……."

반쪽을 잃은 아버지의 얼굴이 떠올라 나도 모르게 표정이 어두워졌다.

"징청 오빠는 역시 마음이 따뜻해."

샤오후이가 맥주를 크게 한 모금 들이켠 뒤 눈을 가늘게 떴다.

"와, 시원해! 맥주는 역시 차가워야 제맛이야!"

"응? 정상적인 사람이라면 모두 나처럼 말할 거야."

나는 샤오후이의 칭찬이 왠지 조금 불편했다.

"그래?"

샤오후이가 동그란 눈으로 대답을 구하듯 우팅강을 흘긋 보았다.

"나도 그렇게 생각해."

우팅강이 말했다.

"어휴, 정말 이해할 수가 없네. 사람은 어차피 다 죽어요. 일찍 죽으나 늦게 죽으나 크게 다를 게 없다고요."

"하지만 남아 있는 사람은 고통스럽지."

나도 이렇게 말하고 맥주를 크게 한 모금 마셨다. 얼음 같은 냉기가 빠르게 목을 넘어 배 속으로 흘러 들어갔다. 누군가를 잃어버린다는 건 정말 끔찍한 일이다.

"그렇게 동정할 거 없어요. 샤오원은 행복하고 완벽한 인생을 살았고, 마지막 순간에도 그렇게 고통스럽지 않았어요. 마치 뭐랄까……."

그때 뒤에서 어떤 젊은이의 목소리가 들렸다.

"컴퓨터 전원이 꺼지는 것처럼."

"케빈! 때마침 잘 왔어! 팅강 오빠한테 맥주 얻어 마시는 중이야. 어서 앉아!"

샤오후이가 반갑게 맞이했다.

케빈은 다크편의 '촬영 감독'이다. 아직 어린 티가 남아 있는 대학교 신입생인데 얌전한 이목구비와 어울리지 않게 머리가 항상 덥수룩하게 헝클어져 있다.

"수업 끝났어?" 우팅강이 물었다.

케빈이 고개를 끄덕이며 바테이블에 앉아 말없이 맥주를 마셨다.

늘 말수가 적어서 얼핏 보면 과묵하고 수줍음이 많은 듯하지만, 보기와 달리 험한 일을 도맡아 하고 있다. 내가 쓴 시나리오에 폭력적인 장면이 꼭 필요할 때면 이 허약해 보이는 청년 케빈이 촬영 감독으로서 전면에 나서서 해결한다.

케빈은 미국에서 살다 왔는데 미국에 있을 때는 수학 천재로 불리며 고교 수학 경진 대회에서 상을 휩쓸었다고 한다. 우수한 성적으로 MIT에 진학했지만 무슨 일이 있었는지 몰라도 돌연 혼자서 타이완으로 돌아와 떠돌이 생활을 했다.

그러다가 몇 달 전 후보쿠 앞에서 문 닫을 준비를 하고 있던 우팅강을 우연히 만났고 그때부터 후보쿠의 단골이 되었다.

다행스럽게도 요즘 그의 생활이 차츰 정상적인 궤도에 들어서고 있다. 저녁에 과외 아르바이트가 끝나면 후보쿠에 와서 서빙 아르바이트를 한다. 미국에서 살다가 왜 타이완으로 돌아왔는지는 아무도 먼저 묻지 않았다.

지금은 9월이고, 다음 주에 중추절이 있다. 요즘 이자카야에 부쩍 손님이 늘어서 저녁 8시 반인데도 벌써 첫 손님들이 얼추 빠져나가고 밖에서 기다리고 있던 손님들이 들어와 테이블을 다시 채우고 있었다.

케빈이 맥주잔을 금세 비운 뒤 주방 개수대로 가서 쌓여 있는 그릇들을 설거지했다. 나도 소매를 걷어 올리고 테이블을 닦았다. 샤오후이는 문밖에 나가 대기 중인 손님들에게 환하게 인사를 하며 농담을 주고받았다. 이런 분업은 우리가 다크펀에서 함께 일하게 된 후 자연스럽게 형성된 묵계다.

밤이 깊어 손님들이 얼마 남지 않자 샤오후이와 케빈은 먼저 돌아갔다. 우팅강이 두건을 벗으며 한숨을 돌렸다. 저녁 장사를 잘 마쳤다는 흡족한 미소가 그의 입가에 걸렸다.

"아까 낮에 린위치가 왔었어."

우팅강이 바테이블 옆에 서서 말했다.

"누구요? 제가 아는 그 린위치요?"

나는 조금 의아했다.

"응. 얼마 전에 왔던 그 사람."

"잘 지낸대요?"

안 그래도 린위치가 새로운 인생 시나리오대로 살고 있는지 궁금하던 참에 호기심이 들어 몇 마디 물어보려다가 아차 싶었다.

"아, 죄송해요. 제가 또 잊었어요."

다크펀이 의뢰받은 일들은 대부분 합법과 불법의 경계에

아슬아슬하게 걸려 있고, 가끔은 불법 행위도 있기 때문에, 수정해야 할 필요성이 생긴 경우가 아니면 시나리오 작가는 추후 진행 상황을 자세히 묻지 않는 것이 불문율이다. 잘못하면 자신에게도 불똥이 튈 수 있으므로 서로를 보호하는 방법이기도 하다.

하지만 나는 가끔 궁금증을 참지 못하고 묻곤 했는데, 특히 이번에는 의뢰인이 다크펀 하우스까지 들어갔기 때문에 더더욱 호기심이 일었다.

"잘 지내고 있어. 그런데……."

"그런데?"

"너무 잘 지내고 있는 것 같아서 말이야."

"그게 무슨 말이에요? 제가 쓴 시나리오와 달라요?"

더럭 겁이 나서 나도 모르게 목소리가 한 톤 높아졌다.

"아니. 정반대야. 완벽하게 시나리오대로 가고 있어."

우팅강이 말했다.

"그럼 잘된 거잖아요? 참! 다리도 나았어요?"

"응. 오늘 저 문으로 직접 걸어 들어왔어. 모든 행동이 자연스러웠고."

나는 고개를 끄덕였다.

기적 같은 일이었지만 다크펀 하우스가 신체장애를 고치는 능력까지 있다는 건 이미 들어서 알고 있었다.

우팅강이 주머니에서 명함을 한 장 꺼내 앞으로 내밀었다. 어느 병원의 로고가 찍혀 있었는데 주소를 보니 타이베이의 가장 번화한 곳이었다. 월 임대료가 못해도 기십만은 될 것이다.

"설마 그녀의 남편이 개원한 곳이에요?"

이웃의 닥터 뤄처럼 자기 남편도 직접 병원을 개업하는 것이 린위치의 소원 중 하나였다.

"맞아. 지난주에 문을 열었는데 환자가 아주 많대. 고맙다고 인사하러 온 거였어."

나는 손에 들린 근사한 명함을 보며 다크펀 하우스의 능력에 새삼 감탄했다.

그런데 문득 불길한 예감이 뇌리를 스쳤다.

"할 말 있으면 어서 해. 어차피 손님도 없고 우리 둘뿐이잖아."

우팅강이 내 눈을 보며 말했다. 세심하고 눈치 빠른 그는 말하지 않아도 상대의 마음을 간파하기 때문에 그에게는 어떤 일도 감출 수가 없다.

"좋아요. 단도직입적으로 물을게요." 나는 잠시 멈췄다가 다시 입을 열었다. "멀쩡했던 샤오원이 갑자기 병으로 세상을 떠났대요. 우연이라고 하기엔 너무 공교로워요."

"그래서 하고 싶은 말이 뭐야?"

"제 추측이지만, 이 일이 린위치의 새로운 인생과 관련이 있는 건 아닐까요? 린위치가 샤오원을 롤모델로 삼았잖아요. 다크펀 하우스는 남의 인생을 모방할 뿐 빼앗을 수는 없다고 알고 있지만……."

"그러니까, 다크펀이 샤오원에게서 행복한 인생을 빼앗았다는 거야?"

우팅강이 내가 걱정하는 지점을 정확히 포착했다. 내가 고개를 끄덕이자 그가 말했다.

"그런 일은 없어. 이건 돈을 받고 적당히 처리해 주는 일과 달라. 두 어린 녀석들은 시나리오를 본 적도 없어."

두 어린 녀석이란 샤오후이와 케빈을 가리키는 말이다. 다크펀의 작업들은 대부분 그 둘이 처리한다.

"내 생각도 그래요……."

"그래."

"하지만 다크펀 하우스 단독으로 그런 일을 해낼 수 있다는 건 정말 불가사의해요……."

위층으로 올라가는 좁은 계단을 쳐다보는데 나도 모르게 심장 박동이 점점 빨라졌다.

다크펀 하우스는 대체 어떤 곳일까?

5

타이베이 시먼딩은 1년 내내 여행객으로 붐빈다. 세계 각국에서 온 여행객들이 타이베이에 들르면 반드시 거쳐가는 곳이기도 하다.

후보쿠가 위치한 골목은 인파가 많은 거리와는 조금 떨어져 있기 때문에 이 골목까지 들어온 사람들은 소수의 호기심 강한 여행객이나 후보쿠 주인장 우팅강의 요리 솜씨를 인정하는 단골손님이 대부분이다. 그리 크지 않은 가게에 테이블 세 개와 바테이블 앞에 있는 의자 네 개가 전부라 식사 시간에는 금세 만석이 된다.

내가 근무하는 병원이 여기서 멀지 않아 퇴근 후에 시간이 있으면 들러서 저녁을 먹곤 한다. 하지만 내가 여기서 저녁을 먹는 건 우팅강의 요리 솜씨 때문이 아니라 진짜 이유가 따로 있다.

바로 다크펀이 의뢰인에게 받는 고액의 수수료 때문이다. 다크펀은 일반적인 의뢰 건에 대해서도 아주 비싼 수수료를 받지만, 조직원들이 그 수익을 똑같이 나눠 갖는다고 생각하면 오산이다. 의뢰인에게 받는 수수료 가운데 일을 진행할 때 지출한 비싼 원가를 제외하고 나머지는 전액 후보쿠의 계좌에 적립되어 제작자 우팅강이 일률적으로 관리한다.

수익을 분배하지는 않지만, 이곳에서 먹고 마시는 돈은 모두 그 계좌에서 공제하기 때문에 다크펀 조직원들은 시간이 나기만 하면 후보쿠에 와서 먹고 마신다. 내가 다크펀에 가입한 뒤에도 예전과 다름없이 계속 병원에서 근무하고 있는 이유다.

고단한 한 주를 마친 금요일 밤, 허기를 달래려고 나온 사람들과 여행객들이 거리에 점점 많아졌다.

나는 후보쿠의 세트 메뉴를 다 먹고 바테이블에 앉아 여유를 즐기고 있었다. 우팅강은 나와 얘기를 나눌 틈도 없이 바빴기 때문에 나 혼자 잡지를 뒤적였다.

그때 뒤에서 드르륵 미닫이문 열리는 소리가 들렸다.

"배고파 죽겠어……. 팅강 오빠, 여기 돼지갈비 덮밥 하나 빨리요!"

샤오후이의 우렁찬 목소리에 문 앞 테이블에서 밥을 먹던 여자 손님들이 깜짝 놀란 것 같았지만 그들은 아무렇지 않은 척 고개를 들어 머리카락을 넘긴 뒤 식사를 계속했다.

"저도요! 감사합니다!" 뒤따라 들어온 케빈이 바테이블에 앉아 있는 나를 보고 인사했다. "와, 형도 있었네요!"

샤오후이가 옆자리에게 앉아 케빈과 자기 컵에 물을 따랐다.

"응. 막 퇴근했어."

내가 말했다.

"저도요. 힘들어 죽겠어요."

"응? 오늘 금요일인데…… 막 작업을 마친 거야?"

갤러리에서 전시 관련 일을 하는 샤오후이는 평일에는 출퇴근 시간이 정해져 있어서 바쁘게 일했지만 금요일은 한가한 편이었다. 금요일인데도 피곤한 기색의 그녀를 보고 다크 편의 일과 관련이 있을 것 같다는 생각이 들었다.

"네. 그 주정뱅이 때문에요."

얼마 전 새로 의뢰받은 일에 대해 얘기하는 것이었다.

네이후(內湖)에 사는 돈 많은 사업가가 상습적으로 자기 아내를 폭행했다. 그의 아내는 아무리 화려하고 고급스러운 옷으로도 가정 폭력의 흔적을 완전히 감출 수 없었다. 상처가 아물 틈도 없이 또 새로운 상처가 생겨 그녀의 온몸 이곳저곳이 멍투성이였다.

그러던 어느 날 그녀가 후보쿠를 찾아와 자기 남편을 죽여 달라고 부탁했다.

나는 그녀의 부탁을 거절했다.

그녀의 남편이 나쁜 남자인 것은 사실이지만 죽어야 할 만큼은 아니었다. 그녀가 보여준 남편의 문자 메시지와 남편이 아이를 대하는 태도 등을 보면 평소에는 가족에게 자상한 좋은 남편이었다. 다만, 술에 취하면 완전히 다른 사람이 된다는 것이 문제였다. 게다가 가장 중요한 건 그녀가 가진 새로운 상처 중 일부는 그녀 스스로 낸 것이라는 점이었다.

하지만 의뢰인이 찾아온 이상, 도와줄 방법을 생각해 내야 했다.

나는 예전에 썼던 소설 속 이야기를 골라 시나리오 세 편으로 각색한 뒤 그녀에게 그중 하나를 고르게 했다. 그녀가 선택한 시나리오는 남편의 집과 회사에 있는 모든 액체, 심지어 물탱크에 저장된 물까지 모조리 술로 바뀌는 이야기였다. 그 바람에 회사 직원들까지 모두 만취해 회사의 중요한 프로젝트 몇 개를 놓치고 말았다.

들리는 소문에 따르면, 요즘 남편의 사업이 적자에 허덕이고 있다고 했다. 자신의 알코올 중독이 개인적인 사소한 문제라고 생각했던 그는, 회사가 휘청이자 그제야 자신의 문제와 가족에 대해 진지하게 생각해 보기 시작했다.

"사실 부인은 진심으로 남편이 죽길 원했던 게 아냐. 만약 그랬다면 그 시나리오를 선택하지 않았겠지."

내가 말했다.

"그렇구나. 난 드디어 케빈이 실력을 발휘할 기회가 온 줄 알았는데."

"사람을 죽이면 돌이킬 수 없어. 남편에게든, 아내에게든."

내가 머리를 긁으며 덧붙였다.

"그건 우리에게도 마찬가지야."

우팅강이 완성된 요리를 바테이블에 올리며 한마디 던지듯 말하고는 다시 바쁘게 일했다. 그의 말투는 언제나 칼로 자르듯 단호하고 명료하다.

"맞아. 징청 오빠는 시나리오 작가잖아. 꼭 저승사자 같아. 오빠한테 찍히면 무슨 일이 생길지 모른다니까. 끔찍해."

샤오후이가 맛있는 냄새를 폴폴 풍기는 음식을 내려다보며 괴상한 환호성을 질렀다.

"뭘. 규칙을 내가 정한 것도 아닌데."

나는 쑥스러워 어깨를 으쓱였지만, 내가 하는 일이 정말로 사람의 생사를 쥐락펴락한다는 생각이 들었다. 내가 사람을 죽이는 장면을 쓴다면 저 두 사람은 더 물어볼 것도 없이 그대로 실행에 옮길 것이다. 그런 생각을 할수록 점점 마음이 무거워졌다.

"그래도…… 작업을 끝낼 땐 정말 아슬아슬했어."

케빈이 불쑥 말했다.

"무슨 일이 있었어?"

"어젯밤에 그 사장 집에 몰래 들어갔다가 도둑놈 둘과 마주쳤어요."

케빈은 덤덤하게 말했지만 나는 깜짝 놀랐다.

"뭐? 도둑들을 마주쳤다고? 놈들한테 들켰어?"

"하하하! 놀란 것 좀 봐. 걱정 마요!"

샤오후이가 나를 보고 키득거렸다.

"그래서 어떻게 됐어?"

"둘이 한패인 것 같진 않았어. 우연히 같은 날 같은 집을 털러 간 거겠지. 한 놈은 발코니 창으로 들어가고, 또 한 놈은 아이 공부방으로 잠입했더라고. 내가 경보기를 꺼놓지 않았으면 그 멍청한 놈들이 절대 쉽게 들어오지 못했을 거야."

샤오후이가 으스대듯 말했다.

"샤오후이 말이 맞아요. 그런데…… 그놈들도 재밌는 놈들이었어요. 거실에서 서로 마주쳐서 몸싸움이 벌어졌는데 소리도 못 내고 싸우더라고요. 한 놈은 손목이 부러지고도 찍소리도 못 내더라니까요."

케빈이 도둑들의 몸싸움을 흉내 내며 팔을 허공에서 우스꽝스럽게 허우적거렸다.

"그래서 어떻게 됐어?"

"그러다 정말 집주인이 깰 것 같아서 내가 술병을 들고 소파에 앉아 헛기침을 하면서 조용히 그들을 쳐다봤죠. 그랬더니 놈들이 내가 집주인인 줄 알고 기겁을 해서 허겁지겁 밖으로 도망치더라고요. 쫓아가서 두 놈을 한주먹에 기절시키고 길바닥에 내동댕이쳤어요."

"깔깔깔. 그놈들 일진이 사나웠던 거지."

샤오후이가 박장대소했다.

"그러게 말이야. 하필 너희를 만나다니 운이 없었네. 그런데 참 이상하지. 이 사람들이 부자든 가난뱅이든 다들 동족끼리 다투고 경쟁하잖아……."

내가 말했다.

"이 사람들이요?"

"응? 이 사람들이라면……."

샤오후이가 고개를 갸우뚱하며 의아하다는 표정을 지었다.

"린위치를 말하는 거지?"

문 쪽 테이블에 있던 마지막 여자 손님들을 배웅하고 들어온 우팅강도 대화에 끼어들었다.

그러자 다른 두 사람도 알아차렸다. 내가 말한 '이 사람들'이란 다크펀 하우스에 들어가 새로운 인생 시나리오를 얻은 의사 아내 린위치 같은 사람들이었다.

"형은 역시 똑똑해요."

내가 웃으며 말했다.

"그런데 왜요?"

케빈이 아직도 이해할 수 없다는 표정으로 물었다.

"의사 부인이든 도둑이든 같은 부류를 만나면 서로 다투고 경쟁하는 건 똑같잖아."

린위치는 사회적으로나 경제적으로나 그 도둑들보다 훨씬 나았지만, 인간이란 영원히 만족할 줄 모르는 동물이어서 자신과 비슷한 수준의 사람, 즉 닥터 뤄의 아내 샤오원을 보자 질투와 경쟁심이 생겼다.

도둑들은 자기보다 높은 계층의 집에 들어가 재물을 훔치려고 했지만, 자세히 생각해 보면 부잣집에서 훔칠 수 있는 재물은 한계가 있고, 그걸 도둑맞았다고 해서 부자가 도둑으로 전락하지는 않는다. 하지만 도둑끼리 외나무다리에서 마주치자 서로 죽기 살기로 싸웠다.

경쟁이란 역시 같은 부류 사이에서 일어나는 것이다.

케빈은 이해할 듯 말 듯한 표정으로 고개를 끄덕이고는 생각에 빠졌다가 갑자기 고개를 번쩍 들었다.

"아하! 이제 알겠어요."

"뭐가?"

내가 물었다.

"미국에 있을 때요. 학교가 너무 따분해서 그만두고 싶었는데, 그 이유를 이제 알았어요."

"너 MIT 다니지 않았어?"

"맞아요."

"MIT가 따분하다고? 천재들만 모인 곳인데?"

"음……. 그렇긴 하지만."

"됐어." 내가 쓴웃음을 지었다. "이런 게 바로 천재의 고민이구나."

우팅강과 샤오후이가 서로 얼굴을 보다가 이내 웃음을 터뜨렸다.

"뭐가 그렇게 우스워요?"

케빈이 시무룩해하며 이해할 수 없다는 표정을 지었다.

6

병원에서 일하는 사람들은 평소에 많은 환자를 만나기 때문에 삶에 대해 두 가지 극단적인 태도를 갖게 된다.

한 부류는 건강은 저절로 얻어지지 않는다는 걸 깨닫고 부지런히 관리를 한다. 사람이 많이 모인 곳에서는 꼭 마스크를 쓰고, 헬스장에 다니며 규칙적으로 운동을 하고, 매일 마주치는 환자들처럼 되지 않으려고 노력한다.

이들과 반대쪽 극단에 있는 부류는 주로 의사들인데, 그들은 흡연, 음주 같은 건강에 안 좋은 습관들을 갖고 있으면서 고치려고 노력하지 않는다. 자신의 신체 구조와 체질을 너무 잘 알기 때문인지, 외부의 유혹이 너무 많기 때문인지 모르겠지만 직업적인 스트레스와 깊은 관련이 있는 것 같다.

난 최근에 조깅을 시작했다. 가끔은 달리다가 자연스럽게 후보쿠에 들러 시원한 맥주를 한 잔 마시곤 하는데 그럴 때마다 죄책감도 이산화탄소와 함께 스멀스멀 올라온다. 유혹을 뿌리쳐야 한다는 걸 알지만 열심히 운동한 나 자신에게 뭔가 보상을 주고 싶다는 생각이 든다. 인간의 의지란 종종 이토록 나약한 것이다.

깊은 가을 어느 휴일 밤, 공원에서 30분 넘게 달린 뒤 혼자 벤치에 앉아 쉬고 있었다.

사람이 많지 않은 작은 공원이었다. 누런 낙엽이 보행로 보도블록 위로 떨어지고 시원한 바람이 살갗을 스쳤다. 저녁나절 한바탕 비가 내려 낙엽이 젖어 있었고, 공기에서는 축축한 진흙 냄새가 났다.

초등학교 1학년 때 이곳에서 자전거 연습을 했던 것이 생각났다. 입학한 지 얼마 되지 않아 자전거 타는 법을 배울 때였는데 그날도 지금처럼 비가 온 뒤였다. 그때는 아버지와 어머니가 모두 살아 있었다. 나는 새로 산 자전거를 타고 공원의 보행로를 빠른 속도로 달렸다. 아마도 부모님에게 보여주려고 했던 것 같다. 그 나이대의 아이는 밖에서 새로운 무언가를 배우면 자랑하고 싶어 하니까. 자전거를 타다가 물이 고인 곳에서 미끄러져 바닥에 넘어졌다. 진흙과 빗물이 섞인 흙탕물을 처음 맛본 순간, 콧속으로 훅 들어오던 녹물 섞인 비릿한 진흙 냄새를 지금도 잊을 수가 없다.

그때 보행로 저편에서 바스락바스락 소리가 나더니 위아래로 조깅복을 입은 한 여자가 달려왔다. 공원 주위를 돌며 달리고 있었다. 조깅이지만 달리는 속도가 꽤 빨랐고, 날씬하면서도 건강미가 넘치는 체형이었다. 나이는 서른 살 전후로 보였다.

열심히 운동하는군. 어쩌면 운동선수일지도 모르겠다고 생각했다.

손목시계를 보니 벌써 아홉 시였다. 갑자기 승부욕이 발동해 내가 몇 바퀴나 더 뛸 수 있을지 가늠해 보았지만 이미 여러 바퀴를 달려 아랫배 복근이 가늘게 떨리고 있었다.

"무리하지 말자……."

작게 중얼거리며 달리기를 포기했다.

방금 지나간 여자가 한 바퀴를 더 돌아 다시 내 앞으로 다가왔다. 벌써 몇 바퀴째인지 셀 수도 없었다. 나라면 이미 숨이 턱까지 차올라 포기했을 것이다.

운동화 밑바닥이 낙엽을 딛을 때 마찰음이 점점 커지며 그녀도 가까워졌다. 호리호리한 그림자가 나를 향해 다가왔다.

드디어 그녀를 가까운 거리에서 볼 수 있었다.

"어?"

볼수록 낯익은 여자였다. 처음에는 당황했지만 점점 내 눈에 들어온 놀라운 광경을 믿을 수가 없었다.

여자가 내 소리를 들었는지 정말로 나를 향해 다가왔다.

"어머, 여기서 만났네요?"

그녀가 먼저 놀란 목소리로 말을 걸었다.

나는 린위치를 향해 손을 흔들었다. 그녀는 바로 얼마 전 다크펀 하우스에 들어간 의뢰인이었다.

나도 모르게 그녀를 위아래로 훑어보았다. 무례한 행동이라는 건 알지만 너무 놀라서 그런 것까지 생각할 겨를이 없었다. 그녀는 거친 숨을 고르며 내게 다가왔다. 두 뺨에 불그스름하게 혈색이 도는 게 에너지가 넘쳐 보였다.

후보쿠에서 만났던 그녀와는 전혀 다른 사람 같았다.

"허징청 씨였죠? 이자카야에서 만났잖아요."

린위치가 목에 걸친 수건으로 땀을 닦았다.

"린위치 씨? 정말 당신인가요?"

그녀가 힘껏 고개를 끄덕였다. 그녀도 나와의 만남이 의외였는지 조깅을 멈추고 벤치 앞에 섰다.

"네. 맞아요. 저녁 운동을 하러 나왔어요."

그녀가 갑자기 말실수를 한 소녀처럼 까르르 웃었다.

웃음의 의미를 알 것 같았다. 얼마 전까지만 해도 남의 도움 없이는 걸을 수 없었던 그녀가 이렇게 빠르게 달린다고 하면 아무도 믿지 못할 것이다.

"앉아도 돼요?"

린위치가 내 옆자리를 가리켰다.

"네네. 물론이죠. 반가워요……."

"얼마 전부터 여기서 운동하기 시작했는데 그동안 당신을 못 본 것 같아요. 운동하러 왔어요?"

"가끔 와요. 평일에는 사무실에 틀어박혀 일하니까 운동이 부족해서요."

내가 근육 없이 마른 허벅지를 가리키자 그녀가 웃었다.

"참 좋아요. 이렇게 신나게 달릴 수 있다니. 전 지금 정말 좋아요……."

그녀는 내게 하는 말인지 그녀 자신에게 하는 말인지 알 수 없을 만큼 작은 소리로 말했다.

"요즘 어때요?"

이렇게 묻기는 했지만, 그녀가 아주 잘 지내고 있다는 걸 이미 알 수 있었다.

그녀는 내가 이런 질문을 할지 예상하지 못한 듯 고개를 갸우뚱하고 생각에 잠겼다.

"뭐랄까. 꿈이 이루어진 기분이에요. 가끔은 너무 비현실적이라는 생각이 들어요. 뭐라고 표현할 수가 없어요. 마치…… 마치…… 꿈속에서 살고 있는 것 같다고 할까. 맞아요! 꿈속에서 사는 것 같아요."

"꿈속에서 살고 있다고요?"

"네. 어떤 날은 아침에 일어나서 습관처럼 몸을 팔로 지탱하며 침대에서 내려와요. 발로 땅을 온전히 디딘 뒤에도 조금 얼떨떨하죠. 도저히 믿을 수가 없어요. 어머, 죄송해요. 괜한 얘길 했네요."

"괜찮아요. 그게 정상이에요. 당신이 다시 걸을 수 있게 돼서 남편도 기뻐하겠군요."

"네……."

"달리기를 자주 해요? 아주 빨리 달리던데. 대단해요."

"아니에요……. 10년도 넘게 운동을 못 해서 체력이 많이 떨어졌어요. 아마 몸이 기억하는 거겠죠."

린위치가 뭔가 말하려는 듯 입술을 달싹이다가 시선을 조금 멀리 옮기며 몇 초쯤 침묵했다.

그녀의 행동이 조금 이상했지만 묻지 않았다.

"고등학생 때 남편 아스와 이 공원에 자주 와서 달리기를 했어요."

린위치가 구불구불한 보행로를 보며 천천히 말했다.

나는 조금 놀랐다. 어스름한 가로등 불빛이 내 놀란 표정을 감춰주었을 것이다. 나는 그제야 그녀의 운동복 차림을 보고 그녀가 원래 운동을 좋아했지만 장애로 인해 그만두어야 했음을 알 수 있었다.

"그렇군요……. 어쩐지."

"우린 같은 고등학교에 다녔어요. 반은 달랐지만 육상부에서 만났죠. 각자 전국 육상 대회에서 순위권에 들겠다는 목표를 세우고 저녁마다 함께 연습했어요. 누가 먼저 고백할 것도 없이 자연스럽게 사귀게 됐죠."

"같은 꿈을 갖고 함께 노력했군요. 멋져요."

그녀가 부러웠고, 문득 징즈가 생각났다.

"그래요. 그땐 정말 행복했어요."

린위치가 엷은 미소를 지었다.

"고등학교 3학년 때 갑자기 허리 통증이 시작되더니 점점 걷기가 힘들어졌어요. 척추에 문제가 있다는 걸 그제야 알았어요. 대학 입시가 몇 달 안 남은 때였고, 아스는 공부도 잘해서 의대에 갈 수 있는 성적이었어요. 아스는 육상과 공부를 병행하면서도 내가 병원에 가는 날은 꼭 함께 가주었죠. 그날도 아스가 나를 자전거에 태워 병원으로 가고 있었는데, 아마도 아스가 마음이 급했나 봐요. 자전거가 미끄러지는 바람에…… 그 사고로 내 병이 악화됐어요."

나는 말없이 그녀의 얘기를 들었다. 그녀의 남편을 본 적은 없지만, 후회와 자책에 휩싸인 소년을 떠올리자 마음이 무거워졌다.

"예상치 못한 사고였을 거예요. 남편도 몹시 괴로웠겠죠. 게다가 그렇게 중요한 시기였으니."

"나도 알아요. 아스를 원망한 적 없어요."

린위치가 무릎에 두 손을 포개고 고개를 숙였다.

"아스는 시험을 치르면서도 계속 나를 걱정했어요. 다행히 의대에 합격했지만, 그의 1지망 학교는 아니었어요. 재수를 할 생각이 없느냐고 물어봤지만."

"재수를 했나요?"

"아뇨. 하루빨리 의사가 돼서 나를 직접 치료해 주고 싶다고 했어요."

"정말 좋은 남편이군요. 따뜻한 사람이에요."

내가 무슨 말을 잘못했는지 그녀가 더 깊이 고개를 숙였다. 처음에는 수줍어서 그런다고 생각했지만, 그보다 더 복잡한 감정인 것 같았다.

"아스는 정말 따뜻한 사람이에요. 계속 내 곁을 지켰어요. 하지만…… 난 가끔 그 사고가 났던 날 내가 죽었으면 더 좋았겠다는 생각을 했어요."

"왜요?"

예상치 못한 말에 내 미간이 일그러졌다.

"아스는 뭐든 다 잘하는 우등생이었어요. 육상이든, 공부든, 마음만 먹으면 반드시 목표를 이루고야 말았죠. 그때 의대에 가려고 독하게 공부한 것도 직접 내 병을 고쳐주겠다는 목표 때문이었어요. 그는, 자기 때문에 내가 걷지 못하게 됐다고 생각하고 있어요."

린위치의 복잡한 감정이 자책감이라는 걸 그제야 알았다.

"의학에도 한계가 있어요. 사람은 신이 아니고, 의사도 사람이니까요."

나는 짧은 탄식을 내뱉었다.

현대 의학이 빠르게 발전했지만 사람의 몸을 아직 온전히 알지 못하며 모든 치료에는 한계가 있다. 사람들은 의사를 신으로 여기지만 의사가 언제나 그 기대에 부응할 수 있는 것은 아니다. 그럴 때 의사는 순식간에 신에서 사람으로 지위가 강등되고 사람들에게 거센 비난과 책망을 받곤 한다.

나는 아스가 이미 수련의 과정을 마치고 전문의가 됐는데도 여전히 그때의 그늘에서 벗어나지 못했다는 사실이 안타까웠다.

"아스를 원망하지 않는다고 수없이 말했지만 그는 죄책감을 떨치지 못했어요. 그가 병원에서 심한 스트레스를 받는데도 난 아무것도 도와줄 수가 없었어요. 고민하던 중에 언젠가 들었던 이자카야에 대한 소문이 생각났어요……."

린위치의 목소리가 흔들렸다.

그동안 린위치와 많은 대화를 나눠보지 않은 데다, 그녀의 남편을 본 적도 없었다. 심지어 얼마 전까지만 해도 린위치가 부자가 되고 싶어서 후보쿠를 찾아왔다고 생각했다.

그런데 그녀의 얘기를 듣고 난 뒤 내 마음대로 그녀를 판단했던 것이 부끄럽고 미안했다. 린위치가 행복해 보이는 샤오원에 대한 질투심 때문에 부자가 되고 싶어 하는 것이라고 내 마음대로 추측해서 그녀와 남편이 자책감의 수렁에 빠져 있음을 보지 못했던 것이다.

알고 보니 그녀는 상처에 괴로워하는 평범한 사람일 뿐이었다. 평범한 사람이기 때문에 자신보다 더 행복한 사람을 부러워하고, 돌이킬 수 없는 상처에서 회복되길 갈망했다. 남들이 알면 터무니없는 공상이라고 비웃겠지만 현재보다 더 나은 삶을 살고 싶다는 그녀의 소망은 지극히 자연스러운 것이었다. 그래서 그녀가 다크펀을 찾아왔던 것이다.

어떤 목소리가 내 귓가에 속삭였다.

어쩌면, 당신이 진정으로 저 두 사람을 도와준 것일 수도 있어.

"린위치 씨가 회복된 걸 보고 남편이 기뻐하겠군요."

"네……."

"팅강 형님을 찾아왔었다고 들었어요. 남편도 순조롭게 병원을 개업했다니 정말 잘됐어요. 축하해요."

"네……."

"혹시 무슨 문제가 있나요?"

"샤오원이……."

"네?"

"혹시 그 죽음이 나 때문인가요?"

예상치 못한 질문에 말문이 막혔다. 그제야 그녀가 샤오원의 이웃이라는 것이 생각났다. 잘나가는 병원장 아내의 갑작스러운 죽음은 금세 소문이 퍼졌을 것이다.

"그분의 죽음은 당신과 아무 관계도 없어요."

사실 나도 확신할 수 없었지만 반사적으로 대답이 튀어나왔다.

정말 아무 관계도 없을까?

1년 전 감독의 제안으로 다크편에 합류하면서 누군가의 비참하고 절망적인 인생을 바꿔 인생 무대에서 새로운 배역을 배정해 주는 것이 썩 괜찮은 일이라고 느꼈다. 어찌 보면 타인의 성공한 인생을 표절하는 범죄 행위라고 할 수도 있지만, 사람들이 갈망하는 새로운 인생을 살게 해줄 수 있다는 점이 즐거웠고 보람도 느꼈다.

하지만 반대로 표절 대상이 된 사람의 인생이 그로 인해 바뀌는지에 대해서는 한 번도 생각해 본 적이 없다.

감독의 낮은 목소리가 내 귓가에 맴돌았다. 내가 처음 다크편 하우스 문 앞에 갔던 날 그는 이렇게 말했다.

"다크편 하우스는 의뢰인의 인생 시나리오를 바꿔주는 곳이네. 다시 말하면 타인의 인생을 표절하는 곳이기도 하지."

감독은 컴컴한 방 안에 앉아 있었는데, 창문으로 들어온 빛을 통해 희끗희끗한 그의 머리를 보고 50대쯤 되는 것 같다고 생각했다. 길에서 마주친 적도 없고, 텔레비전에서 본 적도 없지만, 왠지 아주 오랜만에 만난 친구처럼 익숙한 느낌이었다.

"샤오원의 일이 정말 나와 아무 관계도 없어요? 솔직하게 말해주세요."

린위치가 작은 소리로 다시 물었다. 내 대답 속에 감춰진 망설임을 읽어낸 듯했다.

"제가 드릴 수 있는 말은, 당신이 바꾼 건 당신 자신의 인생뿐이라는 거예요."

분명한 어조로 다시 말했지만, 실은 내게도 확신이 없었다.

"네…… 알겠어요."

"지금은 새로운 생활에만 집중하세요. 당신은 건강한 모습을 되찾았고, 남편도 병원을 개업했잖아요. 남편이 당신과 함께 있는 시간도 많아졌겠죠?"

"네. 그래요."

"남편도 이자카야의 일을 알고 있나요?"

린위치가 약간 놀란 듯 입을 다물더니 고개를 저었다.

"그럼 당신에게 일어난 일들을 어떻게 설명했어요?"

"그날 밤 이자카야의 다락방에서 나온 뒤 내게 변화가 시작됐어요."

"어떻게요?"

"음……. 우선 다리에 점점 힘이 생기더니 사흘 뒤에는 아무것도 붙잡지 않고 내 힘으로 천천히 걸을 수 있게 됐어요. 아스도 불가능한 일이 일어났다며 놀라움을 금치 못했어요."

린위치가 자기 다리를 조금 흔들어 보였다.

"그리고 일주일이 채 지나지 않아서 달릴 수 있게 됐어요."

"그렇게 빨리요?"

예상보다 훨씬 빠른 회복 속도에 나도 놀랐다.

"저도 놀랐어요. 아스는 불가능한 일이라며 특별한 수술을 받았느냐고 했죠. 솔직히 털어놓을까 고민하고 있을 때 샤오원의 사망 소식을 들었어요."

"음……."

"그 후 닥터 뤄의 병원도 한참 동안 문을 열지 않았어요. 시나리오에 아스가 병원을 개업하는 내용이 적혀 있었다는 게 생각났어요. 아스에게 병원을 개업하는 게 어떤지 넌지시 얘기했는데 뜻밖에도 선뜻 그러자고 했어요. 그때부터 병원 자리를 물색하고, 내부 인테리어를 하고, 정식 개원까지 모든 게 오래전부터 이미 정해져 있던 것처럼 일사천리로 진행됐어요. 정신을 차려보니 이미 다 이루어져 있었죠."

나는 고개를 끄덕였다. 그게 바로 다크펀 하우스의 실력이다. 영화 속 마법처럼 손가락 하나 튕겨서 한순간에 다른 인생으로 변신시키는 것이 아니라, 모든 변화가 맥락에 따라 물 흐르듯이 이루어진다. 어떻게 그런 일이 다 가능한지 직접 겪고도 믿을 수가 없을 만큼 일사천리로 진행된다.

"하지만……."

린위치가 말을 하려다 멈췄다.

"무슨 문제가 있어요?"

"병원을 열고 수입이 늘어난 후에도 예전과 똑같이 열심히 일하지만, 아스가 어쩐지 뭔가 달라진 것 같아요."

"접대받을 일이 많아진 거겠죠?"

일부 개업의들이 제약 회사로부터 자주 접대를 받는다는 건 나도 잘 알고 있었다.

"아뇨. 뭐라고 꼬집어 말할 수가 없어요. 내게 예전처럼 잘해주긴 하지만, 어떤지 좀 이상해졌어요. 뭐랄까…… 삶의 중심을 잃은 사람 같아요."

린위치가 고개를 돌리며 다른 쪽으로 시선을 던졌다.

"그럼 당신은요? 인생이 바뀌고 나서 행복해졌어요?"

원래 나는 의뢰인들과 일정한 거리를 유지하고, 의뢰받은 일이 끝나면 그들의 인생에 관여하지 않았지만 이번에는 나도 모르게 질문을 하고 말았다.

차분하던 린위치의 숨소리가 조금 커졌다. 어떻게 대답할지 망설이는 것 같았다.

행복해진 걸까? 회의감이 드는 걸까? 그녀 자신도 알아채지 못하는 복잡한 감정이 내면 깊숙이 깔려 있는 듯했다. 그녀는 감정을 억누르려고 애쓰는 것 같았다.

선선한 가을바람이 바닥에 뒹구는 낙엽을 쓸며 바스락거리는 소리를 냈다. 막 땀 흘려 운동을 마친 터라 한기가 들었다. 벤치 등받이에서 몸을 일으키고 상체를 앞으로 굽히며 조금 움직였다. 계속 말없이 앉아 있는 린위치를 보니 그녀의 대답을 들을 수 없을 것 같아서 벤치에서 일어났다.

"너무 늦었네요. 그럼 이만……."

그러자 린위치가 갑자기 입을 열었다.

"오랫동안 원하던 삶을 얻었으니 만족해야겠죠. 그런데 이상하게도…… 가끔 행복하지 않을 때가 있어요."

꼭 모아 쥔 그녀의 두 손이 가늘게 떨렸다. 벤치에 앉아 있는 그녀의 몸이 점점 오그라드는 것 같았다.

"사실…… 샤오원은 내 오랜 친구예요. 예전에 친하게 지냈어요."

린위치가 고개를 떨궜다.

"단순한 이웃이 아니었다고요?"

"대학 때 제일 친한 친구였어요. 샤오원이 수업에 가기 싫어하는 나를 끌고 학교에 다녔죠. 그 애가 없었다면 내가 그 시간을 어떻게 견뎠을지 상상도 할 수 없어요."

"그런 사연이 있었군요."

"정말 착하고 고마운 애였어요. 하지만 닥터 뤄와 결혼하고 난 뒤부터, 자꾸 그 애와 내 인생이 비교되기 시작했어요. 나도 왜 그랬는지 모르겠지만, 질투심이 생겼어요. 그러면 안 된다는 걸 알면서도…… 그런 마음을 떨칠 수가 없었어요. 가끔은 그런 생각을 하는 내가 너무 싫었어요……."

린위치의 몸이 점점 움츠러들더니 그녀의 눈에서 눈물이 흘러내렸다.

나는 후회와 자책감에 괴로워하는 가엾은 여자를 그저 말없이 내려다보고 있을 수밖에 없었다.

"건강한 몸, 다정한 남편. 샤오원이 가진 모든 건 내가 오랫동안 갈망해 오던 것이었어요. 하지만 이제야 알았어요. 그날 밤 내 인생을 내 손으로 직접 망쳐버렸다는 걸……. 아스와 샤오원에게 너무 미안해요……."

몇 분 전까지만 해도 에너지가 넘쳤던 그녀의 모습은 사라지고, 지금 그녀에게 남은 건 오직 후회와 자책뿐이었다.

린위치가 몇 초쯤 침묵하다가 감정이 북받친 목소리로 말했다.

"얼마 후엔 나도 암으로 죽겠죠? 그렇죠?"

"……."

뭐라고 대답해야 좋을지 알 수가 없었다. 샤오윈이 암으로 죽었으므로 이치상으로 보면 그의 인생을 따라 시나리오를 바꾼 린위치도 같은 운명을 맞이하게 될 것이다.

"그것도 나쁘지 않아요……."

눈물범벅이 된 린위치의 얼굴에 뜻밖의 미소가 떠올랐다.

7

"또 졌어! 아, 분해!"

후보쿠의 사각 테이블 위에는 길쭉한 나무 블록 수십 개가 흩어져 있었다.

요즘 샤오후이가 빠져 있는 젠가 게임이다. 시중에 파는 젠가 블록과 크기와 생김새는 같지만 무게가 조금씩 달라서 블록을 똑바로 쌓아 올리기가 쉽지 않았다. 번갈아 가며 블록을 하나씩 빼내 탑 꼭대기에 다시 올려두는데 탑이 쓰러지지 않으면 다음 사람의 차례가 되고, 탑을 먼저 쓰러뜨린 사람이 게임에 지게 된다. 단순한 것 같지만 생김새만 봐서는 블록의 무게를 알 수 없기 때문에 블록을 빼내고 쌓는 기술뿐 아니라 운도 필요했다.

샤오후이와 케빈이 층층이 쌓인 탑에서 번갈아 가며 조심스럽게 블록을 하나씩 빼냈다. 오늘 밤에만 벌써 아홉 판째였다.

지금까지 결과는 6 대 2. 케빈의 압도적인 우세였다.

거리에는 유난히 일찍 찾아온 겨울에 목을 잔뜩 움츠린 행인들이 잰걸음을 옮기고 있었다. 따뜻한 나라에서 왔는지 얇은 외투만 걸친 여행객들도 간간이 눈에 띄었다.

지난번 린위치와 공원에서 만난 뒤 두 달 남짓 흘렀다.

그동안 린위치는 후보쿠에 오지 않았고, 나도 추워진 날씨 때문에 공원에 운동하러 가는 횟수가 줄어들어 그녀와 마주칠 기회가 없었다.

우팅강에게 듣기로 닥터 뤄의 병원은 샤오원이 죽은 뒤 한동안 병원 문을 열지 않다가 얼마 전부터 다시 진료를 시작했는데 다른 의사가 병원을 맡고 닥터 뤄는 캐나다로 이주한 것 같다고 했다. 그러나 그 이유를 아는 사람이 없었다.

"오늘 정말 춥네."

나는 바테이블 앞에 앉아 두 손을 비볐다.

수요일이라 그런지 연인으로 보이는 손님이 돌아간 뒤 우리 넷밖에 없었다. 그 덕분에 샤오후이와 케빈이 마음 놓고 테이블에서 게임을 즐기고 있는 것이었다. 블록 탑이 또다시 요란한 소리를 내며 무너졌지만 아무도 신경 쓰지 않았다.

우팅강이 따라준 따뜻한 사케를 마시자 배에서부터 팔다

리로 온기가 퍼지며 온몸이 누긋해졌다.

"고마워요."

술잔을 들어 우팅강에게 고마움을 표시했다.

"우리 사이에."

그도 사케를 술잔에 따라 조금 마셨다. 일본에 있는 우팅강의 친척이 개업 선물로 보내준 술인데 조금씩 아껴 마셔서 아직 절반 정도 남아 있었다.

우팅강은 손님이 없는 틈에 주방에 가서 설거지를 하고, 나는 벽에 걸린 텔레비전을 무료한 표정으로 응시했다. 잠시 후 광고가 나오는 사이 가게 안을 이리저리 둘러보다가 2층으로 올라가는 좁은 계단에서 시선이 멈췄다.

"형님, 감독과는 어떻게 알게 됐어요?"

내가 손가락으로 천장을 가리키며 말했다.

"내가 이 가게를 인수할 때부터 다락방에 살고 있었어."

"네? 그럼 그 사람이 건물주예요?"

나는 놀란 눈으로 우팅강을 보았다.

"말하자면 그렇지. 하지만 임대료를 받은 적이 없으니 건물주와 세입자의 관계라고 할 수 있을지 모르겠네."

"그렇구나. 그러니까 계속 다락방에서 살 수 있는 거겠죠."

"응."

"임대료를 받지 않는 대신 형에게 다크펀의 제작자를 맡긴 거예요? 그게 아니면 공짜일 리가 있어요?"

"그렇지."

우팅강이 짧게 대답했다.

"아무튼 신비한 인물이에요. 실물은 몇 번 못 봤지만."

"뭐라고? 감독의 실물을 봤다고?"

우팅강이 설거지를 하다 말고 눈을 크게 뜨고 물었다.

"설마 형은 아직 감독을 못 봤어요?"

"응. 실물은 못 봤어. 항상 휴대폰 메신저로만 연락하니까."

우팅강이 어쩔 수 없다는 듯 어깨를 으쓱였다.

"맙소사! 너무하잖아요. 이렇게까지 신비주의라니……. 하긴, 다크펀이 했던 일들을 생각하면 되도록 그와 만나지 않는 게 좋을 것 같기도 하네요."

나는 다크펀 하우스의 문을 열었던 몇 안 되는 경험을 돌이켜보았다. 확실히 그를 정면에서 정확히 본 적은 없었다. 다크펀에 합류한 지 얼마 안 됐을 때 올라가서 궁금한 것들을 자세히 물어보려고 했지만 그때마다 그는 다락방에 없었다.

이상하게 들리겠지만, 그는 의뢰인이 찾아올 때에만 딱 맞춰서 다크펀 하우스에 나타난다. 어떻게 그게 가능한지는 나도 잘 모르겠다.

데구루루—

젠가 블록 탑이 또 무너졌다.

"오예! 드디어 이겼어!"

흥분한 샤오후이가 두 팔을 번쩍 들고 환호했다.

"에이…… 내가 세 번이나 더 이겼잖아. 호들갑 떨긴."

케빈이 머리를 긁적이자 늘 제멋대로인 머리가 더 헝클어
졌다.

밤 10시가 조금 넘은 시각. 마감까지는 두 시간이나 남아
있었다. 그때 굳게 닫혔던 미닫이문이 드르륵 열렸다. 열린
문 사이로 찬바람이 훅 파고 들어와 따뜻한 실내 공기를 휘저
었다.

문 앞에는 한 여자가 서 있었다.

카키색 트렌치코트를 입고 긴 머리를 양쪽 어깨로 늘어뜨
린 채였는데, 화장으로도 가리지 못한 야윈 두 뺨에서 혈색이
조금도 느껴지지 않았다. 이 추운 날씨를 어떻게 견디고 여기
까지 왔는지 모르겠지만 바람이 조금만 더 불어도 쓰러질 것
같았다.

문에서 가까운 테이블에 있던 샤오후이와 케빈이 고개를
돌려 그녀를 보자마자 손이 우뚝 멈췄다. 젠가 블록 하나가
바닥에 떨어지며 댕그랑 청명한 소리를 냈다.

"린위치 씨?"

내가 먼저 그녀를 알아보았다. 두 달 전 공원에서 마주친
그녀였다.

샤오후이와 케빈이 린위치라는 이름을 듣고 놀란 눈으로 동시에 나를 보며 입 모양으로 '정말 그 여자야?'라고 물었다.

"잘 지내셨어요? 춥죠? 어서 들어오세요."

샤오후이가 재빨리 그녀를 맞이하고 문을 닫은 뒤 제일 따뜻할 것 같은 안쪽 테이블로 안내했다.

"고마워요."

그녀가 샤오후이에게 목례를 하고 안쪽 테이블에 앉았다.

"뭐 드시겠어요?"

우팅강은 이런 이상한 일에 익숙하다는 듯, 늘 똑같은 무뚝뚝한 말투로 물었다.

"따뜻한 녹차 주세요……."

"조금만 기다리세요."

우팅강이 짧게 말하고 조리대로 가서 차를 우렸다.

따뜻한 차를 마시자 그녀의 야위고 창백한 뺨에 혈색이 조금 돌았다.

"괜찮아요?"

내가 그녀의 테이블에 다가가 앉으며 물었다.

"괜찮아요. 오늘은 컨디션이 좋아서 여기까지 왔어요. 문을 닫았을지도 모른다고 생각했는데 다행히 아직 열려 있네요. 정말 다행이에요."

"정말…… 샤오원처럼 됐어요?"

나는 망설이다가 조심스럽게 물었다.

"네."

린위치는 아무렇지 않은 듯 담담한 말투로 대답했지만, 그녀의 건강에 문제가 생겼다는 걸 모두 이미 짐작하고 있었다.

"치료받고 있어요?"

내가 물었다.

"물론이죠. 치료를 받지 않으면 남편이 괴로워할 테니까……. 하지만 효과가 어떨지는 아시잖아요."

린위치가 빙긋 웃었다.

하지만 그녀의 얼굴을 보며 나는 함께 웃을 수가 없었다.

이게 어떻게 된 일일까 생각했다. 내가 다크펀에 합류한 건 인생을 바꾸고 싶어 하는 사람들이 다시 행복할 기회를 붙잡도록 도와주고 싶어서였다. 상황이 더 나빠지기 전에, 더 이상 살고 싶어 하지 않는 사람의 인생에 개입할 수 있다면 의미 있는 일이라고 생각했다.

하지만 내 앞에 닥친 현실은 전혀 예상치 못한 것이었다. 가슴속에서 죄책감이 북받쳐 올랐다.

"오늘 저희가 도와드릴 게 있을까요?"

수척해진 린위치의 얼굴을 보며 나는 그녀를 위해 또 무엇을 해줄 수 있을지 생각했다. 그녀의 마음을 조금이나마 편하게 해줄 수 있다면 뭐든 상관없었다.

"이런 질문이 이상하게 들리겠지만, 내가 빼앗은 샤오윈의 인생을 되돌려줄 수 있을까요? 그러면 샤오윈이 살 수 있을지도 모르잖아요……."

예상치 못한 부탁에 멍해졌다. 나는 그녀가 자기 인생을 한탄할 거라고 생각했다. 샤오윈을 롤모델로 선택하지 않았더라면 그녀에게 이런 비극은 일어나지 않았을 테니까. 하지만 지금 그녀가 걱정하는 건 자신의 병든 몸이 아니라 이미 죽은 샤오윈이었다.

어떻게 하면 좋을까?

그날 밤 린위치에게 했던 말을 다시 들려줘야 할 것 같았다. 완전히 확신할 수는 없지만, 우리의 일이 인생의 롤모델로 선택된 사람의 인생에는 아무런 영향도 미치지 않는다고 말이다. 물론 그녀가 다크펀 하우스에 다녀간 지 얼마 되지 않아서 닥터 뤄의 아내가 갑자기 병에 걸려 세상을 떠났고, 이 둘 사이에 정말로 아무 관련이 없는지 나는 지금도 확신할 수가 없었다.

하지만 지금 분명히 말할 수 있는 것은 이미 죽은 사람을 살려내는 건 불가능하다는 사실이었다.

내가 그렇게 말하려는데 우팅강이 조용히 테이블 옆으로 다가와 그녀의 잔에 녹차를 더 따라주며 말했다.

"샤오윈이 당신에게 정말 그렇게 중요한 사람인가요? 그녀가 되살아나길 바랄 만큼?"

"형님……."

나는 우팅강을 바라보며 미간을 찡그렸다.

그가 왜 그런 질문을 하는지 이해할 수 없었다. 그 말이 린 위치에게 죽은 사람을 되살릴 수 있다는, 불필요한 희망을 심어줄 수 있다는 걸 설마 모른단 말인가?

하지만 린위치는 그의 말을 듣고 말없이 휴대폰을 꺼냈다. 휴대폰 액정이 환해지자 배경화면의 사진이 보였다. 사진 속 옷차림을 보니 오래된 사진인 듯했다. 운동장의 붉은 트랙을 배경으로 세 사람이 트랙 가운데 잔디밭에 앉아 있었다. 열여덟에서 스물쯤 되어 보이는 앳된 얼굴의 학생들이었다.

나는 가운데 여학생이 린위치라는 걸 한눈에 알아보았다. 생김새는 지금과 크게 다름없었지만, 사진 속 그녀는 환하게 웃고 있었다. 양옆에 키가 크고 마른 남학생과 갈색 단발머리를 한 여학생이 있었다.

"아스와 샤오원이에요. 나중에 닥터 뤄의 아내가 됐죠."

휴대폰을 테이블 위에 올려놓는 그녀의 가늘고 창백한 손가락이 파르르 떨렸다.

"이 여학생이 샤오원이라고요?"

"맞군. 닥터 뤄의 병원에서 본 기억이 나."

우팅강이 테이블로 다가와 사진을 흘긋 보고는 고개를 끄덕이며 작은 소리로 말했다.

사진 속에서 젊은 샤오원은 무릎을 꿇은 채 앉아 활짝 웃으며 두 팔로 린위치의 어깨를 감싸고 있고, 남자친구 아스는 그 옆에 앉아 수줍은 표정으로 머리를 긁적이고 있었다. 행복한 표정에서 그들의 우정이 느껴졌다.

"정말 친한 사이였군요."

내가 말했다.

"대학 2학년 체육 대회 때 찍은 거예요. 샤오원이 아스가 경기하는 운동장으로 나를 데려다줬어요. 아스에게 미리 얘기하지 않고, 그가 경기에 출전하기 한 시간 전에 가서 놀래주기로 했죠. 아스가 우리를 보고 정말 깜짝 놀랐어요."

린위치가 눈동자를 반짝이며 말했다.

오늘 밤 그녀에게 처음으로 생명력이 느껴진 순간이었다. 미래의 이야기가 아닌, 바꿀 수 없는 과거의 이야기라는 사실이 안타까울 따름이었다.

"하지만……."

린위치가 휴대폰을 들어 사진을 한 번 더 보고는 액정 화면을 껐다.

"이제 모든 게 사라졌어요. 전부 내 탓이에요. 샤오원을 질투하지 말았어야 해요……. 사실 아스의 다른 환자들에 비하면 내 인생이 이미 아주 행복하다는 것도 알고 있어요……."

그녀는 북받치는 감정을 억누르고 있는 듯했다.

"미안해요. 울지 않겠다고 다짐했는데 말하고 나니 더는 참을 수가 없어요……."

"괜찮아요. 이해해요."

나는 입술을 깨물며 말없이 그녀를 볼 수밖에 없었다.

"샤오원은 좋은 애였어요. 그렇게 좋은 애니까 당연히 행복한 인생을 살아야 해요. 샤오원에게 그런 불행이 닥칠 리 없어요. 내가 그 앨 해친 거예요……. 내 잘못이에요. 다 내 잘못이에요……."

린위치가 눈을 감고 더 이상 말을 잇지 못했다.

"린위치 씨……."

그녀를 위로해 보려고 했지만 그녀는 대답하지 않았다.

창백한 두 뺨에 대비되어 더 붉게 보이는 그녀의 눈을 보니 나도 가슴이 아팠다.

"그러니까…… 부탁할게요. 당신들의 규칙은 알지만, 내게 돌이킬 기회를 한 번만 주세요. 예전으로 돌아갈 수만 있다면, 아니…… 몇 개월 전으로 돌아갈 수만 있으면 돼요. 내 마음대로 운명을 바꾸기 전으로 되돌려주세요! 제발……."

하지만 불가능한 일이었다. 다크펀 하우스가 아무리 신비한 능력을 가졌다고 해도 죽은 사람을 살려낼 수는 없다. 그것은 바꿀 수 없는 규칙이다.

살려낼 수 있다면 내가 왜 해보지 않았겠는가…….

샤오후이가 옆에 앉으며 어두운 표정을 한 내게 물었다.

"정말 방법이 없어요?"

"미안해…….”

내가 대답했다.

모두 침묵했다. 창밖의 냉기류가 이자카야의 미닫이문을 달각달각 미세하게 흔드는 소리만 들렸다. 우팅강도 말없이 조리대에서 유리잔을 닦았다. 오랜만의 만남을 기뻐해야 할 자리가 숨소리도 내기 힘들 만큼 고요했다.

"응? 잠깐만요…… 징청 형…….” 갑자기 생각난 듯 무슨 말을 하려던 케빈이 잠시 머뭇거리다가, 확신은 없지만 밑져야 본전이라는 듯 말을 이었다. "린위치 씨가 다크펀 하우스에 다시 들어갈 순 없어요? 이미 죽은 사람을 살려낼 수는 없지만, 인생을 두 번 바꿀 수는 있잖아요?"

나는 얼떨결에 고개를 끄덕이고는 우팅강에게 시선을 옮겼다.

"그럴 수 있어요? 의뢰인이 다크펀 하우스에 두 번 들어갈 수도 있어요?"

내가 물었다.

"아직 그런 일은 없었지만, 안 된다는 규칙은 없어.”

우팅강이 예의 그 무뚝뚝한 말투로 말했다.

그는 다크편의 제작자이므로 우리 중 규칙을 가장 잘 알고 있었다.

나는 망망대해에서 뗏목을 발견한 사람처럼 환희의 눈빛으로 린위치를 보았다.

"솔직히 말하면 샤오원의 인생을 베껴 당신의 새로운 인생 시나리오를 쓴 것이 그녀의 죽음과 정말로 연관이 없는지 나도 의문이 들어요. 하지만 당신의 인생을 다시 고친다면 당신이 샤오원의 전철을 밟지 않을 수 있을 거예요."

"샤오원을 살려내는 건 정말 불가능한가요?"

"아마도요……."

"그렇다면 그게 무슨 의미가 있어요? 게다가 거길 다시 들어간다는 건…… 또 누군가의 인생을 베껴야 한다는 뜻이잖아요? 그러면 또 누군가를 해치는 일 아니겠어요?"

"남의 인생을 베끼지 않아도 돼요. 걱정 마세요."

"어떻게 그럴 수가 있죠?"

"원래 당신의 인생을 베낄 거니까요."

"내 인생이요?"

"그래요. 당신은 지금 샤오원의 인생을 살고 있으니 원래 자기 인생을 롤모델로 삼는다면 린위치 당신의 인생을 되찾을 수 있을 거예요. 하지만 그건 당신에게 어떤 미래가 펼쳐질지 모른다는 뜻이에요. 그 누구도 알 수 없는, 온전히 자기

만의 인생을 살게 되겠죠."

그녀에게 해주고 싶은 말을 단숨에 다 해버렸다.

"나만의 알 수 없는 인생⋯⋯."

린위치의 두 뺨이 떨렸다.

그녀는 생각에 잠긴 듯 두 눈을 감았다.

나는 그녀 앞에 놓인 찻잔에서 모락모락 피어오르는 김을 말없이 응시하며 그녀에게 결코 쉬운 결정이 아닐 거라고 생각했다.

평범한 사람들에게 알 수 없다는 건 두려움의 다른 말이다. 앞으로 다가올 인생을 스스로 통제할 수 없다는 건 안개가 자욱하게 낀 숲에서 어둠을 더듬어 앞으로 나아가는 것과 같다. 내 앞에 따뜻한 오두막이 있을지, 아름다운 절경이 펼쳐져 있을지, 아니면 천 길 낭떠러지와 폭포가 나타나 한 발짝만 잘못 내디디면 끝없는 심연으로 떨어질지 알 수가 없다.

행복한 미래든 불행한 미래든 스스로 한 걸음 한 걸음 탐색해 나아가야만 한다.

'여행할 때 어떤 일을 겪게 될지 미리 알면 재미가 없잖아.'

갑자기 한 여자의 목소리가 귓가에 들렸다. 징즈의 목소리였다.

너와 어머니는 언제 돌아올 거야?

'실컷 놀다가 싫증 나면.'

너도 정말. 네가 놀다가 싫증 나는 날이 올까…….

'올 거야. 아직은 좀 더 기다려줘.'

됐다. 됐어. 네가 너무 보고 싶은데…….

'……'

아무 소리도 들리지 않았다.

"결정했어요."

린위치의 목소리에 정신이 들어 다시 현실로 돌아왔다.

"어떻게 하시겠어요?"

"다락방에 한 번 더 들어갈게요."

"알겠습니다."

나는 옆에 있던 서류 가방에서 노트를 꺼냈다. 의뢰인에게 새로운 인생 시나리오를 써주는 전용 노트였다.

나는 빈 페이지를 펼치고 맨 위에 린위치의 이름을 적었다.

본격적으로 시나리오를 쓰기 시작하려는데 창백하고 가냘 픈 손바닥이 펜을 쥔 내 손을 부드럽게 감쌌다.

"하나만 더…… 부탁해도 될까요?"

린위치가 머뭇거리며 말했다.

"물론이에요. 말씀해 보세요."

"내가 직접…… 쓰고 싶어요."

뜻밖의 부탁에 조금 놀랐지만 고개를 끄덕였다.

"좋습니다. 이름 아래에 당신이 원하는 미래와 롤모델로 삼을 사람의 이름을 쓰세요."

내가 노트를 그녀 앞으로 돌려주었다.

"고마워요."

린위치가 몇 번이나 고맙다고 말하고는 떨리는 손으로 펜을 들었다.

"괜찮겠지?"

샤오후이가 내 옆으로 다가와 불안한 표정으로 물었다.

"걱정 마. 아무 일 없을 거야."

내가 말했다.

린위치는 조심스럽게 한 획 한 획 그어가며 자기 미래의 새로운 인생을 천천히 써 내려갔다. 아마도 그녀는 처음으로 자기 운명을 스스로 결정하고 있을 것이다. 그녀 인생의 처음이자 마지막인 이 기회를 빼앗고 싶지 않았다.

잠시 후 그녀는 완성된 시나리오를 노트에서 뜯어내 반으로 접은 뒤 나를 보며 고개를 끄덕였다.

조리대 뒤에서 지켜보고 있던 우팅강이 말했다.

"당신이 원하는 대로 들어주기는 했지만, 다크펀 하우스에 들어갈 수 있는 자격 규정을 알고 있겠죠?"

"아…… 알아요. 하지만 지난번에 전 재산을 다 내놓아서 은행 잔고가 남아 있지 않아요. 지금 가진 돈이 얼마 없는데…… 너무 적다면 집에 가서 더 찾아볼게요……."

그녀가 연 핑크색 장지갑을 서둘러 테이블에 올려놓고는 돈 될 만한 물건이 없는지 가방을 뒤졌다.

"이걸로 충분해요. 감사합니다."

우팅강이 고개를 끄덕이고는 조리대에서 하던 일을 계속했다.

"정말이요? 죄송해요……."

"괜찮아요. 저희는 당신의 전 재산을 받을 뿐이에요. 금액이 정해져 있지 않아요."

"고맙습니다."

"준비가 다 됐으면 올라가시죠."

내가 의자에서 일어나며 말했다.

다크펀 하우스로 올라가는 계단은 몹시 좁아서 일반인도 손잡이를 잡고 몸을 옆으로 돌려야 했다. 몸이 쇠약한 린위치가 그런 계단을 건강한 사람만큼 빠른 속도로 올라갔다.

잠시 후 그녀가 다크펀 하우스의 나무 문 앞에 섰다.

"두 번째인데도 세상에 이런 곳이 있다는 걸 믿을 수가 없어요."

그녀가 문을 바라보며 감격에 겨운 표정으로 말했다.

"네. 저도 매번 그런 생각을 해요."

내가 말했다.

문 옆에 있는 돌사자의 입안에 손을 넣어 차가운 열쇠를

꺼냈다. 바깥 기온이 추워져서인지 몰라도 손에 닿는 감촉이
지난번보다 더 차갑게 느껴졌다.

린위치가 자신이 쓴 운명을 조심스럽게 손에 쥐며 말했다.

"잘 부탁해요."

그녀가 나를 한 번 보고는 문 앞으로 한 걸음 다가갔다.

"네. 잠시만요."

열쇠를 구멍에 넣으려는데 문 너머에서 나무 바닥을 두드
리는 발걸음 소리가 들렸다.

"오셨군."

이어서 남자의 굵은 음성이 들려왔다. 감독의 목소리였다.

다크펀 하우스의 문이 삐그덕 소리를 내며 열렸다. 감독이
문 뒤에 서 있었다. 그의 눈빛은 깊었고, 내 상상대로 나이가
지긋한 노인이었다. 그가 우리를 향해 선 채 미소 짓고 있었
기 때문에 지난번보다 더 자세히 그를 볼 수 있었다. 감독이
린위치를 보고 있는 건지 나를 보고 있는 건지 잠시 헷갈렸
다. 아마도 두 사람을 동시에 응시했을 것이다.

"언제까지 서 있을 겁니까?"

감독이 말했다.

"어서 들어가세요."

나도 정신을 차리고 린위치에게 말했다.

그녀는 허리를 깊이 숙여 내게 인사했고 나도 그녀를 보며

고개를 한 번 끄덕인 뒤 어깨를 부축해 살짝 안으로 밀어주었다. 외투 안의 앙상한 팔뚝이 손바닥에 느껴졌다. 그녀에게 남은 시간이 얼마 되지 않는 것 같았다…….

린위치가 고개를 들어 어두운 방 안을 한 번 본 뒤 걸음을 내디뎠다.

바로 그때 내가 계속 품고 있던 다크펀에 대한 의문이 생각났다. 지금이 그 질문을 할 수 있는 기회가 아닐까?

"감독님, 궁금한 것이 있습니다. 린위치 씨가 새로운 인생 시나리오를 받은 뒤에 롤모델인 샤오원이 세상을 떠났습니다. 그 일이 다크펀 하우스와 관련이 있나요?"

나는 문이 닫히지 않도록 손으로 밀며 말했다.

감독이 내 눈을 흘긋 보며 의미심장한 표정을 지었다.

"우리가 샤오원의 인생만이 아니라 생명까지도 빼앗았는지 묻는 건가?"

"네."

"우린 작은 외부 요인에 조금 개입해 근본적인 변화를 이끌어 낼 뿐이네."

"하지만…… 샤오원은…….”

"자네가 샤오원의 인생을 바꿨나? 아니겠지? 이걸로 충분히 설명했다고 생각하는데."

나는 여전히 의구심을 떨칠 수가 없었다.

"그건 그렇지만……."

"그럼 됐네."

다크펀 하우스의 문이 쿵 닫히고 감독과 린위치가 문 너머 어둠 속으로 사라졌다.

8

"어떻게 됐어? 문제없지?"

1층으로 내려와 보니 우팅강도 하던 일을 마치고 샤오후이, 케빈과 함께 테이블에 앉아 텔레비전을 보며 술을 마시고 있었다.

린위치가 두고 간 연 핑크색 지갑이 테이블 위에 그대로 놓여 있었다.

"문제없을 거예요."

나는 감독과 나눴던 대화에 대해 말하지 않았다.

내 말에 세 사람은 안도의 한숨을 쉬었다.

바로 그때 문밖이 소란스러워졌다.

쿵쿵쿵.

다급한 걸음 소리가 들리더니 이자카야의 미닫이문이 벌

컥 열렸다. 날씨가 사나운 평일인 데다가 자정이 가까워 손님이 거의 오지 않는 시간이지만 우팅강이 반사적으로 일어나 외쳤다.

"어서 오세요!"

찬바람이 안으로 훅 빨려 들어오더니, 문 앞에 검은 트렌치 코트를 입은 남자가 서 있었다.

키가 크고 후리후리한 몸에 머리가 조금 희끗희끗한 30대 정도의 남자였다. 지적이고 똑똑해 보였지만 눈빛에 몹시 지친 기색이 역력했다.

"위치는 어디 있습니까?"

남자가 테이블에 놓인 지갑을 보고 급하게 물었다.

나는 그가 린위치의 남편 아스라는 걸 직감했다. 다른 사람들도 그가 누군지 눈치채고 놀란 표정을 지었다. 그가 어떻게 여길 왔지?

"그게……. 천 선생님, 이리 앉으세요. 날씨가 춥죠?"

내가 그에게 자리를 내어주었다. 그가 얼마 전 개업한 병원 앞을 지나며 천 씨라는 걸 본 기억이 났다.

아스가 내 앞 의자에 털썩 앉았다.

"어떻게 된 겁니까? 위치는요?"

아스가 테이블에 놓여 있던 지갑을 낚아채듯 집으며 초조하게 물었다.

"우선 진정하세요. 무슨 일이 있었나요?"

우팅강이 차를 가져다주며 차분히 말했다.

아스가 자기 휴대폰을 꺼내 메신저를 열어 내밀었다. 세 명이 운동장에서 함께 찍은 사진이 있었다. 조금 전 린위치가 모두에게 보여주었던 것과 같은 사진이었다.

"아까 저녁에 위치가 샤오원을 찾으러 간다고 했어요. 나와 샤오원에게 미안하다는 둥 알아들을 수 없는 얘기를 하더군요. 샤오원이 얼마 전에 세상을 떠났다는 걸 모르는 사람처럼 말했어요!"

아스의 감정이 점점 격해지며 말이 빨라졌다.

다른 세 사람과 서로 얼굴만 쳐다보고 있다가 내가 뭐라고 말하려는데 아스가 낮게 중얼거렸다.

"설마…… 설마 샤오원을 찾으러 간다는 말이 목숨을 끊겠다는 뜻은 아니겠죠……?"

아스가 목이 메어 더 이상 말을 잇지 못했다.

"천 선생님, 진정하세요……."

나는 우선 그를 차분히 가라앉히려고 했다.

"어떻게 진정하라는 겁니까! 당신은 아무것도 몰라요. 내가 위치의 병을 고치기 위해 얼마나 많은 시간과 노력을 들여 연구에 매진했는지!"

"선생님의 심정은 이해합니다. 하지만 부인이 진정으로 원하는 건……".

"그건 나도 알아요! 위치의 마음을 모르는 게 아니라고요. 위치는 내가 자기 곁에 더 많이 있어 주길 원했어요. 하지만 그땐 위치의 병을 고쳐주겠다는 생각뿐이었어요. 위치의 마음까지 헤아릴 여유가 없었어요……. 그런데 위치가 어느 날 갑자기 두 발로 걸어서 집에 왔어요. 얼마나 놀랐는지 몰라요. 위치가 다시 걷게 된 건 정말 기뻤지만 어떻게 된 일인지 아무것도 말해주지 않았어요!"

아스는 아내의 병을 고치기 위해 묵묵히 참아왔던 고통이 밀물처럼 밀려온 듯 큰 소리로 외쳤다.

"당신들이 위치에게 무슨 짓을 했는지는 모르지만, 내게서 위치를 빼앗아 가지 마세요. 내게 남은 건 위치뿐이에요."

그가 어린아이처럼 울음을 터뜨렸다. 그의 눈에서 굵은 눈물이 하염없이 흘러내렸다.

"지금 무슨 말씀을 하시는 거예요?"

옆에 있던 샤오후이가 불쑥 끼어들자, 아스가 고개를 들어 멍한 눈으로 그녀를 보았다.

"선생님은 아내의 병을 고쳐주겠다는 생각뿐이었다고 하지만, 사실은 오로지 자신만을 위해 살았던 거예요."

"그게 무슨 소립니까? 당신 누구예요?"

아스가 눈물범벅이 된 얼굴로 성을 냈다.

"내가 누군지는 중요하지 않아요. 선생님은 아내의 마음을 하나도 몰랐어요. 린위치 씨는 선생님과 같이 있길 원했어요. 그래서 친구인 샤오원을 부러워했던 거예요. 두 발로 씩씩하게 걷는 것도, 병원을 개업하는 것도, 다 중요하지 않았다고요! 선생님은 자기 때문에 아내가 사고를 당했다는 죄책감 속에서만 살았던 거예요! 그동안 선생님이 했던 모든 노력은 단지 그때의 실수를 만회하려는 것이었다고요!"

샤오후이는 가끔 너무 직설적이어서 우팅강도 막을 수가 없었다. 하지만 지금은 그 누구도 그녀를 말리려고 하지 않았다. 아스도 말문이 막혀 아무 말도 하지 못했고, 화가 조금 누그러진 채 의자에 우두커니 앉아 있었다.

"천 선생님, 괜찮으세요?"

내가 물었다.

"제가 잘못한 건가요? 당신들 위치에게 무슨 짓을 한 거예요?"

아스가 초점 없는 눈동자로 테이블에 놓인 지갑을 내려다보며 힘없이 말했다.

나는 다크펀 하우스로 올라가는 계단을 보며 이번에는 조금 오래 걸린다는 생각을 했다. 하지만 린위치가 어떤 시나리오를 썼는지 몰랐기 때문에 은근히 걱정스러웠다.

그때 한 가지 생각이 떠올라 가방에서 연필을 꺼냈다. 나는

노트를 펼치고 린위치가 뜯어간 노트의 다음 페이지를 연필
로 살살 칠했다. 연필이 지나가는 자리마다 종이가 눌린 글씨
자국이 희미하게 나타났다.

아스는 내가 뭘 하는지 몰라 멍하니 쳐다보기만 했다.

잠시 후 나는 연필로 검게 칠한 노트를 보며 안도의 한숨
을 내쉬었다.

"아무 일 없을 거예요."

나는 빙긋이 웃으며 노트를 앞으로 내밀었다.

9

어느새 벽시계가 밤 12시 30분을 가리켰다. 텔레비전 뉴스도 재방송으로 넘어가고 모두들 테이블에 앉거나 주위를 서성이며 말없이 기다렸다. 우팅강과 케빈은 문밖에 있던 입간판을 안으로 가지고 들어왔다. 거리에 여행객은 거의 없고 점멸등으로 바뀐 신호등만 깜박이며 사람들에게 밤이 늦었으니 조심하라고 일깨워주고 있었다.

바로 그때 계단에서 또각거리는 소리가 들렸다.

또각…… 또각…… 또각…… 또각…….

아주 느린 간격으로 바닥을 두드리는 소리가 점점 가까워질수록 더 무겁고 더 느려졌다.

2층으로 올라가는 좁은 계단으로 모두의 시선이 쏠렸다. 잠시 후 계단에서 한 사람이 나타났다. 외투를 입은 여자가 힘겹게 손잡이에 몸을 지탱하며 내려왔다. 내려오는 속도가 아주 느리고 걷기 힘들어 보였지만 그녀의 얼굴에는 건강한 혈색이 돌았다. 병색이 짙었던 아까의 그 얼굴과는 완전히 달랐다.

린위치가 원래 자기 인생을 되찾은 것이다. 거동이 불편했던 자기 자신까지 함께.

"아스, 걱정시켜서 미안해⋯⋯."

린위치가 마지막 계단 몇 개를 남겨놓고 멈춰 선 채 미안한 표정으로 남편을 보았다.

"위치!"

아스가 잠시 멍하니 있다가 계단으로 달려가 아내를 부축했다.

"미안해. 이런 모습으로 돌아와서⋯⋯."

"괜찮아. 무사히 돌아왔으니 됐어. 돌아왔으니 됐어⋯⋯. 갑자기 없어져서 얼마나 놀란 줄 알아?"

"응⋯⋯."

"그리고⋯⋯ 미안해. 내가 당신 마음을 너무 몰랐어. 용서해 줘."

아스가 괴로운 표정으로 고개를 숙였다.

"나도 미안해. 내가 너무 철이 없었어." 린위치가 잠시 머뭇거리다가 아주 작은 목소리로 말했다. "샤오원은 돌아올 수가 없대."

아스는 그녀의 말에 담긴 뜻을 알지 못했지만 오랫동안 함께 살며 린위치가 샤오원을 부러워한다는 것은 어느 정도 짐작하고 있었다. 하지만 그는 과거의 실수를 만회하기 위해 아내의 마음을 모른 척했고 아내의 병을 고쳐주는 것을 최우선으로 생각했다. 다른 것들은 그녀가 나은 다음에 얼마든지 해줄 수 있다고 생각했다. 자신에게 치료의 노하우가 쌓이고 충분한 돈을 모은 뒤에 린위치가 바라는 대로 해주려고 했다.

하지만 어떤 가치를 중요하게 생각하는지는 사람마다 각기 다른 법이다. 우선순위가 다르면 그것을 대하는 방식도 달라지는데, 종종 그 방식이 서로의 요구를 전혀 충족시키지 못한다. 그렇게 한 방울씩 쌓인 기대와 실망이 큰 장벽을 무너뜨리는 홍수가 되기도 한다.

"사실 샤오원은 당신 건강을 무척 걱정했어. 당신이 어떤지 내게 자주 묻곤 했어."

아스가 고개를 들며 담담하게 말했다.

"나도 알아……. 다 알고 있었어. 내가 변한 거야. 변한 사람은 나야. 날 걱정해 주는 샤오원을 질투하다니……."

"됐어. 지난 일이야. 하늘에 있는 샤오원도 네가 이러는 걸 원치 않을 거야."

"아스……."

"샤오원의 성격을 잘 알잖아. 샤오원을 위해서라도 힘을 내자."

"응. 앞으론 걱정시키지 않을게."

"당신은 이미 많이 노력했어. 이제 같이 노력하자. 알았지?"

"알았어."

린위치가 남편의 부축을 받으며 천천히 남은 계단을 내려왔다. 두 사람의 뺨을 적신 눈물 자국이 오렌지색 조명에 비쳐 반짝였다.

나는 우팅강과 눈을 마주친 뒤 테이블에 있던 노트를 조용히 덮었다. 린위치가 뜯어 간 시나리오 노트 뒷장에 남겨진 글씨 자국으로 그녀가 쓴 글을 볼 수 있었다. 그녀는 이렇게 썼다.

나는 린위치입니다. 내 원래 인생을 되찾고 싶습니다. 예측할 수 없는 것으로 가득하지만 그게 내 인생이므로 그 인생을 끝까지 걸어갈 수 있는 사람은 나밖에 없습니다.

아스와 린위치를 배웅하고 나니 새벽 1시가 넘어 있었다. 샤오후이와 케빈은 하품을 하며 각자 집으로 돌아갔다. 더 차가워진 듯한 바깥바람에 어깨를 움츠리며 우팅강이 내게 넌지시 물었다.

"감독을 만났어?"

나는 대답 대신 고개를 끄덕였다.

"샤오윈의 죽음은 린위치와 관계없는 거지?"

"형은 알고 있었어요?"

내가 놀란 눈으로 그를 보았다.

"응. 린위치가 쓴 글을 보고 알았어."

"맞아요. 샤오윈의 죽음은 누구의 탓도 아니에요. 그게 그의 인생 시나리오였어요. 안타깝지만 그게 사실이에요."

"그래."

우팅강이 이자카야의 문을 열었다. 적막한 밤 드르륵하는 소리가 유난히 크게 들렸다.

이자카야의 문이 닫힌 뒤 밤거리가 다시 고요해졌다.

2장
두 얼굴의 교사

1

크리스마스 분위기가 흐르는 12월의 타이베이 거리.

올해는 유난히 강추위가 맹위를 떨치며 역대 최저 기온을
연달아 경신하고 있었다. 한파가 덮친 거리에는 각양각색의
두꺼운 외투로 무장한 사람들이 바쁘게 걸음을 옮긴다. 아열
대 기후인 타이완에 이런 추위는 흔한 일이 아니어서 덕분에
특별한 연말 분위기를 느낄 수 있다.

주말 밤이지만 후보쿠 근처의 상수도 배관 공사로 단수가
되자 우팅강은 하루 영업을 쉬고 조직원들과 함께 신이구(信
義區)의 번화가를 거닐며 모처럼 얻은 휴일을 즐기고 있었다.

우팅강이 감격스러운 표정으로 말했다.

"이게 얼마 만이야? 후보쿠를 시작한 뒤로 이렇게 한가한
주말을 보낸 적이 없어."

큰 키에 블랙 코트를 걸친 우팅강은 인파로 북적이는 거리에서도 눈에 잘 띄었다.

"일본의 크리스마스는 재미있을 것 같아요. 그렇죠?"

나는 일본 드라마에서 보았던 화려한 크리스마스 트리를 떠올리며 물었다.

몇 년 전부터 크리스마스 시즌마다 타이베이 번화가의 램프 장식이 점점 화려해지고 있다. 다채로운 불빛이 도시 전체를 아름답게 수놓으며 들뜬 분위기로 사람들의 발길을 잡아끈다.

"응. 크리스마스 분위기가 아주 로맨틱하지."

우팅강이 일본에 살던 때를 회상하는 듯 고개를 갸웃했다.

"하하하, 오빠 입에서 로맨틱하다는 표현이 나오다니, 정말 안 어울려요!"

옆에 있던 샤오후이가 깔깔대며 놀리자 우팅강이 계면쩍은 듯 수염이 덥수룩한 뺨을 긁적였다.

"일본의 크리스마스는 타이완과 다르다면서요? 일본인들이 크리스마스에 즐겨 먹는 음식이 있다고 했는데 그게 뭐였더라 ……."

샤오후이는 중대한 문제를 고민하듯 고개를 갸우뚱하며 진지하게 생각에 잠겼다.

"치킨과 딸기 케이크."

우팅강이 말했다.

"맞아요. 맞아. 바로 그거예요!"

샤오후이가 손뼉을 치며 큰 소리로 웃었다. 역시 샤오후이는 먹는 얘기를 할 때면 평소보다 목소리가 한 톤 올라가 잔뜩 흥이 솟는다.

"타이완에서 중추절에 바비큐를 먹는 것과 비슷하네요. 모든 사람이 바비큐를 먹지만 왜 하필 바비큐를 먹는지는 모르잖아요."

말없이 듣고 있던 케빈이 한마디 거들었다.

나는 타이완과 일본의 풍습 차이에 대해 열띤 토론을 벌이는 세 사람을 조용히 지켜보기만 했다.

문득 이런 생각이 들었다. 우리 모두 표면적으로는 떳떳한 직업을 가지고 있지만, 지하 불법 조직의 일원으로 활동한다. 크게 비난받을 일을 저지른 적은 없어도 일 처리 방법이 합법과 불법의 경계에서 줄타기를 하고 있어서 이따금 법에서 허용하지 않는 일을 하기도 한다. 전부 다크편에 도움을 요청한 의뢰인을 위한 일이다.

내가 처음 다크편에 합류했을 때 의뢰인에게 써준 시나리오는 대부분 법의 언저리를 맴도는 정도였지만, 여러 번 일을 진행하며 동료들의 실력을 알고 난 뒤로는 스토리 창작에 점점 제약이 사라지고 훨씬 자유로워졌다. 가끔은 내가 온라인에 연재하는 소설의 에피소드를 시나리오에 넣어 소설을 현실로 구현하기도 하고, 또 어떤 때는 의뢰인에게 써준 시나리오의 내용을 소재로 소설을 써서 온라인에 연재하기도 했다. 실제로 일어났던 사건을 실시간으로 반영하고 허구를 가미해 창작했기 때문에 온라인에서 구독자가 점점 많아졌다. 나는 징즈와 어머니를 모델로 창조한 두 명의 능력자를 주인공으로 절묘한 모험담을 몇 편이나 탄생시켰다.

우리는 오랜만에 한껏 들뜬 기분으로 타이베이 신이구의 번화가를 활보했다. 붐비는 인파에 걷기가 힘들 정도였지만 그 덕분에 연말의 낭만을 흠뻑 누릴 수 있었다. 신이구 번화가의 광장 한가운데에는 5층 높이의 초대형 크리스마스 트리가 세워져 있었다. 화려하게 깜박이는 전구 불빛에 광장 전체가 거대하고 환상적인 비눗방울 속에 들어 있는, 완전히 다른 세계인 듯한 착각이 들었다.

그때 크리스마스 트리 너머에서 터져 나온 날카로운 고함 소리가 비눗방울을 터뜨렸다.

사람들의 시선이 쏠린 곳에 연인으로 보이는 젊은 남녀가 서 있었다. 다소 튀는 차림새에 값비싼 명품 가방을 든 여자가 휠체어에 앉아 껌을 파는 노인에게 고함을 지르고 있었다. 노인 뒤에서 외국인 아내로 보이는 여자가 연신 허리를 굽히면서 죄송하다고 사과하며 보상의 의미인 듯 껌 한 통을 건넸지만, 젊은 여자는 경멸 가득한 눈초리로 무시했다.

바닥에는 음료가 쏟아져 있고 그녀 옆에 있는 젊은 남자의 손에 동일한 브랜드의 로고가 그려진 컵이 들려 있었다. 정황상 노인의 휠체어가 젊은 여자의 팔을 쳐 음료를 떨어뜨린 것이 이 소란의 원인인 듯했다.

"이걸 어쩌나……. 일부러 그런 게 아니에요. 이거라도 드릴게요. 화 풀어요……."

몸을 일으킬 수 없는 노인은 휠체어에 앉아 고개를 조아리며 진심으로 사과했다.

"저리 치워요! 내가 이걸 사려고 얼마나 오랫동안 줄을 섰는 줄이나 알아요?"

젊은 여자가 분이 풀리지 않는 듯 악을 쓰자 행인들이 흘끔거렸다. 우리도 여자의 격앙된 반응에 놀라 어이없는 표정으로 서로를 보았다. 우팅강이 미간을 찡그리며 다가가려는데 내가 그의 어깨를 잡았다.

"형, 잠깐만요."

내가 눈짓으로 젊은 남녀의 뒤쪽을 가리키자 우팅강도 그쪽을 보았다. 그들 뒤에 회색 양복을 입은 남자가 서 있었다. 약간 네모진 얼굴을 한 그는 평범한 40대 회사원 같았다. 회색 양복 남자가 여자의 어깨를 두드리며 부드러운 말투로 말렸다.

"아가씨, 어느 학교 다녀요? 어르신이 연세도 많고 형편도 안 좋아 보이는데 적당히 넘어가는 게 어때요?"

"아저씨가 무슨 상관이에요? 참견 말고 그냥 가던 길 가세요. 이상한 아저씨네."

남자친구인 청년이 양복 남자의 가슴팍을 툭 밀치자 남자가 휘청 기울어지며 본능적으로 젊은이의 배낭을 확 잡아당겨 결국 둘이 한꺼번에 넘어졌다. 소란이 커져 구경꾼이 점점 많아지자 두 연인은 점점 더 화가 나는 듯했다.

"아이씨, 이게 뭐야!" 청년이 벌떡 일어나 구경꾼들을 보더니 시뻘게진 얼굴로 욕을 내뱉었다.

"관둬. 가자! 똥 밟은 셈 쳐. 어휴, 가자!"

주위의 시선을 의식한 여자가 상황이 불리하다고 느꼈는지 서둘러 남자친구를 끌고 MRT역 방향으로 떠났다.

"젊은 양반, 괜찮아요? 다친 데는 없우?"

노인이 걱정스러운 표정으로 양복 남자에게 물었다.

"괜찮습니다. 세상이 변했네요. 요즘 젊은 사람들이 버릇이 없어요."

양복 남자가 흙먼지가 묻은 바지를 툭툭 털며 사람 좋은 미소를 짓더니 노인과 노인이 안고 있는 바구니를 번갈아 보다가 자기가 물건을 사겠다고 말했다.

"거스름돈은 안 주셔도 됩니다."

남자가 껌 한 통을 집은 뒤 노인에게 지폐 한 장을 쥐여주고는 가볍게 목례를 하고 떠났다.

자칫 더 커질 뻔한 소란이 빠르게 정리되자 구경하던 사람들도 흩어졌다. 아무 일도 일어나지 않았던 것처럼 광장에 울려 퍼지는 캐럴에 맞춰 사람들이 바삐 걸음을 옮겼다.

내가 우팅강에게 낮게 속삭였다.

"방금 그거…… 봤어요?"

내가 잘못 본 게 아니라면, 양복 남자가 청년을 잡아당겨 한꺼번에 넘어지는 순간 청년의 배낭에서 파란 지갑을 슬쩍 빼내 자기 양복 안주머니에 넣었다. 노인에게 껌을 산 돈도 방금 훔친 청년의 지갑에서 꺼낸 것이었다.

"봤어."

우팅강이 입꼬리를 살짝 올리며 고개를 끄덕였다.

"손 기술 좋던데요. 처음이 아닌 것 같았어요."

"타이베이에서는 소매치기를 처음 보는군. 여기보다 더 붐비는 도쿄의 번화가에서는 흔하지만."

"오늘 크리스마스 트리를 보러 온 사람들 중에 범죄조직이 우리만 있는 게 아닌가 봐요. 다들 지갑 단속 잘하라고."

짐짓 진지한 투로 말했지만 나도 모르게 피식 웃음이 터지고 말았다.

"근데……."

옆에서 지켜보고만 있던 케빈이 뭐라고 말을 하려다가 주저했다.

"근데, 뭐?"

"그 양복 입은 남자, 어디서 본 거 같아요."

"에이, 그럴 리가?"

내 말에 샤오후이도 끼어들었다.

"나도 왠지 낯이 익은데."

"그래? 그럼 둘이 같이 있을 때 봤나?"

나는 고개를 돌려 양복 남자의 뒷모습을 찾았지만 그는 이미 인파 속으로 사라진 뒤였다.

"지난번에 케빈과 내가 주정뱅이 사업가의 집에 갔었다고 했던 거 기억나?"

샤오후이가 말했다.

"그랬지. 너희 둘이 그 집에 몰래 들어갔…… 응? 그러니까 그날 마주쳤다는…….."

"맞아! 그 사장 집에 들어왔던 도둑 중 한 명이 틀림없어. 그날 밤에는 마스크를 쓰고 있었지만, 케빈 때문에 손을 다친 그 사람인 것 같아."

샤오후이가 팔짱을 낀 채 그날 밤 기억을 더듬었다.

"나도 같은 생각이야. 그때보다 약간 말라 보이지만. 또 만나게 될 줄은 몰랐는데."

케빈의 말에 우리 모두 고개를 끄덕였다.

그때 광장을 둘러싸고 있던 전구가 일제히 꺼지고, 진행자가 우아하게 무대 위로 올라와 행사의 시작을 알렸다. 모두의 시선이 무대로 쏠리고 광장에 점점 열기가 달아올랐다.

음악이 바뀌자 사람들이 고개를 들고 기대에 찬 눈빛으로 높다란 크리스마스 트리를 올려다보며 과연 얼마나 멋진 불빛이 켜질지 기다렸다.

2

저녁 7시, 후보쿠의 모든 테이블에 손님이 찼다.

지난 주말에는 예고 없이 하루를 쉬는 바람에 허탕 치고 돌아간 손님이 많았지만, 오늘은 지나가던 사람들도 '영업 중'이라는 푯말을 보고 기웃거리다가 들어와 저녁을 먹었다.

어릴 적 일본에서 자란 우팅강은 일본인의 엄격한 일 처리 방식이 몸에 배었지만 가끔은 지난 주말처럼 즉흥적인 행동을 한다. 생활의 밸런스를 맞추는 그만의 방법인 셈이다.

팽팽하게 당겨진 줄을 가끔은 느슨하게 이완시킬 필요가 있다. 모든 일에는 양면성이 있고 그 점은 사람도 예외가 아니다.

요즘 나는 병원 뉴스레터를 만들기 위해 의료계 사람들을 만나 인터뷰한다. 다양한 사람을 만나는 건 재미있는 일이지만 과중한 일에 심신이 지치고 피곤할 때는 후보쿠에 가서 한 잔하고 싶은 생각이 간절하다.

평소처럼 후보쿠의 문을 열고 들어가 보니 내가 늘 앉는 바테이블 자리에 이미 누가 앉아 있었다. 밖에서 조금 기다리려고 몸을 돌리다가 낯익은 얼굴을 발견하고 다가갔다.

"왔어?"

테이블에 앉아 있는 케빈에게 인사를 건네며 그의 옆에 자리 잡았다.

"아, 형도 왔네요."

케빈이 우물쭈물 인사를 받았다. 평소에도 말수가 많은 편은 아니지만 오늘따라 왠지 더 이상했다. 손잡이가 긴 금색 티스푼을 쥐고 생각에 잠긴 듯 무심하게 레몬사와를 젓고 있던 그는 내가 말을 걸자 그제야 정신이 든 것 같았다.

"무슨 일 있어? 오늘 좀 이상한데."

"아무것도 아니에요."

케빈이 뭐라고 대답하려다가 입을 꾹 다물며 레몬사와를 더 빨리 저었다.

나는 그를 흘긋 본 뒤 더 묻지 않고, 바쁘게 일하고 있는 우팅강에게 손을 흔들어 돼지갈비 덮밥과 생맥주를 주문했다.

"괜찮으면 나랑 한 잔 더 할래?"

내가 말했다.

"좋아요."

"형, 맥주 두 잔 주세요. 고마워요!"

우팅강이 내게 고개를 끄덕이고 다시 바쁘게 일했다. 오늘 따라 가게에 손님이 많아 평소보다 좀 시끄러웠고, 외국인 손님도 있어서 몇 개 국어로 두런거리는 대화 소리가 배경 음악처럼 깔렸다.

텔레비전으로 스포츠 경기를 보며 밥을 먹다가 케빈에게 넌지시 물었다.

"여자 문제야?"

"에이, 아니에요."

"그래? 그래 보이는데."

"아니라니까요. 형이 생각하는 그런 거 아니에요."

"그럼 가족 문제겠네."

"……."

"그렇구나."

"그걸 어떻게 알아요?"

케빈이 맥주잔을 내려놓았다.

"간단하지. 거의 모든 고민은 인간관계 때문이야. 또 너처럼 똑똑한 애가 공부 때문에 고민할 리도 없고, 돈이 부족한 것도 아닐 테고."

"형 말이 맞아요."

"정말 가족 문제야?"

"네."

그가 힘없이 한숨을 내쉬며 고개를 끄덕였다.

"가족 누구?"

"아버지요."

케빈이 가족 얘기를 한 건 처음이었다. 나는 남의 사생활을 훔쳐보는 데 흥미가 없고 시시콜콜한 가십에 관심도 없지만, 케빈이 처음으로 가족 얘기를 꺼내자 조금 놀라우면서도 호기심이 생겼다.

"무슨 일인지 얘기해 볼래?"

"네."

케빈은 망설였지만 감추고 있던 고민을 내게 들켜버린 이상 마음속에 담아둘 필요가 없다고 생각한 것 같았다.

"내가 타이완에 있는 걸 아버지가 아셨어요."

"어? 그렇구나……."

케빈이 혼자 타이베이에 있다는 건 알았지만, 그의 가족들도 그가 어디에 있는지는 안다고 생각했다. 이제 보니 케빈은 자신의 거취를 가족들에게 비밀로 하고 있었던 것이다.

"어릴 적에 우리 집은 미국으로 이민을 갔어요. 미국 대학 교수인 아버지는 제가 연구 기관에 들어가서 높은 연봉을 받으며 안정적인 생활을 하길 바라셨죠. 저는 좋은 대학에 들어

가서도 우수한 성적을 유지했지만 따분하고 재미없는 생활에 염증이 났어요. 세계를 마음껏 돌아다니며 자유롭게 살고 싶었는데 아버지의 기대 때문에 그럴 수가 없었어요. 그래서 아버지 몰래 혼자 타이베이로 돌아온 거예요. 곧 1년이 다 되어가요."

"그동안 가족에게 연락하지 않았어?"

"네. 아버지는 미국에 있지만 사람들을 고용해 저를 찾고 있어요. 그들에게 들키면 큰일 나요."

힘없이 더듬거리는 그의 표정을 보니 스스로도 이것이 옳지 않은 행동임을 알고 있는 듯했다.

"네가 여기 있는 걸 아버지가 어떻게 아신 거야?"

"몰라요. 어쨌든 아셨어요. 한 달 안에 미국으로 돌아오래요. 안 그러면 저를 데리러 직접 오시겠대요."

케빈이 이렇게 풀 죽은 모습은 본 적이 없었다. 나는 케빈이 말수는 적어도 따뜻한 기운을 풍기는 사람이라고 생각했다. 그의 아버지는 여러모로 대단한 인물일 것이다. 그렇지 않다면 똑똑하고 재주 많은 케빈이 미국으로 돌아오라는 아버지의 말에 이렇게 고민할 리 없을 테니까. 다 털어놓지 못한 어떤 이유가 있을 것이다.

"그래서, 어쩔 거야?"

"모르겠어요."

"어쩌려고? 한 달밖에 시간이 없잖아."

"나도 알아요. 하지만…… 미국에 가기 싫어요. 다시 무거운 압박감 속에서 살고 싶지 않아요. 계속 지금처럼 스릴 있는 일을 하면서 살고 싶어요."

케빈을 돕고 싶었다. 계속 아버지를 피하는 건 해결책이 될 수 없다. 뭐라고 얘기해 줘야 할지 고민하고 있는데 회사원으로 보이는 한 남자 손님이 갑자기 내 시야 안으로 들어왔다. 아까부터 나와 케빈 뒤에 서 있었던 것 같았다. 식사를 마치고 계산을 하려다 우팅강이 눈코 뜰 새 없이 바쁜 것을 보고 카운터 옆을 서성이고 있었던 것이다. 크게 소리쳐 재촉하거나 짜증을 내지도 않고 점잖게 기다렸다.

나는 주방에서 바쁘게 음식을 만들고 있는 우팅강을 보고 손님의 계산을 도와주려다가 얼굴을 보고 멈칫했다.

지난주 크리스마스 트리 앞에서 봤던 회색 양복 차림의 40대 남자였다.

놀란 기색이 내 얼굴에 나타났는지 그가 나를 보고 의아한 표정을 지었다.

"장사가 너무 잘돼서 문제네요."

내가 얼른 말을 건네자 그가 웃으며 고개를 끄덕이고는 주방 쪽을 다시 쳐다보며 우팅강이 오기를 조용히 기다렸다.

"징청 형……."

케빈도 상황을 눈치채고는 그가 자신을 알아볼까 봐 급하게 고개를 돌렸다.

"제가 계산해 드릴게요."

내가 일어나 남자가 들고 있던 계산서를 건네받았다.

"그래도 될까요?"

"걱정 마세요. 여기 사장님과 잘 알아요. 형님, 제가 해도 되죠?"

내가 주방을 향해 소리치며 계산서를 흔들자 우팅강이 고개를 내밀고 손가락으로 오케이 사인을 던진 뒤 다시 들어갔다.

"고맙습니다."

남자가 웃으며 말했다.

나는 바테이블 옆에 서서 남자에게 현금을 받으며 그의 목에 걸린 ID카드를 흘긋 보았다.

"선생님이세요?"

남자가 내 시선을 따라 고개를 살짝 숙였다가 ID카드가 밖에 나와 있는 걸 보고 "아" 하고 재빨리 벗어 주머니에 넣었다.

"네. 근처 초등학교에서 영어를 가르치고 있어요."

"대단하시네요."

나는 교사가 부업으로 소매치기를 한다는 사실에 속으로

놀랐다. 이런 아이러니라니. 지난번 지갑을 훔칠 때의 빠른 손놀림과 지금 눈앞에 서 있는 젠틀한 인상의 아저씨를 도무지 연결 지을 수가 없었다.

"계산 끝났습니다. 여기 거스름돈이요."

"고맙습니다."

그가 동전을 받아 지갑에 넣었다. 지난번 청년에게 훔친 파란 지갑이 아니라 검정 지갑이었다.

그런데 밖으로 나가려던 남자가 걸음을 돌려 카운터 쪽으로 돌아오더니 조금 머뭇거리다 말했다.

"여기……단골이신 것 같은데 뭐 하나 물어봐도 될까요?"

"그러세요."

"이상하게 들릴지도 모르지만……."

"괜찮아요. 말씀하세요."

"이 이자카야에…… 사람의 운명을 바꿔주는 신비한 곳이 있다던데…… 그게 정말인가요?"

예상치 못한 질문과 기대감이 충만한 그의 눈빛에 나도 뭐라고 대답해야 할지 몰라 손끝으로 테이블만 톡톡 두드렸다.

옆에 앉은 케빈이 남자의 말을 듣자마자 입에 머금고 있던 맥주를 뿜었다. 사레가 들렸는지 눈물이 나도록 기침을 해댔다.

"죄송합니다. 그런 소문이 있다고 하기에 그냥 물어봤는데

우스운 사람이 됐군요."

"괜찮아요. 다들 처음엔 그런 반응이에요."

"그렇군요. 네? 잠깐…… 그럼 진짜란 말입니까?"

상체를 앞으로 숙이던 그가 눈이 휘둥그레져서 소리치듯
되물었다.

다른 손님들이 그 소리에 놀라 카운터 쪽을 돌아보았고, 우
팅강도 주방에서 고개를 내밀었지만 크게 개의치 않고 다시
자리로 돌아갔다. 술집에서 술에 취한 손님이 큰 소리를 지르
는 건 흔히 있는 일이었으므로 다른 손님들도 대수롭지 않게
다시 자기들의 대화에 집중했다.

"정말이에요? 정말로 그런 곳이 있습니까?"

남자가 믿을 수 없다는 표정으로 다시 물으며 누가 들을세
라 목소리를 잔뜩 낮추고 주위를 둘러보았다.

"네."

내가 빙긋이 웃으며 대답했다.

"맙소사! 이런 일이……."

그가 한 손으로 이마를 짚었다. 운명을 바꿔주는 것이 마치
메뉴판에는 없지만 손님이 물어보면 선뜻 내어놓는 이 가게
의 히든 서비스인 양, 내가 그렇게 선선히 대답할 줄은 예상
하지 못했던 것이다.

"관심 있으세요? 물론 공짜는 아니고 대가가 있어요."

"어떤 대가죠?"

"우선, 전 재산을 내놓아야 해요."

호기심 많은 손님이 물어볼 때마다 나는 제일 먼저 이 규칙부터 얘기한다. 나중에 알고 결정을 번복하는 일을 미연에 방지하고 서로의 시간을 아끼기 위해서다.

"전 재산이라……."

그가 신음처럼 낮은 소리로 중얼거렸다.

"네. 하지만 본인의 재산만으로 한정돼요."

내가 부연 설명을 했다.

"그렇군요. 지금까지 살면서 쌓은 성과가 전부 사라지고 처음부터 다시 시작해야겠네요. 역시 운명을 바꾸는 건 쉬운 일이 아니군요."

남자가 고개를 끄덕였다.

"이미 깨달음을 얻으신 것 같네요."

조용히 있던 케빈이 말했다.

"그런가요? 잘 모르겠군요."

남자가 쑥스러운 웃음을 지었다.

잠깐 보았을 뿐이지만, 그 순간 나는 그가 자기 인생에 절망한 사람은 아닌 것 같다고 느꼈다. 다만, 온화하고 평범해 보이는 그의 웃음 뒤에 감춰진 한 줄기 무력감을 직감적으로 읽어낼 수 있었다. 그건 오랫동안 강한 척 가장하며 그것이 이미 습관적인 반응으로 몸에 굳어진 사람에게서 나오는 웃음이었다. 한마디로 그는 조금도 행복해 보이지 않았다. 아무리 환한 미소를 짓고 있어도 누구든 그와 조금만 대화를 나눠본다면 느낄 수 있을 것이다.

"어쨌든, 알겠습니다."

남자가 우리 둘에게 예의 바르게 인사했다.

"고민해 보시고 생각이 정리되면 다시 오셔도 돼요."

나도 미소를 지었다.

"고맙습니다."

그런데 몸을 돌리려던 그가 갑자기 고개를 돌려 케빈을 똑바로 보았다.

그 순간 나는 그가 사업가의 집에서 마주친 케빈을 알아본 줄 알고 가슴이 철렁 내려앉았다. 손님이 이렇게 많은 시간에 소란이 일어난다면 어떻게 대응해야 할지 머릿속으로 재빨리 계획을 짰다.

그런데 남자의 입에서 뜻밖의 말이 흘러나왔다.

"젊은이, 세상에 자식을 사랑하지 않는 부모는 없어요. 떼쓰지 말고 부모님 말씀 잘 들어요. 그래봤자 나중에 후회하는 건 자기 자신이니까."

남자가 말을 마친 뒤 몸을 돌려 떠났다.

"깜짝이야…… 난 또 무슨 얘기라고……."

케빈이 그가 나간 문을 보며 안도의 한숨을 내쉬었다.

나와 케빈 뒤를 서성일 때 우리의 얘기를 들은 모양이었다.

거리의 찬바람 때문인지 그 남자 때문인지 모르지만 이자카야의 문이 흔들려 덜컹덜컹 소리가 났다. 문에 난 작은 유리창에 비친 남자의 뒷모습이 쓸쓸해 보였다.

"상한 술을 근사한 유리병에 담아놓은 것 같은 사람이군."

어느새 주방에서 나온 우팅강이 바테이블 뒤에서 무덤덤하게 말했다.

"술도 상해요?"

내가 물었다.

"물론이지. 양조 과정에서 실수를 하거나 잘못 보관하면 상할 수 있어."

"뭐가 상했다고요?"

케빈의 멍한 얼굴을 보고 우팅강이 웃음을 터뜨렸다.

"아무것도 아냐. 너 요즘 고민이 많다며? 한 잔 더 할래?"

우팅강이 나와 케빈의 맥주잔을 가득 채워주고 다시 주방으로 들어갔다.

3

긴 겨울밤, 일찌감치 어둠이 내려앉은 타이베이 거리가 한
산했다.

어릴 적 즐겨 읽은 무협지에서 무예가 뛰어나고 제비처럼
몸이 가벼운 협객들은 바람 부는 그믐날 밤을 틈타 아무도 모
르게 간악한 무리를 제거하고 사라졌다. 날이 밝은 뒤 거리에
뒹구는 악인의 시신을 본 사람들은 하늘이 천벌을 내린 것이
라며 하늘을 향해 절했다.

새벽 1시 적막한 밤거리. 나는 협객보다 악당의 똘마니에
가까운 행색으로 번화가 뒷골목의 어느 계단참에서 두 손바
닥을 비비며 추위에 떨고 있다.

나는 지금 대각선 맞은편에 있는 외국계 제약 회사 창고에
서 케빈이 나오기를 기다리고 있는 중이다.

최근 다크펀에 한 남자가 찾아왔다. 오래전 지방 유지였던 집안의 자손인데 예전에는 많은 토지와 부동산을 소유했으나 가족이 늘어나면서 가세가 많이 기울었다. 그럼에도 좋은 교육을 받고 자란 사람이었다. 교양은 재산처럼 숫자로 정확히 정량할 수 있는 것이 아니지만, 대대손손 내려온 가풍과 가정 교육은 돈처럼 쉽게 사라지지 않는 무형의 가치라는 말을 어디서 읽고 크게 공감한 적이 있다.

의뢰인은 40대 중년 남자 아창으로 큰 키에 건장한 체구를 갖고 있으며 유머러스한 말솜씨까지 겸비한 엘리트다.

하지만 아창에게도 남모르는 아픔이 있었다. 그의 아내가 심각한 우울증을 앓고 있다는 것.

최근 외국 제약 회사 몇 곳이 여러 가지 이유로 타이완 시장에서 잇따라 철수하는 바람에 우울증 치료제인 프로잭 (Prozac)이 단종됐다. 타이완 회사에서 생산한 동일 성분의 복제약으로 대체할 수도 있지만 일부 의사와 환자들은 여전히 오리지널 약을 선호하고 있다.

프로잭이 단종된 후 아창의 아내가 새로운 약에 적응하지 못했는지 우울증 증세가 다시 불안정해지더니 급기야 약 복용을 거부하기 시작했다. 항우울제는 장기간 복용해도 내성이 생기지 않지만, 약물이 체내 세로토닌을 증가시킨다. 병원에서 근무한 경험으로 볼 때 환자가 임의로 약물 복용을 중단

하면 어지러움, 초조함, 손 떨림, 구토 등 세로토닌 금단 증상이 나타날 수 있다.

지금 아창의 아내가 일주일째 약 복용을 거부해 금단 증상이 심하게 나타나고 있었고, 그 때문에 아창이 급하게 다크펀을 찾아온 것이었다.

그는 어느 제약 회사 창고에 프로잭이 다량으로 비축되어 있다는 정보를 입수했다. 아내가 몇 년 동안 복용할 수 있는 양이었다. 그는 그 창고에 있는 프로잭을 훔쳐달라고 우리에게 의뢰했다.

오늘 밤 나와 케빈은 아창이 알려준 제약 회사의 창고를 둘러보고 주위 환경을 파악할 겸 사전 답사를 왔다. 그런데 주위를 대충 둘러본 케빈이 창고를 지키는 사람이 없다며 이왕 온 김에 들어가서 아창의 정보가 사실인지 확인하자고 말했다.

케빈이 창고에 들어간 지 10분이 지났고, 아직은 특별한 일이 일어나지 않았다.

케빈은 요즘도 집안 문제 때문에 고민하고 있었다. 그날 이후 케빈의 생각을 물어보지 않았다. 그도 이미 성인이므로 자기 생각과 판단이 있을 것이고, 조언이 필요하다면 먼저 얘기를 꺼냈을 거라고 생각했다. 다만 최근 들어 케빈이 임무를 수행할 때 부쩍 과감하고 대범해진 것 같다. 가끔은 모험에

가까운 판단을 내리기도 했다. 무슨 생각을 하는 건지 짐작할
수가 없었다. 제 나름대로 계획이 있을 수도 있고, 아예 생각
이 없을 수도 있다.

10분쯤 더 지났을 때 경찰차 한 대가 경광등을 번쩍이며
천천히 옆을 지나갔다. 나는 재빨리 기둥 옆으로 몸을 숨겼
고, 경찰차는 멈추지 않고 계속 나아갔다. 일상적인 야간 순
찰인 듯했다. 멀어지는 경찰차를 보며 한숨 돌리는데 갑자기
검은 물체가 내 앞으로 훅 다가왔다. 본능적으로 팔을 올려
막고 보니 닿는 느낌이 아주 가벼웠다. 자세히 보니 '프로잭'
이라고 쓰인 흰색 빈 상자였다.

"아, 깜짝이야! 놀랐잖아."

나는 연기처럼 나타난 케빈을 낮은 목소리로 나무랐다.

위아래로 검정 트레이닝복을 입은 케빈은 밤에 운동하러
나온 대학생 같았다. 남의 회사에 잠입한 도둑이라는 사실을
아무도 믿지 못할 것이다.

"확인 완료. 의뢰인의 정보가 맞았어요. 약 상자가 가득 쌓
여 있어요. 그의 아내가 평생 먹어도 남을 정도로."

케빈이 의기양양한 미소를 지었다.

"아직 훔치진 않았겠지?"

케빈이 고개를 끄덕이며 말했다.

"네. 상자는 쓰레기통에서 주운 거예요. 한번에 너무 많이

훔치면 금세 눈에 띄겠죠. 그 원칙은 저도 잘 알아요. 다음에 샤오후이와 같이 올게요."

요즘 들어 케빈의 아슬아슬한 행동이 불안했는데 크게 걱정하지 않아도 될 것 같았다.

후보쿠에 손님이 많지 않은 오후 5시.

평소에는 이 시간에 밥을 먹으러 오는 손님이 거의 없다. 손님이 있어도 음료 한 잔 마시며 쉬어 가려는 여행객이 대부분이고 머무는 시간도 그리 길지 않다.

나는 오늘 아창과 의뢰 사건의 진행 방법을 논의하기로 했다는 메시지를 받고 특별히 일찍 퇴근했다.

후보쿠에 도착했지만 우팅강 혼자였다.

"벌써 갔어요?"

내가 가게 안을 둘러보며 말했다.

"누구?"

주방에서 컵을 씻고 있던 우팅강이 고개를 내밀었다.

"새 의뢰인이요."

"아창? 방금 갔어. 한발 늦었네."

우팅강이 다 씻은 컵을 들어 올리며 나를 향해 흔들었다.

"조금만 일찍 올걸. 그 사람이 운이 없네요."

"무슨 소리야?"

"별거 아니에요. 오늘 병원에서 잘 아는 신경 정신과 의사에게 프로잭 재고가 있는지 물어봤더니 비밀로 하라면서 한 상자를 췄어요. 아창에게 주려고 가져왔는데."

나는 바테이블에 앉으며 항상 들고 다니는 서류 가방을 가리켰다.

"관리직을 그만둔 다음부터 규칙을 자주 어기는 것 같네."

우팅강이 웃으며 말했다.

"다크편에 합류하기로 결정한 그 순간부터 규칙을 지킨 적이 없죠."

"아하, 그렇지!"

우팅강이 과장된 말투로 맞장구를 쳤다.

"그래서, 아창이 뭐래요?"

나는 아창을 만나지 못한 게 못내 아쉬웠다.

"너와 케빈이 가져온 빈 상자를 보고 혀를 내두르며 감탄하더라. 두말 안 하고 돈을 다 지불하고 갔어."

"역시 시원시원하네요. 아내와도 사이가 좋겠어요."

"쉽지 않을 거야. 우울증을 앓는 가족을 보살핀다는 건 참 어려운 일이지."

"맞아요. 자, 그럼 나도 일을 시작해 볼까. 이번엔 어떤 스토리를 짜볼까……."

나는 턱을 괴고 앉아 쥐도 새도 모르게 제약 회사 창고를 털 수 있는 방법을 궁리했다. 사실 제일 간단한 방법은 샤오후이에게 빈 상자를 주고 똑같이 만들어달라고 하는 것이다. 샤오후이라면 금세 그것과 똑같은 상자를 수십 개는 만들어낼 것이다. 아니, 상자 속 약을 타이완산 복제약으로 감쪽같이 바꿔치기하는 것도 식은 죽 먹기일 것이다.

하지만 '가짜 오리지널 약'을 사서 복용하는 사람들에게는 썩 유쾌한 일이 아닐 것이다. 엄밀히 말하면 복제약은 오리지널 약과 동일한 화학 성분을 갖고 있을 뿐 아니라 생체 이용률과 생물학적 동등성 등의 실험을 통과해 오리지널 약과 전혀 차이가 없음이 증명된 약이다. 그럼에도 불구하고 현재 의료계에는 여전히 오리지널 약이 복제약보다 우수하다는 일종의 미신이 존재하고 있었다.

한참 고민했지만 더 좋은 방법이 떠오르지 않았다.

"복제약을 바꿔치기하는 게 유일한 방법인 것 같은데……."

작은 소리로 중얼거리며 서류 가방에서 흰 종이를 꺼내 구체적인 행동 계획을 구상했다. 계획을 완성해 샤오후이와 케빈에게 건네기만 하면 두 사람이 시나리오를 행동에 옮길 것이다.

별로 깊이 생각하지 않고 단편적으로 떠오른 사소한 영감들을 종이에 끼적였지만 이렇게 하는 것만으로도 큰 도움이 된다. 창작도 같은 이치다. 시간 낭비처럼 보이고, 때로는 생각이 꽉 막혀 제자리에서 맴도는 것 같아도 시간이 지나고 보면 모두 필요한 과정이다. 이 순간은 당장 눈앞의 문제에 집중해 더 좋은 방법이 없는지 고민해야 한다.

특히 지난번 린위치의 일을 겪으면서 나도 깨달은 게 있다. 세상에 의미 없는 일은 하나도 없다는 것. 좋은 일이든 나쁜 일이든 그 일이 벌어진 이유가 있고, 작지만 기록할 가치가 충분한 것들도 있다.

시간이 훌쩍 흘러 어느새 날이 저물고 있었다. 오렌지색 조명을 점등하자 따뜻한 색조의 빛이 공간을 아늑하게 채우고 손님도 점점 많아졌다.

"징청, 저번에 케빈과 나누는 얘길 들었어. 띄엄띄엄 듣기는 했지만 무슨 내용인지는 대충 알아."

우팅강이 손님이 주문한 음식을 가져다준 뒤 주방으로 가다가 내게 다가와 작은 소리로 말했다.

"케빈의 가족 얘기요?"

골똘히 생각하고 있다가 우팅강이 말을 거는 바람에 집중력이 흐트러졌다.

"응."

"가족들과 무슨 일이 있었는지는 모르지만 케빈이 고민을 해결할 수 있도록 도와주고 싶어요."

내 대답에 우팅강은 아무 말도 하지 않았다.

"왜요? 무슨 문제 있어요?"

우팅강이 뭐라고 말하려다가 입을 다무는 것을 보고 내가 물었다. 우팅강은 잠깐 생각하더니 말했다.

"너한테 해줄 얘기가 있어."

"뭔데요? 뜸 들이지 말고 빨리 말해봐요."

"사실, 케빈은 혼외자야."

"네?"

전혀 예상치 못한 얘기였다.

"정말이야. 케빈은 아버지의 혼외자야. 어머니는 케빈을 낳자마자 병원에서 사라졌대. 어머니의 행방을 아무도 모른다는군. 아버지가 남몰래 케빈을 친척에게 맡겨 키우다가 초등학교에 들어갈 무렵이 되어서야 미국으로 데려가서 같이 살았다고 했어."

"케빈에게 직접 들었어요?"

케빈을 처음 만났을 때 그는 지금보다 훨씬 말수가 적은 청년이었다. 요즘은 조직원들과 친해져 차츰 마음을 열고 있지만 그에게 그런 과거가 있다는 사실이 무척 뜻밖이었다.

"응. 그날 주인 잃은 강아지처럼 가게 앞에 쪼그려 앉아 있길래 들어와서 뭐 좀 먹겠느냐고 했지. 그런데 그 정도로 술을 못 마실 줄은 몰랐어. 술이 들어가자마자 자기 얘기를 줄줄이 털어놓더니 여기 앉아서 토할 뻔했어."

우팅강이 쓴웃음을 지었다. 우팅강은 무뚝뚝해 보여도 사실 마음이 따뜻한 사람이었다. 그날 우팅강이 도움의 손길을 내밀지 않았더라면 지금쯤 케빈은 부랑자가 되어 어딘가를 떠돌고 있었을지 모른다.

"그럼 케빈과 아버지가 불화하는 이유가 뭔지도 알아요?"

부자 사이에 어떤 갈등이 있는지 알면 케빈을 도울 방법을 찾을 수 있을 것이다.

"아버지의 교육 방식 때문이라고만 했어."

"교육 방식이요? MIT에 입학한 걸로 부족하대요?"

나는 이해할 수가 없었다. MIT에 다닐 정도로 수재인 그에게 무슨 문제가 있는 걸까?

"우리가 모르는 뭔가가 있겠지."

"그렇겠죠……"

"케빈이 자세히 말하지 않았지만, 내 추측에는 동서양의 교육 방식이 충돌한 것 같아. 교수인 아버지가 너무 엄하고 보수적이라 창피하다는 말을 얼핏 한 적이 있어."

"창피하다고요? 얼마나 엄하길래 창피할 정도까지……. 아, 이제야 퍼즐이 맞춰지네요."

"퍼즐?"

우팅강이 눈썹을 올리며 물었다.

"형님, 주문부터 받아야겠어요."

문 쪽에 앉은 손님이 손을 흔드는 걸 보고 우팅강이 내게 잠시 기다리라는 손짓을 했다. 손님에게 다가가 주문을 받고는 다시 주방으로 들어갔다.

나는 그 사이에 음료를 마시며 생각을 정리했다. 무슨 생각을 하든 제3자의 추측이겠지만 어떻게든 케빈을 돕고 싶었다.

첫째, 케빈이 나이는 어리지만 대학생이므로 독립된 자아를 가지고 인생을 어떻게 살 것인지 탐색하는 시기에 있다. 둘째, 케빈은 아버지의 강압적인 교육 방식에 불만을 갖고 있었다. 이 두 가지 단서를 가지고 또래 집단과의 갈등이 연관되어 있을 것이라고 추측했다.

아버지는 어린 아들을 보살펴주지 못했다는 점 때문에 케빈에게 미안함을 품고 있었을 것이다. 아들을 미국으로 데려간 것을 보면 그의 아버지는 무책임한 남자가 아니며, 과거의 잘못을 만회해야 한다는 강박 때문에 아들에게 경제적인 지원을 아끼지 않았을 것이다.

동양의 교육 방식은 인의예지와 선량함을 강조하지만 엄격하고 규범이 많은 탓에 아이들에게 압박감을 주기 쉽다. 반면 케빈은 미국 학교에 다니며 독립성을 중시하는 환경에서 성장했다. 부모가 동양의 교육 방식대로 사사건건 간섭하고 지시한다면, 비록 아이가 잘되길 바라는 마음에서 나온 것이라고 해도, 케빈의 입장에서는 충분히 '창피하다'거나 '답답하다'고 느낄 수 있다. 그런 불만이 쌓이고 쌓이다가 반항심으로 발전해 결국 가출해 버린 것이다.

우팅강이 주방에 들어가고 20분이 지났다. 그가 얘기를 나누다 말고 사라지는 건 이미 익숙했다. 조금 더 기다리자 그가 완성된 음식을 손님에게 가져다준 뒤 다시 내 앞에 앉았다.

"그렇겠네. 케빈의 입장도 이해가 가지."

내 얘기를 들은 뒤 우팅강이 음료를 마시며 내 추측에 동의했다.

"그런 성장 과정을 겪은 사람들이 많지만 케빈의 행동이 조금 극단적이긴 해요."

"기회 봐서 잘 타일러야지. 계속 이렇게 회피하는 건 말이 안 돼."

우팅강이 한숨을 쉬었다. 어릴 적 일본에서 자란 그에게는 억압적인 교육 방식이 낯설지 않을 것이므로 그러면 제대로 된 조언을 해줄 수도 있다.

미닫이문이 드르륵 열리고 한 사람이 찬바람을 안고 들어왔다.

"손님 왔어요. 오늘 장사 잘되네요."

고개를 숙이고 있던 우팅강이 반사적으로 "어서 오세요"라고 외치다가 들어온 사람을 확인하고 얼굴이 굳어졌다.

"왜 그래요?"

그의 시선을 따라 몸을 뒤로 돌렸다가 나도 멈칫 놀랐다.

그 양복 남자였다.

손에 든 투명 우산에 물방울이 맺힌 것을 보니 어느새 밖
에 비가 내리고 있는 듯했다. 축축하게 젖은 앞머리가 납작하
게 가라앉아서인지 더 초라하고 우울해 보였다.

"아…… 안녕하세요."

남자가 나를 알아보고 문 앞에 서서 우리를 향해 점잖게
고개를 끄덕였다.

"다시 올 줄 알았어."

우팅강이 내게만 들릴 정도로 작게 속삭였다.

나도 고개를 끄덕이며 우팅강이 얼마 전에 했던 말을 떠올
렸다.

'상한 술을 근사한 유리병에 담아놓은 것 같은 사람이군.'

4

양복 남자는 말하지 않을 때도 입꼬리가 살짝 올라간 표정을 짓고 있다. 처음 만나는 사람에게는 그 표정이 편안하고 선량한 사람이라는 인상을 줄지 몰라도 나와 우팅강은 오히려 조금 기이한 느낌이 들었다.

우팅강이 그에게 생맥주를 건넸다.

"편히 앉으세요. 원래 여기는 하루의 피로를 풀려고 오는 곳이니까."

"아……. 맥주를 시키지 않았는데……."

내 옆자리에 앉은 양복 남자가 흰 거품이 찰랑찰랑 담긴 맥주잔을 보며 안절부절못했다.

"서비스로 드리는 거예요."

우팅강이 손님이 먹고 간 그릇을 챙겨 주방으로 들어가며 말했다.

"송구하지만, 고맙게 마실게요."

양복 남자가 어깨를 으쓱이며 목례로 답한 뒤 맥주를 한 모금 크게 들이켰다. 움츠렸던 그의 어깨에 긴장이 조금 풀린 듯했다.

남자의 이름은 왕푸런이고 근처 초등학교의 영어 교사였다. 후보쿠에서는 그를 두 번째로 만나는 것이었다.

나는 왕푸런이 식사를 다 마치길 기다렸다가 의자를 약간 돌려 그의 눈을 똑바로 보며 단도직입적으로 말했다.

"편하게 말씀하세요. 무슨 말이든 괜찮아요. 우선 선생님이…… 다크펀을 찾아오신 이유부터 들어볼까요?"

"네? 여기서 말하라고요?"

곧바로 본론으로 들어가자 그가 놀란 듯 다른 테이블에 앉은 손님들을 흘긋 보았다.

"네. 두 번째 오셨다는 건 이미 어느 정도 결심을 하고 오셨다는 건데요. 제 말이 맞죠?"

"네."

"걱정 마세요. 다른 사람들에게는 안 들려요."

내가 음악이 흘러나오고 있는 스피커를 가리켰다.

마침 이글스의 〈호텔 캘리포니아〉 중 "This could be heaven or this could be hell(여긴 천국일 수도 있고 지옥일 수도 있어)"이라는 가사가 나오고 있었다. 멜로디도 좋지만 훌륭한 가사 때문에 내가 제일 좋아하는 팝송이다.

왕푸런이 몇 초쯤 침묵하더니 맥주잔을 들어 단숨에 비워버렸다. 입가에 흐른 술이 턱을 타고 내려갔다.

"내 인생은 저주받은 것 같아요."

항상 그의 입가를 맴도는 부자연스러운 미소가 이제야 사라졌다.

인생을 바꾸고 싶어서 다크펀을 찾아오는 사람들 가운데 자기 인생에 만족하는 사람은 없지만, 이렇게 단호하고 극단적인 말투는 처음이라 나는 조금 놀랐다.

그의 얼굴에서 점점 가면이 벗겨지며 눈빛이 암울해졌다. 그 순간 나는 완전히 다른 사람을 보는 듯한 착각이 들었고 그가 얼마나 오랫동안 자신을 위장하고 살았을지 궁금했다.

왕푸런은 노점상을 하는 부모 밑에서 태어났다. 초등학생 때 그는 매일 방과 후에 오늘이 무슨 요일인지 생각해야 했다. 요일마다 부모님이 노점을 펼치는 자리가 달라지기 때문이다. 어릴 적 기억이라고는 낡은 승합차 안에 엎드려 숙제를 한 것뿐이었다. 시장의 눅진한 유증기와 왁자한 소음은 그에게 공기처럼 익숙했다. 어린 그는 그것이 이 세상의 모습인 줄 알고 자랐다.

성격이 온순한 왕푸런은 일찍 철이 들었다. 온 가족이 함께 나와 쇼핑을 하는 사람들을 보면 아이들은 신이 나서 장난을 치거나 장난감을 사달라고 떼를 썼다. 그런 모습이 그는 항상 부러웠다. 어째서 저 아이들은 울고 떼를 쓰면 장난감을 받을 수 있는 거지? 어째서 모기와 파리가 들끓는 곳에서 잠을 자지 않고도 내가 갖지 못한 모든 걸 가질 수 있는 거지?

부모님이 하는 노점상에 장난감이 수북이 쌓여 있었지만, 왕푸런은 그중 하나도 자기 것이 아님을 아주 어릴 때부터 알고 있었다. 게다가 그는 억지로 웃으며 자기 또래의 얄미운 아이들에게 장난감을 팔아야 했다. 그 장난감들을 한 번도 가지고 논 적이 없지만 그의 손자국이 찍히지 않은 장난감 상자는 하나도 없었다.

'이것들 다 내 거야!'

돈을 받고 장난감을 비닐봉지에 담아 손님에게 건넬 때마다 왕푸런은 가슴이 쓰리고 괴로웠다. 심지어 장난감을 사줘도 장난감이 든 봉지를 부모님에게 아무렇게나 맡기고는 쌩하니 달려가 버리는 아이도 있었다.

싫으면 나나 줄 것이지! 빌어먹을 자식.

다행히 중학교에 들어가서는 열심히 공부해 반에서 중상 정도의 성적을 유지할 수 있었지만, 운명의 저주는 아직 끝나지 않았다. 집단 따돌림을 당했던 것이다.

불행이 소리 없이 찾아왔다. 그러나 그는 자신이 뭘 잘못했는지도 알지 못했다.

반 친구 중 누구도 왕푸런에게 말을 걸지 않았고, 심지어 그가 먼저 다가가 인사를 해도 무시하며 투명 인간으로 취급했다. 처음 당하는 일이었기 때문에 그는 어떻게 대처해야 할지 몰랐다. 집에 와서 부모님에게 털어놓았지만 돌아온 대답은 다음과 같았다.

"네가 너무 나약해서 그래. 그깟 게 뭐 대수라고. 아빠 엄마를 봐라. 얼마나 강인한지."

"저도 많이 노력했다고요……."

"그 정도론 부족해! 세상에서 살아남기가 그리 호락호락한 줄 알아?"

"……."

왕푸런은 더 이상 대꾸하지 못하고 자신이 못난 탓이라고 자책했다. 너무 만만해 보여서 괴롭힘을 당하는 것이고, 반 아이들이 자신과 친구가 되지 않으려는 것도 자신이 너무 약해서라고 생각했다. 약자와 친구가 되고 싶은 사람은 없으니까.

그날부터 그는 다른 아이들이 놀 시간에 부모님의 장사를 도우며 당시에 제일 유망한 진로였던 영문과 진학을 목표로 삼았다. 학벌 좋은 엘리트처럼 유창한 영어를 구사하면 아무도 자신을 무시하지 못할 거라고 생각했다. 할리우드 영화에 나오는 부자들처럼 비행기를 타고 세계 각국을 여행하고 싶다는 꿈도 꾸었다.

하지만 학년이 올라간 뒤에도 집단 괴롭힘이 끝나기는커녕 학교생활의 일부로 자리 잡았다.

대학에 들어가서도 쉬지 않고 아르바이트를 하며 돈을 벌었고, 그러다가 지금의 아내를 만나 가정을 꾸렸다. 화이트칼라 엘리트는 되지 못했지만 영어 교사가 되었다. 다행히 동료 교사들은 그에게 우호적이었고, 아들 샤오광도 착하게 잘 자랐다. 아내는 직장 때문에 평일에는 남부에서 일하고 주말에만 가족과 함께 지냈지만 서로 아끼고 사랑하는 마음은 변치 않았다. 왕푸런은 오랜 세월 피땀 흘려 노력했으므로 이제 자신도 행복을 누릴 때가 왔다고 생각했다.

어릴 적 그는 어려운 가정 형편 때문에 일찍부터 철이 들어 무슨 일이든 스스로 해결하곤 했다. 주위 어른들은 의젓하다고 칭찬했지만 왕푸런은 늘 버겁고 힘들었다. 나중에 커서 능력이 생기면 자식이 힘든 유년기를 겪지 않게 하겠다고 결심했다. 자식만큼은 다른 아이들처럼 정상적인 유년기를 보내며 다양한 악기와 운동을 배우게 하고 싶었다.

하지만 어른이 된 뒤 교사 월급으로는 자신이 바라던 바를 이룰 수 없다는 사실을 알았다. 그때부터 그의 위험한 이중생활이 시작됐다. 왕푸런은 사회의 밑바닥부터 악착같이 노력해 지금의 자리까지 올라오는 동안 어둠의 세계에 속한 친구들을 사귀며 각종 절도 기술을 저절로 터득했다. 그는 그 기술을 이용해 떳떳하지 않은 방식으로 돈을 벌기 시작했다. 훔친 돈은 아들 샤오광의 학원비와 예체능 교육비로 아낌없이 쏟아부었다.

"괴롭힘을 당하지 않으려면 잘나야 해……."

이 말이 유령처럼 가슴속 깊은 곳을 맴돌며 시시각각 그를 괴롭혔다.

자신은 아버지로서 자식을 보호할 책임이 있고, 자식을 보호하는 가장 좋은 방법은 아이를 우수한 인재로 만드는 것이라는 신념이 있었다.

"자식이 내 전철을 밟게 할 순 없어."

단 1퍼센트의 가능성도 용납할 수 없었다. 내 자식은 반드시 가장 우수한 사람이 되어야 한다고 생각했다.

그런데 얼마 전 중학교에 다니는 아들 샤오광의 표정이 점점 어두워지고 방학에는 거의 집에만 틀어박혀 지내자 걱정이 되기 시작했다. 한창 활발하게 놀러 다닐 나이에 만날 친구가 없다는 건 보통 일이 아니었다. 학업 스트레스 때문이라고 짐작했지만 왠지 계속 마음에 걸렸다.

이유를 다그쳐 묻자 처음에는 대답하지 않던 아들이 결국 털어놓았다. 학교에서 몇몇 아이들이 샤오광이 전염병에 걸렸다는 헛소문을 퍼뜨리는 바람에 그가 만졌던 물건을 만지면 병이 옮는다며 반 친구들이 그의 물건에 손도 대지 않으려한다는 것이었다. 하지만 샤오광에게서 이상한 병이 옮았다는 사람은 아직 한 명도 없었다. 그저 유언비어일 뿐이었다. 그런데도 온화한 성격의 샤오광은 오히려 친구들의 그런 행동을 이해하고 합리화하려고 했다.

왕푸런은 어떻게 된 일인지 누구보다 잘 알았다. 샤오광이 집단 괴롭힘을 당하고 있는 것이다.

아무리 인생을 역전시키려 몸부림치고 심지어 떳떳하지 못한 일까지 저질러도, 결국 그는 아무것도 바꾸지 못한 셈이었다. 비참한 운명이 그가 태어난 그 순간에 이미 낙인찍듯 결정된 것처럼 자식에게까지 이어지고 있었다.

그 순간, 오랜 세월을 견디며 마음속에 한 층 한 층 쌓아 올린 성벽이 와르르 무너졌다.

아들의 학교로 달려가 아들을 따돌리고 괴롭힌 놈들을 끌어내 죽도록 두들겨 패고 싶은 충동이 들었지만, 교사의 신분 때문에 가까스로 억눌렀다. 하지만 혼란스럽고 후회로 가득 찬 마음이 진정되지 않았다.

설마…… 그렇게 피나는 노력을 했는데 정말 아무것도 바꿀 수 없단 말인가?

"저주받은 인생이 아닌가요?"

우리에게 이렇게 묻는 왕푸런의 눈동자는 어둡고 공허했

다. 나는 누군가 그토록 깊이 절망하는 모습을 본 적이 없었다.

그의 입가에 맴돌던 미소는 가면이었던 것이다. 그것은 괴롭힘을 당한 어릴 적 경험에서 저절로 생겨난 자기방어 기제였다. 웃는 얼굴에 침 못 뱉는다고들 말하지만, 모든 일을 그런 방식으로 해결해서는 안 된다는 것은 누구도 알려주지 않는다. 미소로 일을 더 원만하게 처리할 수 있는 것은 사실이지만, 그것이 일을 처리하는 유일한 방법은 아니다.

학생 시절을 생각해 보면 집단 괴롭힘을 당하는 친구들이 종종 있었다. 반 친구들 대부분은 그들을 직접적으로 때리거나 괴롭힌 적은 없지만 그렇다고 앞에 나서서 그들을 두둔하거나 도와주지도 않았다.

사회에서도 절대다수가 그렇다. 대부분 일이 전개되는 상황을 지켜보기만 하다가 고개를 돌리면 언제 그런 일이 있었느냐는 듯이 잊어버린다. 하지만 괴롭힘을 당하는 아이들이 누군가의 도움을 간절히 바라고 있다는 것도, 그 바람이 매번 외면당하고 있다는 것도 다 안다. 버림받고 외면당하는 감정은 겪어보지 않으면 알 수가 없다.

술기운 탓인지 자신의 비참한 인생을 털어놓아서인지 왕푸런의 얼굴이 붉게 달아올랐다.

"요즘 들어 아들이 말을 듣지 않기 시작했어요. 내 교육 방식이 너무 보수적이라며 자기 인생을 일방적으로 결정하려 하지 말고 자기 의견을 존중해 달라고 하더군요."

"학교에서 배웠을 거예요. 상호 존중을 강조하는 시대니까요."

"네. 아들의 얘기도 맞아요. 존중도 중요하죠. 하지만 현실에서 사람들은 자기보다 더 잘난 사람만 존중하잖아요. 안 그래요? 내가 비록 교사지만 교과서에 나오는 지식만 가르칠 수는 없어요. 그건 너무 위험한 일이에요!"

"선생님 말씀도 일리가 있어요."

나도 고개를 끄덕이며 동의해 줄 수밖에 없었다.

"그때 내겐 선택의 여지가 없었어요. 사회의 현실은 냉정했으니까. 그런데 이제 조금 풍족해지니까 간섭이 심하다고 날 원망하는군요. 어떻게 하면 좋을지 모르겠어요."

단숨에 자기 얘기를 털어놓은 왕푸런은 조금 지친 기색이었지만 차츰 흥분이 가라앉는 듯했다.

"참 녹록지 않은 인생이군요."

그의 얘기를 다 들은 우팅강이 고개를 끄덕였다.

"……."

왕푸런은 생각에 잠긴 듯 아무 말도 하지 않았다. 돌이키기 싫은 성장 과정을 털어놓으며 아물지 않은 상처가 후벼 파이는 고통에 휩싸인 듯했다. 그는 마라톤을 완주한 사람처럼 힘없이 의자에 앉아 두 손으로 얼굴을 감쌌다.

"징청, 난 잠깐 일 좀."

우팅강이 다시 일하러 주방으로 갔다.

"알았어요."

내가 손을 흔들었다.

왕푸런이 나를 흘긋 보고는 천천히 고개를 떨구었다.

"좋습니다. 먼저 저희 규칙을 설명해 드려도 될까요?"

내가 그에게 말했다.

"네. 그런데 정말 가능한가요? 정말 인생을 바꿀 수 있습니까? 믿을 수가 없어서……."

의구심을 떨치지 못한 눈빛으로 고개를 들어 나를 보는 그에게 드라마에서 보았던 가엾은 사람의 모습이 겹쳐 보였다. 도움을 청하고 싶지만 거절당하고 내쳐질까 봐 두려워하는 사람의 얼굴이었다.

"물론 진짜입니다."

내가 확신에 찬 말투로 대답했다.

"좋아요."

왕푸런의 얼굴에 다시 미소가 스쳤다. 찰나였지만 진심에서 우러나온 미소였다.

"단, 먼저 아셔야 할 규칙이 있어요."

"말해주세요."

그가 감정을 추스르고 진지한 표정으로 나를 보았다.

"첫째, 지난번에 말씀드렸듯이, 인생의 시나리오를 바꾸고 싶다면 전 재산을 비용으로 지불해야 합니다. 동의하시나요?"

"동의합니다. 정말 바꿀 수만 있다면."

그가 가방에서 서류철을 꺼냈다. 서류철 안에 현금카드와 통장이 들어 있었다. 이미 결심하고 준비를 해온 것이었다.

"좋습니다. 그럼 둘째, 선생님의 새로운 인생 시나리오를 쓸 때 참고할 대상이 있어야 합니다. 셋째, 그 대상의 동의를 받을 필요는 없지만, 남의 인생을 어느 정도 훔치는 것이므로 그 인생의 좋은 점과 나쁜 점을 모두 받아들여야 합니다."

나는 빠르지도 느리지도 않은 속도로 말하다가 그에게 생각할 시간을 주기 위해 잠시 멈추었다.

"그런 규칙도 있습니까?"

왕푸런이 눈을 크게 뜨고 묻더니 생각에 잠겼다.

"잘 생각해 보시고 결정하세요. 아무도 강요하지 않아요."

나는 그가 부담을 느끼지 않도록 그에게서 시선을 돌렸다.

그는 깊은 생각에 잠긴 듯 한참 동안 말이 없었고, 얼마 정도 시간이 흐른 뒤에야 긴 한숨을 내쉬었다.

"샤오광이 집단 괴롭힘을 당하고 있다는 사실을 알고 난 뒤 내 인생이 송두리째 부정당했다고 생각했어요. 지금 당신들을 만나게 돼서 너무 다행이에요."

그가 손바닥으로 무릎을 꽉 감싸 쥐며 울컥 눈물을 쏟았다.

나는 위로의 말을 건네지 않고 말없이 왕푸런을 바라보았다. 그 순간 나는 그가 내릴 결정에 대해 그 어떤 격려도 응원도 할 수 없었다. 자기 인생의 시나리오를 바꿀 것인지 말 것인지는 당사자 자신이 결정해야만 하며, 그 누구도 간섭할 권한이 없다. 그가 다크편의 세 가지 규칙을 받아들인다면 나는 그의 결정에 따라주면 된다.

감정이 북받친 듯 눈물을 흘렸지만 왕푸런은 금세 다시 차분해졌다.

"좋습니다. 모든 규칙에 동의합니다."

그가 결심한 표정으로 말했다.

나는 주방에서 일하고 있는 우팅강을 흘긋 보았다. 바쁘게 음식을 만들면서도 우리 쪽에 계속 신경 쓰고 있었다.

나는 우팅강에게 손가락으로 오케이 사인을 보냈다.

"우선, 새로운 인생의 시나리오를 쓰기 위한 참고 대상을 누구로 할지 결정하셨나요?"

내가 서류 가방에서 노트를 꺼내며 물었다. 인생 시나리오 전용 노트였다. 나는 노트의 빈 페이지를 펼쳐놓고 펜을 든 채 그의 대답을 기다렸다.

"쉬즈춘이요. 제가 근무하는 학교에 새로 온 교장이에요. 나이는 나와 비슷한데 고속 승진해서 이번에 우리 학교에 부임했어요. 교장 아들도 올해 전국 과학 경시 대회에서 대상을 타서 유학을 준비하고 있고요."

"음. 완벽한 가정이군요. 그의 인생을 선택하실 만해요."

"그뿐만이 아니에요……."

"말씀하세요."

"쉬즈춘은 내가 중학생 때 우리 반에 전학 온 친구였어요. 몇 달 정도 다니다가 다시 전학을 가긴 했지만. 게다가……."

왕푸런이 말을 잇지 못하고 입을 다물었다.

"게다가?"

그가 굳은 표정으로 테이블 위의 한 점을 응시했다.

"그때 내가 겪은 일들은 모두 쉬즈춘에게서 시작됐어요. 그때부터 나는 온갖 조롱과 괴롭힘을 끊임없이 당해야 했고, 그가 다시 전학 간 뒤에도 난 괴롭힘에서 벗어날 수 없었어요. 오랜 세월 고통 속에서 살아야 했죠."

긴 세월 눌러온 원망과 고통이 일순간 북받쳐 오른 듯 왕푸런의 얼굴이 달아올랐다.

"걱정 마세요. 쉬즈춘에게 뭘 어쩌려는 건 아니니까. 그는 나를 기억하지 못하는 것 같아요. 자주 전학을 다녔으니 기억하지 못하는 것도 당연하겠죠."

"그런 일이 있었군요."

"난 아무런 내색도 하지 않았지만, 점잖은 척 내게 정중하

게 인사하는 가증스러운 모습을 보니 정말 참을 수가 없었
어요."

"네⋯⋯."

오랜 세월이 흘러도 지워지지 않는 상처가 왕푸런의 가슴
에 남았을 것이다.

"그래서, 내 인생을 그의 인생으로 바꾸고 싶어요. 그런 성
공한 인생을 살고 싶어요. 내가 겪었던 고통을 쉬즈춘도 똑같
이 겪길 바랄 수는 없겠지만, 그로 인해 시작된 이 비극에서
벗어나고 싶어요. 그의 인생을 훔쳐서라도 말이에요. 그 정도
는 그도 마땅히 감수해야 한다고 생각해요."

그가 테이블에 고정했던 시선을 천천히 옮겨 나를 보았다.
하지만 그의 눈동자 속에는 내가 비치지 않는 것 같았다. 그
의 눈빛이 나를 넘어 내 뒤에 있는 어딘가로 향하는 듯했다.

"알겠습니다. 어떤 인생을 살지는 전적으로 선생님이 결정
하실 일이니까요."

나는 왕푸런을 향해 고개를 한 번 끄덕인 뒤 노트에 그의
이름을 쓰고, 그가 원하는 대로 새로운 인생의 시나리오를 쓰
기 시작했다.

사실 왕푸런의 첫인상은 온화하고 상냥했지만, 왠지 모르
게 내면에 우울감과 고독감이 감춰진 사람 같았다. 학교든 직
장이든 집단 괴롭힘으로 인한 사건이 적지 않고 피해자가 겪

는 고통은 남들이 상상할 수 없을 만큼 크다. 하지만 우리는 주위에, 심지어 가족이나 친구, 동료 중에 피해자가 있어도 마치 다른 세계에 사는 낯선 사람처럼 멀게 느낀다. 방관자에게 도움을 청하는 피해자의 간절한 눈빛은 알아보지 못할 만큼 멀고, 피해자에게 방관자의 냉랭한 눈빛은 숨이 막힐 만큼 가깝다.

잠시 후, 다크펀 하우스의 문을 열자 감독은 올 줄 알고 있었다는 듯이 왕푸런을 맞이했다.

어두운 방 한가운데 고동색 빈티지 책상과 낡은 의자가 놓여 있고, 감독은 책상 옆에 서서 나와 왕푸런을 보았다. 언제나 그렇듯 창밖에는 네온 간판 불빛이 깜박였고, 창문으로 들어온 붉은빛, 푸른빛이 어두운 공간을 맴돌아 감독이 우주 가운데 떠 있는 듯한 몽환적인 분위기였다. 몇 번이나 보았지만 여전히 신비롭기만 했다.

"들어가서 책상 앞에 앉으세요. 그러면 어떻게 해야 할지 알려주실 거예요."

내가 왕푸런에게 말했다.

왕푸런은 만감이 교차하는 얼굴로 내게 고개를 끄덕이고는 숨을 한 번 들이마신 뒤 내가 써준 새로운 인생 시나리오를 들고 조심스럽게 방으로 들어갔다. 문이 천천히 닫힌 뒤 나는 문 앞에 잠시 서 있다가 천천히 계단을 내려왔다.

아직 밤 9시밖에 되지 않았는데 이자카야에 손님이 하나도 없었다. 테이블은 말끔히 치워져 있고, 주방에서 물소리가 들리는데 아무도 없었다. 밖을 보니 문틈으로 가물가물 떠다니는 작은 오렌지색 불빛이 보였다.

"형, 추운데 왜 거기서 담배를 피워요?"

문을 열고 나가자 옷깃을 파고드는 바람이 몹시 차가워 본능적으로 외투 깃을 여몄다.

"응. 한숨 돌리려고 바람 쐬러 나왔어. 일은 잘 됐어?"

"그런 것 같아요. 나머지는 감독님이 하시겠죠."

피어오르는 담배 연기를 뚫고 문 앞 계단 몇 개를 내려갔다. 다행히 참기 힘든 냄새는 아니었다. 오묘한 허브 향이 공기 중에 떠돌았다.

"케빈 아버지와 왕푸런이 비슷한 것 같아. 자신이 누리지 못한 걸 자식이 누리게 해주려고 전적으로 헌신했어."

"듣고 보니 그러네요."

내가 대답했다.

"하지만 아버지가 자식을 계속 짊어지고 가는 건 힘들고 지치는 일이지."

"힘들기는 하겠지만, 자식은 아버지의 어깨 위에서 혼자서는 볼 수 없는 곳까지 보게 되겠죠."

어릴 적 부모님과 불꽃놀이를 보러 갔던 일이 생각났다. 붐비는 인파 속에서 아버지는 나를 번쩍 안아 올리더니 당신 어깨에 앉혀 목말을 태웠다. 나는 아버지 어깨 위에 앉아 하늘에서 터지는 불꽃 쇼를 아주 잘 볼 수 있었다. 화려한 불꽃에 비친 인파를 내려다보며 불꽃이 아주 멋지다고 생각했다.

아버지는 내게 지금 터지는 불꽃이 무슨 색이냐고 계속 물었다. 그때는 아버지도 불꽃이 보일 텐데 왜 자꾸만 내게 묻는지 의아했다.

하지만 그날 수많은 사람들 틈에서 신이 나 버둥대는 내 종아리를 꼭 잡고 서 있느라 아버지는 아무것도 보지 못했다는 걸 세월이 한참 흐른 뒤에야 깨달았다.

5

깊은 밤, 지나가는 사람 하나 없는 타이베이 번화가의 거리를 자동차 한 대가 미끄러지듯 달리고 있다. 꺼지지 않는 스파클라 불빛처럼 반짝이는 노란 신호등 불빛이 차창을 가르며 휙휙 지나갔다. 자동차 뒷자리에 앉은 나는 미세한 흔들림에 몸을 맡긴 채 선잠이 들었다.

그때 어디선가 싱그러운 풀 향과 은은한 장미 향이 코끝에 와닿았다. 익숙하지만 오랫동안 맡지 못한 향기. 징즈가 제일 좋아하는 향수 냄새였다.

어느 해 징즈가 여주인공의 친한 친구로 분해 연극 무대에 올랐다. 비교적 비중 있는 조연을 맡은 건 처음이었고 예전보다 대사도 훨씬 많았기 때문에 징즈는 계속 긴장한 상태였다. 그때 몹시 긴장한 그녀를 보고 분장사가 가방에서 향수를 꺼내 목과 손목에 발라주었다. 상큼하고 부드러운 향기가 징즈의 불안을 차츰 가라앉혀주었고 덕분에 공연을 무사히 마칠 수 있었다.

나는 그 향수의 이름을 기억했다가 징즈의 생일에 선물해주었고, 그때부터 징즈는 무대에 오를 때마다 항상 그 향수를 가볍게 뿌렸다. 향수 향이 그녀의 체온과 체취를 만나 무대에 오르기 전 그녀에게서 특별한 향기가 났다.

자동차가 울퉁불퉁한 노면 위를 지나며 덜컹거려 몸이 등받이에서 미끄러졌다. 그 바람에 설핏 잠에서 깼는데 그때 내 이름을 부르는 누군가의 목소리가 들렸다.

"징청——, 징청——"

몽롱하게 눈을 떠보니 나는 세단의 뒷좌석에 앉아 있었고, 차 안에 나를 포함해 네 명이 타고 있었다. 내가 왜 거기에 있는지 알 수가 없었다. 잠이 덜 깨 흐릿한 상태로 판단을 할 수가 없었다.

"여기가 어디……."

옆 사람에게 물어보려고 고개를 돌리다가 말이 뚝 멎었다.

내 옆에 앉아 있는 사람은 바로 징즈였다.

하얀 새틴 원피스를 입은 징즈가 신이 나서 재잘거리는데 그녀의 목소리가 하나도 들리지 않았다. 마치 진공 상태에서 말하는 것처럼 입만 벙긋거릴 뿐 아무런 소리도 들리지 않고 고요했다.

그녀의 시선을 따라 앞을 보니 자동차 앞자리에 아버지와 어머니가 앉아 있었다. 두 분에게는 징즈의 말이 들리는 듯 흐뭇한 미소를 짓고 있었다. 나는 온 가족이 한자리에 모였던 순간을 거의 잊고 지낸 지 오래였다.

"어떻게 된 거야! 네가 왜 여기 있어?"

내가 외쳤지만 징즈에게도 내 말이 들리지 않는 것 같았다.

목이 터져라 외쳤지만 징즈는 아무런 반응이 없었다. 다시 앞좌석의 어머니를 보았다. 이미 세상에 없는 사람들이었다. 혼란스러운 마음이 가라앉고 멍해졌다.

"엄마……."

작은 소리로 불렀지만 어머니는 아무 반응도 없었다.

"그거 알아? 오늘 관객들의 호응이 정말 좋았어. 관람석이 자세히 보이지는 않았지만 박수 소리만 들어도 관객들이 오늘 공연에 아주 만족한다는 걸 알 수 있었어!"

그러다가 갑자기 스위치가 딸깍 켜진 것처럼 갑자기 징즈의 목소리가 들렸다.

"뭐라고?"

나는 눈을 세게 깜빡이며 정신을 차리려고 애썼으나 어떻게 된 일인지 도무지 알 수가 없었다.

"하지만 넌 오늘 공연을 보지 못했잖아. 정말 너무해."

"응?"

갑작스러운 얘기에 어리둥절했지만, 징즈가 그날 밤 내가 병원에서 야근을 하느라 공연에 늦은 일을 얘기하고 있다는 걸 알았다.

"미안해. 일부러 그런 건 아니야."

내가 징즈에게 말하며 고개를 숙였다.

"괜찮아. 이젠 중요하지 않아. 어차피 넌 아무것도 안 변하니까……."

"징즈……."

징즈에게 사과하려고 고개를 드는데 갑자기 창밖에 작고 검은 점이 나타나더니 빠른 속도로 커졌다. 시커멓고 커다란 물체가 징즈를 향해 돌진했다.

"조심해!"

나는 목이 찢어져라 큰 소리로 외쳤다.

"넌 내 생의 마지막 공연을 놓쳤어."

징즈가 무표정한 얼굴로 말했다.

콰콰쾅!

맹렬한 충돌음이 쓰나미처럼 덮치고 차 안에 있던 물체와 부서진 유리 조각이 사방으로 날아올랐다. 내 몸도 허공으로 붕 떠올랐다. 깨진 유리가 징즈의 원피스를 찢고 살갗을 갈랐다. 흰 원피스 사이로 뿜어져 나온 선홍빛 피가 외우주에서 응결된 붉은 행성처럼 천천히 허공을 떠돌았다.

징즈의 익숙한 향수 냄새가 코에 닿았을 때 뭔가 잘못됐다는 걸 알았다.

그건 향수를 막 뿌렸을 때만 나는 냄새였다. 향수는 사람의 독특한 체취와 만나면 다른 향기로 변한다. 하지만 그때 내가 맡은 건 향수병에서 막 뿌려져 나온 순수한 향수 냄새였다.

징즈의 몸에 체취가 없었던 것이다.

그 사실을 깨달았을 때, 허공에서 중심을 잃은 내게 순간적으로 무게가 생겼다. 몸이 갑자기 훅 꺼지는 추락의 감각에 외마디 비명을 질렀다.

눈을 번쩍 떴을 때 제일 먼저 느낀 건 등에 붙은 셔츠의 축축함이었다. 내가 어디에 있는지 몰라 어리둥절해하는 순간, 머리 위에서 쏟아지는 하얀 빛줄기와 사방을 둘러싼 순백의 벽이 보였다. 그제야 화면이 켜진 컴퓨터 모니터가 보이고 책상 위에 펼쳐져 있는 종이 뭉치가 눈에 들어왔다.

아무도 없는 방 안에 걸린 전자시계에는 PM 10:50이라는 숫자가 선명했다.

"벌써 시간이 이렇게 됐네……."

오늘 밤 완성해야 하는 보고서 때문에 사무실에서 혼자 야근을 하다가 나도 모르게 잠이 든 것이었다. 아직 놀람이 가시지 않은 뻣뻣한 몸을 의자 등받이에 기댔다. 그날 저녁의 일이 꿈에 다시 나온 건 오랜만이었다. 차 안에서 몸이 구르던 장면이 뇌리를 떠나지 않아 속이 조금 울렁거렸다. 온 가족이 함께 있었던 마지막 날을 기억에서 지우고 싶지만, 그날의 기억은 여전히 불쑥불쑥 떠올라 나를 꼼짝 못 하게 묶어버리곤 한다.

내가 바꿀 수 있는 건 아무것도 없다.

물을 한 모금 마시고 모니터 화면에 집중했다. 얼마 전 정신과 의사를 인터뷰한 뒤 관련 자료를 정리하고 있었다. 방대한 내용 때문에 어떻게 글을 시작해야 할지 막막해 인터넷을 이리저리 뒤져보다가 나도 모르게 깜빡 잠이 든 것이다.

사무실이 너무 적막해 무슨 소리든 내보내려고 유튜브를 켰다. 요즘 동영상으로 만들어진 유익한 자료가 많았다. 짧은 동영상 몇 개를 둘러보는데 갑자기 전혀 관련도 없는 제목이 눈길을 잡아끌었다.

최강 영어 교사, 어두운 지하 조직의 베일을 벗기다!

호기심에 클릭해 보니 새로 개설된 채널로 불과 며칠 전에 올라온 동영상이 엄청난 조회수를 올리고 있었다.

무심코 동영상을 재생했다가 믿을 수 없는 사실을 확인하고는 입을 다물 수가 없었다.

"이럴 수가……."

정장을 말끔하게 차려입은 남자가 손에 캠코더를 들고 직접 촬영한 셀프 카메라 영상이었다. 그는 호텔로 보이는 곳에 들어가 일반인은 잘 모르는 도시의 어두운 면을 생생하고 흥미로운 방식으로 소개했다. 심지어 외국의 마피아까지 초청해 아주 유창한 영어로 대화를 나누고, 사람들은 모르는 각 지역 마피아들의 뒷이야기도 주고받았다. 그리 떳떳한 주제는 아니지만 대중의 호기심을 자극하고 흥미를 끌 만한 내용인 데다가 결말 부분에는 교육적인 메시지도 있었다.

또 다른 동영상은 방금 전 영상 속 주인공이 다른 프로그램에 전문가로 초대되어 영어 교육에 관해 얘기하는 것이었는데, 국제적인 견문도 풍부한 데다가 주제에 대한 독특한 관점을 상당히 논리적이고 조리 있게 말했다. 이런 전문가가 왜 이제야 나왔느냐며 그의 정체를 궁금해하는 댓글이 줄줄이 달려 있었다.

나는 동영상 몇 개를 본 뒤 다시 등받이에 몸을 기대고 고개를 저으며 감탄했다.

"상상도 못 했어……. 양복 아저씨가 벌써 이렇게 변하다니!"

나는 왕푸런이 만면에 자신만만한 미소를 짓고 있는 썸네일과 그를 칭찬하는 댓글들을 살펴보았다.

왕푸런이 온라인 세상에서 교육 전문가로 일약 스타덤에 올라 있었다. 그것도 단 며칠 만에 말이다. 동영상 속에서 뛰어난 말솜씨로 사람들을 사로잡는 전문가가 얼마 전 후보쿠에서 침울하고 괴로운 표정으로 앉아 있던 왕푸런이라는 걸 믿을 수가 없었다.

새로운 인생 시나리오를 받은 뒤 그는 무시와 놀림을 받았던 루저의 인생에서 탈출해 선망받는 엘리트로 변신했다. 변신의 이유를 알고 있는 나조차도 놀랄 만큼 엄청난 변화였다.

왕푸런의 새 인생은 학창 시절 괴롭힘을 주도했다가 지금은 그가 근무하는 학교의 신임 교장이 된 쉬즈춘을 롤모델로 삼았다. 나는 쉬즈춘을 본 적이 없지만 좋은 가정에서 정규 교육을 잘 받고 자란 뒤 가장 왕성하게 일할 나이에 중요한 직위에 올랐으므로 주변 사람들에게 부러움과 기대를 한 몸에 받는 사람일 것이다. 그러므로 새로운 인생을 얻은 왕푸런은 몸속에서 오랫동안 꺼져 있던 스위치가 딸각, 하고 켜지며 충만한 자신감을 갖고 주변 사람들에게 영향력을 전파하고 있으리라.

내가 가장 감탄한 것은 자신의 들추고 싶지 않은 어두운 면을 양지로 끄집어냈다는 점이었다. 사회의 밑바닥을 구르며 배웠던 그 세계에 관한 지식을 흥미로운 방식으로 대중에게 알림으로써 젊은 사람에게 신선한 매력으로 다가갔다. 지금껏 남들에게 괴롭힘과 무시를 당하기만 했던 그는 빠르게 늘어나는 조회수에 강렬한 성취감을 느꼈을 것이다.

벽시계에서 작은 알람 소리가 났다. 어느새 11시였다. 아직 가시지 않은 몽롱함을 쫓아내려고 물을 받으러 정수기로 향했다.

요즘 내가 일하는 곳은 병원 지하 2층의 좁고 길쭉한 사무실이다. 뉴스레터를 제작하는 부서는 다른 곳에 있지만 내가 갑자기 이 부서로 전보되는 바람에 사무실에 자리가 부족해지자 비어 있던 공간에 책상을 놓고 사무실로 급조해 준 것이었다.

솔직히 말해 병원은 이윤에 무척 민감한 영리 조직이다. 각 과는 향후 발전 가능성에 따라 사용 공간을 미리 확충해 놓는데 이곳은 아무도 쓰겠다고 지원하지 않아 방치된 사무실이었다. 이유는 바로 옆에 영안실이 있다는 것. 아무리 생사와 관련된 관한 일을 매일 접하는 병원 근무자라고 해도 하루 종일 영안실 옆에서 일하고 싶은 사람은 없다.

자주 보면 익숙해지는 일도 있지만, 그렇지 않은 일도 있다. 아무리 많이 겪고, 아무리 오래돼도 죽음에 익숙해지는 사람은 없다. 사람의 본성이란 원래 그런 것이다.

나는 머그잔을 들고 밖으로 나왔다. 내 앞에 하얀 복도가 길게 뻗어 있었다. 밤 11시가 넘으면 환자나 보호자의 출입이 거의 없는 구역은 절전을 위해 일부 소등을 하기 때문에 어두 컴컴하고 긴 복도를 따라 전등이 하나 건너 하나씩 켜져 있고 복도 맨 끝은 형광등이 다 꺼져 깜깜했다. 공포 영화를 보면 항상 이런 곳에서 무슨 일이 벌어진다.

하필이면 정수기는 복도 맨 끝에 있었다.

명암이 번갈아 이어지는 긴 복도를 따라 걸었다. 바로 오른 쪽에 영안실 문이 있었다. 곧 '영안실'이라고 새겨진 초록색 금속 문패가 보였다. 최대한 알아보기 편안한 글씨체를 선택 했기 때문에 문패가 나를 향해 손짓하는 것처럼 멀리서도 글 씨가 선명하게 보였다.

어머니와 징즈가 세상을 떠났을 때 그 작은 방에 잠시 들 어가 보았다. 문을 열고 들어가면 신상(神像)을 올려놓은 작은 불당이 있고, 더 들어가면 한쪽 벽면 전체가 스테인리스 냉동 고로 된 공간이 나온다.

나는 머리를 털어 잡념을 쫓아내고 잰걸음으로 영안실 앞 을 지나쳤다. 그런데 귀퉁이를 돌자마자 그림자 하나가 복도 끝에서 빠른 속도로 달려오다가 훅 사라졌다. 찰나였지만 야 광조끼와 검은 모자, 가슴에 달린 반짝이는 장식으로 병원의 당직 보안 요원이라는 걸 알았다.

'왜 저렇게 급하게 뛰어가지?'

나는 가슴을 쓸어내리며 정수기 앞으로 다가갔다.

늦은 밤 병원은 낮과 달리 적막할 정도로 조용하다. 정수기에서 물 떨어지는 소리가 유난히 크게 들렸다. 오늘 밤까지 보고서를 완성할 수 있을지 걱정하던 마음은 사라지고 처음 지하실로 옮겨올 때 들었던 오싹한 소문이 문득 떠올랐다.

10여 년 전 투신자살을 시도한 남자가 구급차에 실려 와 응급조치를 받다가 사망한 일이 있었다. 시신은 즉시 영안실로 옮겨져 냉동고에 보관되었는데 당직 직원에 따르면 그날 밤 영안실에 안치된 시신은 그 남자의 시신뿐이었다.

한밤중 순찰을 돌던 보안 요원이 지하층을 둘러본 뒤 순찰일지에 표시를 하려는데 환자복을 입은 한 남자가 시신 냉동고 앞 바닥에 우두커니 앉아 있는 것이었다. 그는 일렬로 줄지어 있는 냉동고 문에 초점 없는 시선을 매달고 있었다. 보안 요원이 섬뜩한 기분을 애써 누르며 용기 내 다가가는데 그 순간 남자의 발목에 걸려 있는 시신 식별 라벨이 보안 요원의 눈에 들어왔다…….

괴담은 결말 없이 여기서 끝난다.

그 얘기를 들은 나는 그냥 떠도는 귀신 이야기일 뿐이라며 넘겨버렸다. 안 그러면 어쩔 것인가. 대부분의 시간을 지하실에서 일해야 하는 처지인데 그런 괴담에 신경 쓰다가는 업무 시간 내내 불안에 떨어야 할 텐데 말이다.

하지만 조금 전 보안 요원이 허겁지겁 달려간 일은 신경이 쓰이지 않을 수 없었다.

끼익—

그때 뒤에서 가벼운 금속 마찰음이 들렸다. 작은 소리였지만 조용한 복도에서 아주 또렷하게 울려 퍼졌다. 고개를 홱 돌렸지만 아무도 없었다. 거리가 조금 떨어진 곳에서 소리가 난 듯했다. 그 방향이 불길했다. 영안실 쪽이었던 것이다.

'설마 그렇게 운수가 사납겠어⋯⋯?'

불안감을 누르며 물이 담긴 컵을 들고 사무실로 돌아가려고 몸을 돌렸다.

끼익—

다시 같은 방향에서 똑같은 소리가 났다. 이번에는 더 또렷히 들렸다. 전율이 팔을 타고 오르듯 소름이 돋아 하마터면 들고 있는 물을 쏟을 뻔했다.

영안실 문을 2미터 정도 남겨두고 걸음을 멈추고 고민에 빠졌다. 몇 초쯤 망설이다가 한숨을 내쉬고는 떨어지지 않는 발을 간신히 떼어 영안실 문 앞으로 내디뎠다.

재빨리 사무실로 들어오려던 나는 나도 모르게 영안실 문틈으로 눈길이 쏠렸고, 어느새 영안실 입구 불당 앞에 서 있었다. 갑자기 호기심이 발동해 영안실 안으로 들어와 버린 것이다. 내부를 둘러보았지만 아무도 없었다. 어떤 놀라운 광경을 목격하게 될 줄 알았다. 아니면 당직 직원과 마주칠 수도 있다고 생각했다. 하지만 영안실에는 개미 한 마리도 없었다.

약간 실망한 채 몸을 돌려 나오려는데 금속에서 반사되어 벽에 닿은 빛이 살짝 흔들렸다.

바로 그때…….

왼쪽 하단의 냉동고 문이 안에서부터 스르르 열렸다.

다른 사람들은 이럴 때 어떻게 반응하는지 모르겠지만, 나는 소스라치게 놀라 외마디 소리조차 못 내고 정지 화면처럼 얼어붙은 채 눈앞에서 서서히 열리는 냉동고 문을 보기만 했다. 사람의 인지 범위를 초월한 일이 닥치면 아무 반응도 할 수 없다는 걸 알았다.

그때 등 뒤에서 남자 목소리가 들렸다.

"형님!"

그제야 정신이 들었다. 순간적으로 아드레날린이 솟구쳐 손에 들고 있던 컵을 소리가 나는 쪽으로 던졌다.

"악! 왜 이러세요!"

물을 뒤집어쓴 남자가 소리쳤다. 자세히 보니 케빈이었다.

"여기서 뭐 하는 거야?"

예상치 못한 인물의 등장에 소리를 지르다가 방금 전 목격한 장면이 생각나 고개를 홱 돌렸다.

"넌 또 뭐 하는 거야? 날 놀래 죽일 작정이야?"

좌우를 두리번거리며 냉동고에서 살금살금 기어 나오던

샤오후이가 나를 발견하고 웃음을 터뜨렸다.

"놀라게 해서 미안해. 아무리 찾아도 오빠가 없길래."

샤오후이가 툭툭 털고 일어나 나를 보고 히죽거렸다.

그러고 보니 미로처럼 복잡한 이곳에 처음 오는 사람들은 내가 일하는 사무실을 찾기가 쉽지 않을 것 같았다.

나는 복도에 아무도 없는 것을 확인한 뒤 재빨리 두 사람을 데리고 사무실로 들어가 문을 잠갔다. 한숨을 돌리며 두 사람을 노려보았다.

"여긴 무슨 일이야?"

"돌발 상황이 생겼어요."

케빈이 숨을 크게 들이켜 호흡을 가다듬었다. 내가 뿌린 물을 뒤집어쓴 몸이 축축하게 젖어 있었다.

"응? 오늘 제약 회사 창고에 간다고 하지 않았어?"

얼마 전 의뢰인 아창을 위해 제약 회사 창고에서 프로잭을 훔치기로 했던 일이 생각났다. 오늘 야근을 하느라 두 사람이 그 작전을 수행하는 날이라는 것을 깜박 잊고 있었다. 제약 회사 창고는 내가 근무하는 병원에서 한 블록 떨어진 곳에 있었다.

"맞아요."

"무슨 일 있었어?"

"샤오후이가 창고에 들어가려는데 갑자기 창고 직원이 나타났어요. 다행히 제가 간발의 차로 발견하고 바꿔치기할 복제약들을 갖고 들어가지 않았어요. 이렇게 많은 약을 갖고 있었으면 도망치기 힘들었을 거예요."

케빈이 두 팔을 펼치고 어깨를 으쓱이며 고개를 저었다.

나는 샤오후이에게 제일 궁금한 질문을 던졌다.

"넌 왜 냉동고에 숨었어?"

"복제약들을 안전하게 숨길 곳을 찾다가 오빠 생각이 났지. 여긴 약이 아주 많으니까 여기에 숨기면 안 들킬 거 같아서."

"음, 좋은 생각이네."

"여기 빈 창고가 있길래 복제약들을 숨겼어. 나중에 와서 제약 회사 창고로 옮기려고. 그런데 보안 요원이 소리를 듣고 다가오길래 영안실 냉동고에 숨어서 귀신 놀이 좀 했어. 혼비백산해서 도망치던데? 어때? 시나리오에 없는 돌발 상황을 우리가 잘 대처했지?"

샤오후이가 의기양양하게 말했다.

"운이 좋았던 거야. 마침 영안실 괴담이 있어서⋯⋯."

"어떤 괴담?"

샤오후이가 눈동자를 반짝이며 물었다.

"됐어. 다음에 얘기해 줄게. 오늘은 수고했어. 돌아가서 쉬어."

"아, 참! 오늘 또 일이 있었어요."

휴지로 물기를 닦던 케빈이 말했다.

"무슨 일?"

"제약 회사 창고 앞에서 서성대는 사람을 봤어요. 창고에
몰래 들어가려고 엿보는 것 같았는데 그 사람이 누구였는 줄
아세요?"

"누군데?"

나는 컴퓨터 앞에 앉으며 대답했다.

"그 양복 아저씨요."

케빈이 확신에 찬 말투로 말했다.

"에이, 설마……."

나는 고개를 들어 모니터를 보았다. 왕푸런이 유창한 영어
로 외국인 학자와 대화를 나누는 부분에서 멈춰 있었다.

"대체 뭘 하려는 거지?"

6

면발과 갈색 양념이 고온의 철판 위에서 만나 지글지글 듣기 좋은 소리를 냈다. 손잡이가 짧은 뒤집개를 쉬지 않고 놀려 노르스름한 면발에 양념을 고르게 묻힌 뒤 신선한 채소와 얇게 썬 고기를 곁들이자 그럴듯해 보이는 요리가 완성됐다.

오늘은 토요일. 화산예술문화공원(華山藝術文化公園)˚에서 한 단체가 주최하는 축제가 열릴 예정이다. 최근 유행하는 일본 애니메이션 특별전도 마련되어 가족 단위 관람객이 많을 듯했다.

샤오후이가 축제를 기획한 단체와 친분이 있어 축제 현장

˚ 타이베이에 위치한 예술공원. 과거 일제강점기에 양조장이었던 곳을 개조해 지역 예술, 문화의 중심으로 조성한 곳.

에서 후보쿠 팝업 부스를 열어달라는 요청을 받았다. 후보쿠의 음식이 남녀노소 누구나 좋아할 메뉴인데다가 축제 열기를 북돋울 수 있을 것 같다는 말에 신이 난 샤오후이가 우팅강을 설득해 축제에 참여하기로 했다. 우팅강은 원래 거절하려다가 샤오후이의 설득에 마지못해 동의했다. 하지만 천성이 진지하고 성실한 사람이라 일단 하기로 결정하자 사소한 부분까지 세심하게 신경 썼다. 우팅강의 그런 성격은 일본 요리와 잘 어울린다.

우팅강은 내게도 요리 보조 임무를 맡겼다. 그래서 지금 나는 감색 일식 요리복을 입고 땀에 젖은 수건을 머리에 두른 채 뜨거운 열기가 피어오르는 철판 앞에 서서 면을 볶고 있다. 내게 임무가 맡겨진 날부터 매일 퇴근 후 후보쿠에 가서 요리 연습을 했다. 우팅강은 후보쿠의 메뉴 중에 제일 잘 팔리는 일식 볶음 우동을 내게 가르쳐주었다.

나는 평소에 요리를 거의 하지 않는다. 특히 병원에서는 식사 시간도 아껴가며 일해야 했기 때문에 하루 일을 마치고 나면 편안한 식당에 가서 저녁을 때우고 빨리 집에 들어가 쉬기에 바빴다. 축제를 앞두고는 저녁마다 후보쿠에서 요리를 배웠는데 내가 이렇게 요리에 몰입할 줄은 나도 몰랐다.

우팅강이 내가 만든 볶음 우동을 한 젓가락 먹어보고 흡족한 표정으로 고개를 끄덕였다.

"좋았어. 이쪽을 좀 더 고르게 볶으면 완벽하겠어."

"와우!"

일식 주방장에게 칭찬을 받자 더 힘이 났다. 나는 철판에 쌓인 볶음 우동을 접시에 담았다. 맛있는 냄새를 풍기며 김이 모락모락 피어오르는 접시를 보면 조금 감격스럽기도 했다. 처음 해보는 일이나 원래 서툴렀던 일도 진심을 다하면 성과가 나온다는 걸 새삼 깨달았다.

전시회를 보고 나온 관람객들이 쏟아낸 주문을 모두 처리하고 난 뒤, 깨끗한 행주로 아직 열기가 남아 있는 철판을 닦다가 문득 며칠 전 샤오후이와 케빈이 실패한 작전이 떠올랐다.

다크펀은 특이한 의뢰를 수없이 받아 처리해 왔다. 그때마다 내가 쓴 시나리오에 따라 한 치의 오차도 없이 일이 진행된 것은 아니었지만, 약을 바꿔치기하는 간단한 일에 착오가 생긴 것은 예상 밖이었다.

어제 퇴근길에 제약 회사 창고 주위를 돌아보다가 철문 하나를 발견했다. 평범한 철문일 뿐인데 도난 방지 시스템이 설치되어 있는 걸 보니 그날 밤 작전 실패 후 회사 측에서 경비를 강화한 것 같았다.

회사는 우리의 목표가 무엇인지 정확히 모르면서 현금이나 다른 비싼 약품을 지키려고 보안을 강화했겠지만, 일에 차질이 생길 수 있다는 사실이 어쩐지 불안했다.

내 옆에서 역시 바쁘게 일하고 있는 케빈을 보았다. 서빙을 맡은 케빈이 완성된 음식을 손님에게 가져다주고 있었다.

천재적인 재능을 가진 아이가 이런 일을 즐겁게 하고 있다는 게 우습기도 하다. 아버지와의 일은 어떻게 됐는지 알 수가 없다. 한 달이라는 기한까지 아직 2주 정도 남아 있으니 케빈이라면 스스로 해결 방법을 찾을 것이라고 믿는다.

나는 오히려 다른 일이 걱정됐다. 그들이 작전을 수행하려고 했던 그날 밤, 제약 회사 창고 부근에서 왕푸런을 보았다는 사실 말이다. 왕푸런의 미심쩍은 행적에 찜찜한 기분을 떨칠 수가 없다.

그날 왕푸런이 다크펀 하우스에서 나왔을 때 겉으로는 달라진 것이 하나도 없었다. 그는 여전히 반신반의하는 표정이었다. 과연 앞으로 인생이 순조롭게 풀릴지 확신하지 못하는 것 같았지만 우리에게 아무것도 묻지 않았다. 우리를 자기 재산을 갈취한 사기꾼 집단이라고 생각하는 것 같기도 했다.

왕푸런은 후보쿠 문 앞에서 예의 바르게 인사를 하고는 연락처도 남기지 않고 떠났다. 그때부터 그는 자기 인생에 이미 어떤 변화가 생겼다고 생각했을 것이다. 과거의 모든 불행과 작별할 기회를 얻었다고 믿는 표정이었다. 그래서 우연히 얻은 이 기회에 평생 모은 전 재산을 걸고 도박을 했던 것이다.

과연 그는 훌륭한 인터뷰와 흥미로운 기획으로 온라인에서 유명 인사가 됐다. 이미 그의 동영상에는 PPL 광고도 삽입되어 있었다. 구독자 수를 보면 광고 수입이 제법 많을 텐데 그는 왜 절도 행각을 그만두지 못하는 걸까?

아무리 생각해도 그의 의도를 추측할 수가 없었다. 샤오후이는 왕푸런이 며칠 전 저녁을 먹으러 후보쿠에 왔었다고 했다. 우팅강이 축제에서 음료를 담당할 샤오후이에게 음료의 종류와 만드는 법을 가르쳐주고 있을 때였다.

그날도 왕푸런은 여느 회사원과 다를 바 없이 말쑥한 정장 차림으로 나타났지만 예전에 비해 훨씬 자신이 넘치는 모습이었다고 했다.

왕푸런에게 중학생 아들이 있는 것이 생각난 샤오후이가 주말에 애니메이션 전시회에 함께 오라며 초대권을 주자 왕푸런이 반색을 하며 "잘 됐군요. 아들을 데리고 꼭 갈게요"라고 말했다고 한다.

그때 옆에 있었던 우팅강도 왕푸런이 확실히 예전보다 활력이 넘쳐 보였다고 했다. 그 얘기를 듣고, 그가 다크펀의 도움으로 자신이 바라는 인생을 살게 되었다는 사실에 나 역시 속으로 흐뭇했다.

숯불이 빨갛게 달아오른 화로 앞에서 꼬치를 굽던 우팅강이 나를 불렀다.

"징청, 닭고기 좀 가져와 줄래? 다 떨어졌어."

꼬치구이는 후보쿠의 대표 메뉴 중 하나였다. 팝업스토어 앞을 지나가는 사람들은 꼬치 굽는 냄새만 맡고도 걸음을 멈추고 기름기가 자르르 흐르는 꼬치를 구경했다. 그 덕분에 장사가 아주 잘돼서 저녁까지 사용하려고 준비했던 식재료가 정오 무렵에 거의 바닥을 드러냈다.

"알겠어요."

나는 흔쾌히 대답한 뒤 두건을 벗고 땀을 닦았다. 음식을 맛있게 먹는 손님들을 보니 피로가 풀리는 것 같았다. 요리는 생각보다 힘들었고 병원 일과는 전혀 달랐지만 퍽 보람이 있었다.

근처에 우팅강이 잘 아는 가게가 있어서 냉장고를 하루만 빌려 쓰기로 하고 식재료를 보관해 놓았다. 걸어서 가도 5분이 안 걸리는 가까운 거리였지만 다른 노점과 관람객들 사이를 뚫고 지나가야 했다. 나는 일부러 사람이 적은 바깥쪽으로 돌아서 갔다. 길은 조금 멀어졌지만 오히려 시간을 절약할 수 있었다. 작은 수레에 닭고기를 싣고 돌아오는데 저온 냉장 상태에서 막 꺼낸 닭고기 상자에서 하얀 아지랑이가 피어올랐다. 나는 울퉁불퉁한 바닥을 피해 조심스럽게 수레를 밀었다.

여러 노점이 모여 있는 곳을 지나가는데 노점마다 파는 음식이 달라서인지 어떤 노점에는 손님이 많고 어떤 노점은 썰

렁했다. 노점 장사에서는 위치가 제일 중요하다. 따라서 어떤 자리를 잡느냐가 그날의 수익을 결정한다. 유동 인구가 많은 목 좋은 곳이 자릿세가 비싼 것도 당연하다. 하지만 모든 노점이 그렇게 비싼 가격을 감당할 수 있는 것은 아니어서 마진이 별로 남지 않는 노점은 가급적 저렴한 위치를 선택할 수밖에 없다. 그 때문에 마진이 적은 상품일수록 잘 팔리지 않는 상황을 흔히 볼 수 있다. 자본의 규모가 경쟁의 승패를 좌우하는 현실이 냉혹하다고 느껴질 때가 있다.

묵직한 종이상자가 실린 수레를 밀고 작은 화단 옆을 지나치는데 앞쪽에 인파가 모여 있었다. 전시회 관람을 마치고 한꺼번에 쏟아져나온 사람들이었다. 수레를 멈추고 인파가 지나가길 기다리다 보니 핸드메이드 인형을 팔고 있는 노점이 눈에 들어왔다. 노점 주인은 70대쯤 되어 보이는 노부인으로, 예쁘게 디자인한 브랜드 제품도 아닌데 노점을 눈에 잘 띄게 꾸미지도 않고 헝겊 인형을 그저 여러 개 테이블 위에 나란히 올려놓고 있었다.

젊은이들이 갖가지 아이디어로 예쁘게 진열해 놓은 노점상들 틈에서 이렇게 수수하고 단조로운 노점은 손님을 끌 수가 없다. 관람객들이 노부인의 노점을 심드렁한 눈으로 흘긋 보고는 빠르게 지나갔다. 노부인은 기대에 찬 눈빛으로 지나가는 사람들에게 눈인사를 했지만, 싸늘한 반응만 돌아오자 얼굴에 점점 실망한 기색이 나타났다. 그 모습을 지켜보고 있던 내 마음도 짠했다.

그때 한 남자가 아이와 노점 앞을 지나쳤다가 다시 돌아와 소박해 보이는 곰인형 하나를 들어 올려 살펴보았다. 남자는 캐주얼한 녹색 폴로 셔츠에 짙은 색 청바지를 입고 하얀 운동화를 신고 있었다. 편한 차림이었지만 그의 체형이 어쩐지 눈에 익었다.

"설마……."

나는 조용히 수레를 끌고 그쪽으로 다가갔다.

"샤오광, 이거 사줄까?"

남자가 옆에 있는 남자아이에게 물었다.

아이는 짧은 머리에 키가 그리 크지 않고 약간 통통했다. 아이가 머뭇거리며 인형을 가만히 보았다.

나는 아이의 생김새를 보고 그들이 누구인지 금세 알았다. 바로 왕푸런과 그의 아들이었다.

"왜요?"

샤오광이 고개를 들어 아빠에게 물었다.

"아빠가 어렸을 때 할아버지와 할머니께서 장사를 하셨는데 그때 파시던 인형과 비슷하구나. 이 색깔까지도 아주 비슷해."

"그렇구나……."

샤오광이 양손으로 곰인형의 두 팔을 잡고 흔들며 잠시 생각하다가 다시 고개를 들었다.

"좋아요. 할머니께서 힘들게 만드신 건데 우리가 사드려요."

샤오광이 노부인을 보았다.

왕푸런이 가격을 물어보더니 1천 대만달러짜리 지폐를 건넨 뒤 거스름돈은 필요 없다며 손을 저었다. 노부인이 거스름돈을 거슬러주려고 했지만 왕푸런이 한사코 받지 않자 고맙다고 인사를 했다.

붐비던 인파가 조금 흩어졌지만 나는 왕푸런과 아들 샤오광을 계속 지켜보았다. 이렇게 따뜻하고 동정심 많은 사람이 어릴 적 왜 그런 불행을 겪어야 했을까. 옆에 있는 아들도 여리고 착해 보이는데 따돌림을 겪고 있다고 했다.

어째서 이들은 대를 이어 불행을 겪는 걸까? 사회의 규범을 잘 지키는 사람들이 왜 남들보다 더한 시련을 겪어야 하는 걸까?

사실 나는 살면서 이런저런 괴롭힘을 당하는 사람이 얼마나 많은데, 고작 그런 일로 전 재산을 내놓으면서까지 인생을 바꾸려는 왕푸런을 이해할 수 없었다. 하지만 그의 아들을 보고 나니 비로소 그를 이해할 수 있을 것 같았다. 아들의 행복을 위해 죄를 짓는 것도 감수하며 헌신했지만, 아들도 자신처럼 집단 괴롭힘의 피해자가 되자 모든 것을 자신의 저주받은 운명 탓으로 돌렸던 것이다.

그때 옆에서 아이스크림을 파는 청년이 그들의 관심을 끌기 위해 더 목청을 돋워 호객을 하자 샤오광이 그쪽으로 다가갔다.

"손님, 시식해 보세요!"

청년이 샤오광에게 초코 아이스크림이 담긴 작은 컵을 내밀었다.

한쪽 손에 인형을 들고 있던 샤오광이 다른 쪽 손으로 받다가 컵이 손에서 미끄러지는 바람에 초코 아이스크림이 청년의 흰색 바지에 쏟아졌다.

"아앗!"

청년이 놀라서 소리쳤다.

"죄……죄송해요…….."

샤오광은 깜짝 놀라 청년의 바지를 닦아주다가, 자기 손에도 아이스크림을 묻히고 방금 산 인형에까지 아이스크림을 튀기고 말았다.

"아아! 만지지 마! 더 더러워지잖아!"

청년이 짜증스럽게 소리쳤다.

"저…… 저는…….."

샤오광은 감전된 사람처럼 그 자리에 얼어붙어 어쩔 줄 모르는 표정으로 고개를 숙였다. 손에 들린 인형까지 덜덜 떨릴 만큼 주눅 든 아이의 반응이 조금 이상하다 싶었다가, 샤오광이 학교에서 집단 괴롭힘을 당했다는 사실이 생각났다. 학교에서 그에게 전염병 바이러스가 있다는 헛소문이 퍼져 그가 만진 물건을 아무도 만지지 않으려 한다고 했다. 내가 어릴 때도 그런 쓸데없는 놀이를 하는 아이들이 있었다. 놀리는 이들에게는 놀이이지만, 당하는 사람에게는 엄청난 상처가 된다.

내가 도와주려고 다가가려는데 옆에서 노부인과 얘기를 나누고 있던 왕푸런이 성난 얼굴로 달려들었다.

"아니, 이 새끼가! 너 지금 뭐라고 했어!"

완전히 다른 사람으로 돌변한 것 같았다. 조금 전의 그 온화한 모습은 온데간데없이 사라지고 청년을 거칠게 덮쳐 몸싸움을 벌였다. 옆에 있던 아이스크림 판매대가 와장창 소리를 내며 바닥에 쓰러졌고 그 바람에 두 사람도 쾅당 넘어져 뒹굴었다. 옆에서 싸움을 보고 있던 사람들이 놀라 소리를 지르며 뒤로 물러났다. 즐거운 분위기에 찬물을 끼얹은 듯 소란이 일자 아이를 데리고 온 부모들은 서둘러 자리를 피했다.

나는 닭고기 수레를 놓고 두 사람에게 달려갔다.

"괜찮아요?"

청년의 몸 위에 쓰러져 있는 왕푸런의 어깨를 붙잡으며 일으켰다.

"제길! 이 나쁜 새끼들!"

왕푸런이 욕을 하며 일어나 앉았다가 흥분을 누르지 못하고 또 청년에게 주먹을 휘두르려 했다.

내가 급하게 그 사이로 파고들어 청년을 감싸며 등으로 그의 주먹을 막았다. 등으로 날아온 주먹이 어찌나 센지 "억!" 하는 소리가 튀어나왔지만 피하지 않고 청년을 감쌌다.

그때 누가 고함을 쳤다.

"징청! 닭고기 가져오랬더니 여기서 싸움질이야?"

우팅강이었다. 일식 요리복을 입은 그가 놀란 표정으로 뒤에서 다가왔다. 닭고기를 가지러 간 내가 돌아오지 않자 무슨 일이 있나 싶어서 나를 찾다가 이 광경을 보게 된 것이었다.

건장한 체격의 우팅강이 왕푸런을 덥석 잡아 내게서 떼어내더니 바닥에 쓰러진 청년을 보고 고개를 저었다.

"휴, 기절했군."

우팅강이 한숨을 쉬었다.

"내 아들이 뭐가 어때서! 아무 잘못도 없는 애한테 왜들 이래! 내 아들이 뭘 잘못했다고!"

왕푸런이 이마에 핏줄을 세우며 고래고래 외쳤다.

"그만, 그만하세요. 진정하세요."

나는 그를 진정시키려고 했다.

청년이 별 뜻 없이 한 말이고, 당신 인생도 원하는 방향으로 바뀌지 않았느냐고 달래려 했지만, 내가 말하기도 전에 왕푸런의 분노가 일순간 절망으로 바뀌며 얼굴빛이 암담해졌다. 그 모습을 보자니 나도 하려고 했던 말이 목구멍에 걸려 나오지 않았다.

그가 바닥에 털썩 주저앉으며 중얼거렸다.

"아무것도…… 변한 게 없어……."

"뭐라고요?"

그의 말을 이해할 수가 없었다.

왕푸런은 바닥에 쓰러진 청년을 멍하니 보고 있다가 갑자기 고개를 홱 들어 나를 노려보았다.

"쉬즈춘의 인생을 모방해달라고 전 재산을 내놓았어요. 그후 좋은 기회가 생기고 내 인생도 바뀐 것 같았지만 결국…… 아무것도 변한 게 없군요."

"무슨 일이 있었나요?"

내가 물었다.

그가 착잡한 표정으로 옆에서 겁에 질려 떨고 있는 아들을 보았다.

"상황이 더 나빠졌어요."

왕푸런이 괴로운 표정으로 말했다.

바로 그때…….

뒤에서 찰칵찰칵 카메라 셔터 누르는 소리가 들렸다. 고개를 돌려 보니 사람들이 휴대폰으로 사진을 찍으며 무슨 큰일이 터진 것처럼 수런거리고 있었다.

"와, 진짜 그 사람이야!"

"맞아. 요즘 제일 잘나가는 선생님이잖아. 저 사람이 올린 영상 봤어."

"왜 저러는 거야?"

"유명한 사람이잖아. 설마 마약이라도 했나? 저 사람 영상 못 봤어?"

"정말 좀 그래 보이네. 어쩐지 마피아 세계의 내막을 잘 알고 있더라."

고등학생으로 보이는 청소년들이 휴대폰을 보고 쑤군거리다가 우리 쪽을 흘끔거리며 키득거렸다. 왕푸런 옆에 서 있는 나에게도 따가운 시선이 날아와 박히는 것 같았다. 사람들 틈에서 노골적으로 손가락질당하는 것이 어떤 기분인지 처음 실감했다.

그들이 내게 손가락질하는 게 아니라는 걸 알면서도 기분이 몹시 불쾌했다. 왕푸런이 어릴 적부터 어떤 삶을 살아왔을지 어렴풋이 짐작할 수 있었다.

7

그날의 소동은 우팅강과 샤오후이의 중재로 왕푸런이 아이스크림 파는 청년과 화해함으로써 일단락됐다. 행사의 주최 측이 그 일을 문제 삼으려고 했지만, 다행히 수완 좋은 샤오후이가 청년과 주최 측을 달랜 끝에 잘 마무리되었다.

축제의 마지막 날이자 일요일인 다음 날, 우리는 전날과 마찬가지로 아침 일찍 행사장에 도착해 바쁘게 영업 준비를 시작했다. 하루 실전 경험을 쌓고 주방 일이 점점 손에 붙어서인지 손님이 전날만큼 많았지만 일이 훨씬 효율적으로 돌아갔다. 내가 만든 볶음 우동이 맛있다는 칭찬이 쏟아지자 우팅강이 철판 위에서 지글지글 볶아지고 있는 음식을 흘긋 보고 고개를 끄덕였다.

샤오후이는 병원 일에 신물이 나면 차라리 사표를 내고 이자카야를 차려보라며 농담을 했다. 그렇게 된다면 자기가 매일 와서 매상을 올려주겠다는 얘기에 내가 쓴웃음을 지으며 말했다.

"그게 어디 그리 쉽겠어?"

온종일 뒤집개를 든 채 쉬지 않고 음식을 볶고 나니 손이 저리고 시큰했다. 게다가 팔을 움직일 때마다 어제 왕푸런의 성난 주먹에 맞은 등짝이 당기고 욱신거렸다.

하지만 내가 제일 신경 쓰이는 것은 이해할 수 없는 왕푸런의 한마디였다.

'상황이 더 나빠졌어요.'

그는 몹시 고통스러운 얼굴로 그렇게 말했다. 짧은 순간이었지만 그의 얼굴이 검은 덩어리처럼 뭉크러져 살짝 닿기만 해도 검은 자국이 묻어 지워지지 않을 것만 같았다.

축제가 무사히 끝난 뒤 집기를 정리하고 후보쿠에 돌아와 보니 벌써 밤 9시였다.

주방에서 꺼낸 각종 그릇들이 가게 안에 흩어져 있었다. 우리는 그날 사용한 물건들을 대충 테이블 위에 쌓아놓고 바테이블에 둘러앉아 생맥주를 시원하게 들이켰다. 주말 내내 쌓인 피로감이 순식간에 날아갔다.

"가게는 영업을 쉬었지만 평소 주말 매상의 두 배나 벌었어. 다들 정말 대단해."

우팅강이 팝업스토어 매출액을 계산한 뒤 감탄했다.

"그것 봐! 처음에 내 제안을 거절했던 사람이 누구였더라? 하하하! 다음에도 이런 행사가 있으면 또 참여하자고."

샤오후이가 어깨를 으쓱이며 시원하게 웃었다.

"나도 재밌었어요. 조금 피곤하긴 했지만 의뢰 건을 처리할 때보다 더 신나요."

케빈이 고개를 끄덕이고 시원하게 맥주를 들이켰다.

"어머, 징청 오빠는 안 피곤해?"

내가 시나리오 전용 노트를 테이블 위에 펼쳐놓는 것을 보고 샤오후이가 물었다.

"일 끝내자마자 또 일을 하겠다고? 살살 해. 우리가 게을러 보이잖아."

"아……. 미안, 미안."

나는 그렇게 말하고도 노트를 펼쳐놓고 제약 회사 창고에 잠입하기로 한 계획을 다시 살펴보았다.

"계획에 무슨 문제가 있어요?"

케빈이 물었다.

"아니. 문제가 있는 건 아닌데 왠지 마음이 안 놓여."

내가 대답했다.

"너무 걱정 마세요. 저번에 실패한 건 별일 아니었어요. 창고 밖에 신형 보안 시스템이 설치돼서 보통 도둑들은 뚫기 힘들겠지만 샤오후이에겐 식은 죽 먹기예요."

"나도 알아. 그런데도 계속 찜찜하네."

"오빠가 너무 예민한 거야. 아니면 지금 케빈과 같이 가서 처리하고 올게. 일요일이라 직원도 없고 늦은 밤이라 경비도 느슨할 테니까. 한 시간이면 충분해. 어때?"

술기운이 조금 돌아 두 볼에 홍조가 떠오른 샤오후이가 소매를 걷어붙이고 케빈을 끌고 나가려고 했다.

내가 그들을 붙잡았다.

"가긴 어딜 가? 둘 다 앉아 있어."

우팅강이 굵은 목소리로 말하자 두 사람도 눈동자만 굴리며 눈치를 보다가 얌전히 앉았다.

"일요일 밤엔 아무도 없어?"

"응. 내가 알아보니 그 회사는 일요일에 당직 직원이 없대. 게다가 밤이니까 경비 인력도 별로 없겠지. 난 다들 알고 있는 줄 알았는데. 상관없어. 다음 주에 가면 되니까."

샤오후이가 혀를 쏙 빼물었다.

고개를 숙이고 생각에 잠겨 있던 내가 샤오후이의 말을 듣고 고개를 번쩍 들었다.

"그게…… 정말이야?"

나는 주머니에서 얼른 휴대폰을 꺼내 왕푸런이 근무하는 학교의 이름을 검색했다. 학교 홈페이지에 들어가니 쉬즈춘 교장의 사진이 있었다. 키 크고 잘생긴 중년 남자가 곧은 자세로 책상 앞에 앉아 있는 사진이었다.

"역시……."

나는 노트를 덮고 벌떡 일어났다.

"어디 좀 다녀올게! 기다리지 마!"

급하게 인사를 하고 후보쿠를 나왔다. 문을 열자 훅 덮친 찬바람에 몸서리가 쳐졌지만 외투를 놓고 나온 것도 잊고 급하게 걸음을 옮겼다.

캐피탈 병원 부근에 위치한 제약 회사 창고는 유명 백화점이 즐비한 쇼핑가에 인접해 있다. 낮에도 유동 인구가 많지만 저녁에는 거리가 더욱 붐비기 때문에 평소에는 부득이한 일이 아니면 이 시간에는 이쪽으로 거의 오지 않는다.

나는 현란한 네온 불빛에 묘한 미감이 감도는 좁은 골목을 따라 빠르게 걸었다.

몸에 딱 붙는 정장 차림의 청년들이 네온 조명 아래 서서 나를 위아래로 훑어보았다. 한눈에도 자기들 손님이 아닌 것을 알아본 듯 담배를 문 채 고개도 돌리지 않고 곁눈으로 나를 흘겨보았다.

쌀쌀한 날씨였지만 추위는 느껴지지 않았고, 내 발걸음 소리와 심장 뛰는 소리만 귓가에 들렸다. 샤오광의 겁에 질린 반응과 최근 병원에서 읽은 정신 의학 관련 자료에 비추어 보면 '상황이 더 나빠졌어요'라는 왕푸런의 말을 더욱 그냥 넘길 수가 없었다.

내 추측이지만 샤오광이 집단 따돌림을 당한 것 때문일 가능성이 컸다. 병원에서 보았던 많은 정신과 임상 사례로 볼 때 샤오광은 우울증을 앓고 있는 것 같았다. 의사도 아닌 내 추측이 맞다고 단정할 수는 없지만, 만약 그게 사실이라면 왕푸런의 새로운 인생은 처음부터 대상을 잘못 선택했다. 그가 새로운 인생의 롤모델로 선택한 쉬즈춘은 그의 학교에 새로 부임한 교장이면서 어릴 적 그를 괴롭힌 주동자였다.

그런데 더 중요한 사실은…… 쉬즈춘이 바로 다크펀을 찾아와 프로잭을 훔쳐달라고 했던 그 아창이라는 사실이다!

공교롭게도 그들 두 사람이 같은 시기에 다크펀에 도움을 요청했던 것이다.

왕푸런은 쉬즈춘, 즉 성공한 아창의 인생을 롤모델로 삼아 자신의 인생 시나리오를 바꾸었지만, 남들이 부러워하는 화려한 인생의 이면에 아내의 심한 우울증이라는 불행이 감춰져 있다는 사실을 알지 못했다. 그 때문에 쉬즈춘을 롤모델로 삼아 인생 시나리오를 바꾼 뒤 왕푸런은 가장 사랑하는 사람이 마음의 병을 앓는 불행을 감당해야 했다.

타인의 완벽한 인생을 모방한다면 그 인생의 좋은 점과 나쁜 점을 모두 함께 받아들여야 한다는 규칙이 있었다. 아창의 인생 중 나쁜 점이 왕푸런의 아들 샤오광에게 나타났던 것이다. 게다가 샤오광의 우울증 증세가 쉬즈춘의 아내와 점점 비슷해지고 있었다.

이 사실을 알지 못하는 왕푸런은 샤오광이 학교에서 괴롭힘을 당해 우울증이 심해졌다고 생각했고, 그 때문에 누가 아들을 조금이라도 무시하거나 경멸하는 말투로 말하면 몹시 격하게 반응했다.

그는 대만에 프로잭 재고가 남아 있다는 정보를 학교에서 우연히 듣고 제약 회사 창고 주위를 어슬렁거리다가 케빈과 샤오후이의 눈에 띄었던 것이다. 왕푸런의 과거 행적을 보면 어딘가 몰래 들어가 물건을 훔치는 것은 대수롭지 않은 일이다. 케빈은 제약 회사 창고의 보안 시스템이 최신 모델이기 때문에 그 분야의 전문가가 아니면 경보기를 피하기가 쉽지 않을 것이라고 했다.

나는 서둘러 걸으며 왕푸런이 일시적인 충동으로 오늘 밤에 행동을 개시하지 않길 간절히 기원했다.

전방에 3층짜리 시멘트 건물이 나타났다. 제약 회사의 창고였다.

나는 맞은편 건물 귀퉁이에 바짝 붙어 서서 창고 쪽을 살폈다. 과연 철문에 보안 시스템이 설치되어 있었다. 네모난 금속함에 달린 불빛이 어둠 속에서 아주 빠른 속도로 깜박였다.

사방은 여전히 고요했다.

담장에도 경보기가 여러 개 설치되어 있었는데 지난번 케빈과 샤오후이가 들켰다가 도망친 사건 이후 경비를 강화한 것 같았다. 감시 카메라가 닿지 않는 사각지대에 몸을 숨기고 조용히 지켜보았다.

"경비가 이렇게 철저한데 왕푸런이 아무리 마음이 급해도 무턱대고 담을 넘진 않겠지."

10분쯤 서 있자 몸에 점점 한기가 스미고 오한이 나기 시작했다. 창고의 창문은 여전히 고요했고 초록색 불빛만 어렴풋이 새어 나올 뿐 그 안에서 사람이 오고 가는 낌새는 전혀 없었다.

내가 괜한 걱정을 한 것일까? 왜 이렇게 왕푸런에게 마음이 쓰이는지 나도 알 수가 없었다.

나와 다크편의 다른 조직원들에게 그는 그저 인생을 바꾸고 싶어서 찾아온 의뢰인들 중 한 사람일 뿐이지만, 나는 왕푸런과 내가 사람들에게 손가락질을 당했을 때 느꼈던 모멸감을 잊을 수가 없었다.

내가 다크편에 합류했을 때 감독은 일이 점점 비극적인 방향으로 발전할 것을 뻔히 알면서도 일이 터지도록 내버려둔다면 공범이나 마찬가지라고 했다.

그렇다. 이 세상에는 비극적인 일들이 많고, 그중에서 대표적인 것이 집단 따돌림이다. 누구든 학생 시절에 따돌림을 당할 수도 있고, 사회에 나와 직장에서도 외톨이가 될 수 있다. 우리 사회에는 언제 어디든 괴롭힘이 존재한다. 표면적으로는 괴롭힘이 줄어든 것처럼 보이지만, 그것은 그저 우리에게 아주 익숙한 또 다른 형태로 변한 것이 아닐까?

인류의 악한 본성은 우리에게 익숙한 모습으로 끊임없이 반복해서 나타난다. 현재 상황을 벗어나려고 힘겹게 몸부림치는 사람들은 스스로 인생을 바꾸는 것 외에는 달리 방법이 없다. 아무런 탈 없이 잘 살고 있는데 자기 인생을 포기하려고 하는 사람은 없다. 정말 더 이상 갈 곳이 없는 막다른 길에 몰리지 않는다면⋯⋯.

나는 한참 동안 지켜보고 있다가 안도의 한숨을 내쉬며 돌아가려고 했다. 그런데 바로 그때, 창고 뒤쪽에서 검은 그림자 하나가 나왔다. 움직이는 속도가 빠르지 않았다. 자세히 보니 보안 요원 유니폼을 입은 남자였다. 하지만 순찰을 도는 것 같지는 않았고, 뒷골목 모퉁이에서 긴장한 듯 두리번거렸다.

"보안 요원이 저기서 뭘 하는 거지?"

그때 멀리서 이상한 소리가 들렸다.

창고 옆 어두운 골목의 제일 깊숙한 곳에서 나는 소리였다. 호기심이 발동해 그쪽이 더 잘 보이는 곳으로 자리를 옮겼다.

검은 셔츠를 입은 마르고 큰 한 남자가 바닥에 있는 어떤 물체에 발길질을 하고 있었다. 어둠 속에서 형체만 보이는데도 거칠고 흉악한 몸놀림이 폭력배라는 걸 알 수 있었다.

"가진 게 이것뿐이라고? 요즘 잘나가잖아? 이까짓 걸 우리 애들과 어떻게 나누라는 거야?"

검은 옷의 남자가 다시 사납게 발길질을 하자 고통스러운 신음 소리가 들렸다.

보안 요원 차림의 남자가 사방을 두리번거리며 말했다.

"그만하자. 그 정도로 손봐줬으면 됐어. 더 때리면 일이 커질 수도 있어."

"흥, 오랜만에 재밌는 놈 만났잖아. 신고도 못할 텐데 좀 더 데리고 놀아도 안 죽어."

검은 옷의 남자는 그만둘 생각이 없는 듯했다.

나는 어둠 속에 숨어서 지켜보았다. 검은 구름이 서서히 걷히고 구름 사이로 은은한 달빛이 비추자 골목 깊숙한 곳에서 벌어지고 있는 상황이 똑똑히 보였다.

트레이닝복 차림의 중년 남자가 고통스러운 표정으로 바닥에 쓰러져 있었다. 이미 지갑을 빼앗겼는지 바닥에는 동전이 뒹굴고 있었고, 남자는 품에 안은 배낭을 빼앗기지 않으려 몸을 둥글게 말아 웅크린 채 발길질을 참아냈다.

그가 누구인지 알아챈 순간, 뜨거운 덩어리가 훅 치밀어 올라 나도 모르게 소리를 지르며 달려갔다.

"왕푸런—! 이 자식들 뭐 하는 거야!"

검은 옷의 남자와 보안 요원 차림의 남자가 내 고함에 놀라 고개를 홱 돌렸다. 하지만 내가 혼자인 것을 발견한 검은 옷의 남자는 도망치지 않고 입꼬리를 올리며 피식 웃었다.

"어이, 너 친구도 있었냐? 친구도 돈 되는 것 좀 있겠는데?"

검은 옷의 남자가 왕푸런을 발로 한 번 더 차고 나를 위아래로 훑어보며 다가왔다.

예상치 못한 상황에 놀라 본능적으로 걸음이 느려졌지만 후퇴하기엔 이미 늦어 하는 수 없이 계속 다가갔다.

바로 그때 귓가에 젊은 남자의 목소리가 들렸다.

"형님, 이런 건 제가 처리할게요."

그 말이 끝나기도 전에 어떤 그림자 하나가 번개 같은 속도로 내 등 뒤에서 앞으로 치고 나왔다.

케빈이었다.

그의 뒤에는 샤오후이도 있었다. 샤오후이가 창고 밖에 있는 감시 카메라를 가리키며 씩 웃었다. 우리가 있는 위치를 촬영하지 못하도록 감시 카메라가 돌아가 있었다.

케빈과 힘을 합친다면 충분히 승산이 있었다. 내게 다가오던 두 놈은 이쪽 구역 조폭의 똘마니들이었는지 케빈과 내가 천천히 다가가자 욕지거리를 내뱉고는 슬금슬금 달아나 버렸다.

컴컴한 골목으로 도망치는 놈들의 뒷모습을 노려보던 케빈이 고개를 돌리며 말했다.

"어쩐지 이상하더라. 보안 요원을 늘렸나 했더니 가짜였네. 2인조로 퍽치기하고 다니는 놈들 같아요."

나는 바닥에 쓰러져 있는 왕푸런에게 달려갔다.

"왕푸런 선생님! 괜찮아요?"

왕푸런은 어리어리한 표정으로 알 수 없는 말을 계속 중얼거렸다.

"선생님, 정신 차리세요!"

내가 그의 어깨를 흔들었다. 여기저기에 긁힌 상처가 있었고 이마도 한쪽이 부어올라 있었다. 다행히 뼈가 부러지거나 심한 부상을 입은 건 아니었지만, 피가 나고 멍이 들어 가벼운 상처는 아닌 듯했다.

왕푸런은 꽉 감고 있던 눈을 서서히 뜨며 알 수 없는 말을 중얼거렸는데 그중 한 마디만 알아들을 수 있었다.

"미안하다……."

나와 케빈은 그가 우리에게 사과하는 줄 알고 그에게 무슨 일이 있었는지 물으려는데 그가 계속 중얼거렸다.

"샤오광…… 미안하다……. 아빠가 곧 집에 갈게……."

나와 케빈이 의아한 표정으로 서로를 보았다.

이제 마음이 놓였는지 잔뜩 웅크린 왕푸런의 두 팔에 힘이 풀렸다. 발길질을 견디면서도 품에 꼭 안고 있던 배낭이 툭 떨어졌다. 조금 열린 배낭 지퍼 틈으로 낯익은 흰 상자의 모서리가 보였다.

프로젝이었다. 그의 배낭이 불룩하게 차 있었다.

8

"사람을 이 지경으로 만들어놓다니."

우팅캉이 이마가 심하게 부어오른 왕푸런을 보고 미간을 찡그리며 주방 옆에서 구급상자를 가지고 나와 그의 머리에 붕대를 감아주었다.

왕푸런은 넋이 빠진 표정으로 테이블에 앉아 있었다. 나와 케빈이 간신히 그를 부축해 후보쿠로 데리고 왔다. 그 자리에서 구급차를 불러야 할지 고민했지만 그의 배낭에 가득 들어 있는 프로잭을 보니 내가 도착하기 전에 이미 약을 훔쳐 나온 것 같았다. 일부러 경비가 느슨한 오늘 밤을 틈타 약을 훔쳤겠지만, 경비 시스템을 건드리고도 모르고 있을 가능성이 컸다. 시간을 지체하다가는 구급차가 도착하기 전에 경찰에 먼저 연행될 수도 있었다. 예상대로 몇 분 뒤 경찰차 한 대가 사이렌을 울리며 우리 옆을 빠른 속도로 지나갔다.

아무 말도 하지 않고 고개를 푹 숙인 채 앉아 있던 왕푸런이 주먹을 불끈 쥐며 몸을 떨었다.

"제길…… 왜 이렇게 됐지?"

왕푸런이 고개를 들고 불만이 가득한 눈초리로 나를 똑바로 보았다.

다크펀 하우스를 사기 집단이라고 욕하며 돈을 돌려달라고 하려는 줄 알았지만, 그의 입에서 나온 말이 뜻밖이었다.

"문제는 나한테 있는 거죠? 내가 아무리 인생을 바꿔도 저 주받은 운명은 날 놓아주지 않는군요."

강인해 보이던 그의 얼굴에 지친 표정이 역력했다.

"결국, 내가 아무리 노력해도 바꿀 수 있는 건 아무것도 없어요."

왕푸런이 자기 인생에 내린 결론이었다.

몇 번의 만남에 불과했지만 내가 본 왕푸런은 온화하면서도 강인한 사람이었다. 다만 그는 괴롭힘을 당했던 학창 시절의 그림자에서 여전히 벗어나지 못하고 있었다.

그의 자기 부정은 순조롭지 못한 현실을 합리화할 수 있는 가장 좋은 이유였다. 온갖 방법으로 자신을 격려하고 스스로 용기를 냈다가도 예상치 못한 일이 닥치면 그는 이렇게 습관적으로 자기 부정을 했던 것이다.

"내가 노력하면 샤오광은 나 같은 일을 겪지 않게 할 수 있을 줄 알았어요. 내 생각이 틀렸어요. 오히려 나 때문에 아들이 괴롭힘을 당했으니. 전부 내 잘못이에요……."

그가 잠시 멈췄다가 괴로운 표정으로 말했다.

"차라리 샤오광을 낳지 말아야 했어요. 그랬다면 이 저주받은 운명을 물려주지도 않았을 텐데."

"그런 게 아닙니다!"

나는 나조차도 놀랄 만큼 큰 소리로 그에게 외쳤다.

우팅강과 케빈이 동시에 고개를 돌려 나를 보았다.

"왕푸런 선생님, 선생님이 과거에 괴롭힘을 당한 것이든 샤오광이 지금 따돌림을 당하고 있는 것이든, 그건 노력과는 아무 관계도 없습니다."

내가 굳은 말투로 말했다.

왕푸런은 이해하지 못하겠다는 듯 나를 빤히 보았다.

"선생님께서 과거에 어떤 일을 겪었는지 저는 모릅니다. 하지만 누군가 괴롭힘을 당하는 건 그 사람이 못나서도 아니고 노력이 부족해서도 아닙니다. 전혀 관계가 없단 말입니다."

"하지만…… 내가 못나지 않았다면 아무도 나를 무시하지 않았겠죠."

처음 놀림을 당한 뒤 부모님에게 말했지만 오히려 너가 못나서 그렇다는 핀잔을 들었던 그때의 어린 왕푸런도 지금과 같은 표정을 지었을 테지.

"선생님도 교사니까 잘 아시겠죠. 그런 이유로 괴롭힘을 당하는 게 아니라는 걸요."

왕푸런은 건드리고 싶지 않은 마음속 무언가를 찔린 듯 아무 말도 하지 않았다.

"누군가를 괴롭히고 따돌리는 데는 아무런 이유도 필요하지 않습니다. 남을 괴롭히는 아이들은 무리를 주도하려는 겁니다. 한 명을 골라 따돌림으로써 자기를 따르는 아이들을 모으고 무리의 주도권을 쥐려는 것이죠. 사실 놀림의 대상인 아이에게는 관심이 없습니다. 선생님이 자신을 어떻게 바꾼다 해도 그들이 놓은 함정에 빠질 수밖에 없습니다."

내 말이 비수가 되어 왕푸런의 가슴을 찔렀다. 그의 표정이 점점 일그러졌다.

"그러니까…… 나와 샤오광은 운이 나빴을 뿐이라는 건가요? 내가 어릴 적 줄곧 집단 괴롭힘을 당한 것도 그럴 만했다는 겁니까?"

왕푸런이 납득할 수 없다는 듯 성난 눈빛으로 나를 쏘아보았다.

"그까짓 게 뭐라고요."

옆에서 말없이 보고만 있던 케빈이 불쑥 말을 뱉었다.

"뭐…… 뭐라고?"

케빈이 고개를 들며 말했다.

"아저씨 말이에요. 왜 이렇게 약해빠졌어요? 저도 어릴 때 외국에서 온갖 차별을 당하며 힘든 경험을 했어요. 제가 아저씨보다 훨씬 더 혹독한 환경에서 자랐을 거예요."

케빈은 왕푸런의 절반밖에 안 되는 나이지만 기세가 만만치 않았다.

"어린애가 뭘 안다고⋯⋯."

케빈의 당돌한 말에 왕푸런이 당황한 기색을 보였다.

"물론 저는 아저씨가 아니니까 아저씨가 어떤 일을 겪었는지 몰라요. 하지만 어려서 부모와 떨어져 살아야 했던 제가 겪은 고통이 결코 아저씨보다 못하지 않을 거예요. 그러니 저는 제 생각을 말할 자격이 있어요."

케빈은 자신이 혼외자로서 겪어야 했던 아픔에 대해 털어놓았다. 깜짝 놀라 우팅강에게 시선을 던지자 그가 입가를 살짝 실룩이며 알 수 없는 표정을 지었다.

케빈의 얘기를 들으니 과연 나와 우팅강의 짐작대로였다. 그의 아버지는 아들에 대한 죄책감 때문에 아들의 교육에 더욱 집착했다. 하지만 미국의 자유로운 환경에서 자라는 케빈에게는 아버지의 방법이 어울리지 않았기 때문에 케빈은 또래 친구들 사이에서 괴롭힘을 당했다. 게다가 인종 차별까지 더해져 그는 엄청난 스트레스와 고통을 감당하며 자라야 했다.

우리는 외국 생활에 대해 막연한 동경을 품고 있지만 사실 그건 상상일 뿐, 어딜 가든 자기와 다른 사람이나 약자에 대한 괴롭힘은 존재하는 법이다. 케빈은 남에게 무시당하지 않기 위해 더 열심히 공부했고 꾸준히 운동해 체력을 길렀다. 그의 운동은 취미나 건강을 위한 것이 아니라 자신을 지키기 위한 수단이었다.

왕푸런은 천성이 온화한 사람이었다. 케빈의 얘기를 들으며 그의 표정이 차츰 편안해졌다.

"자네도 쉽지 않았겠군……. 어쩌면…… 자네 말처럼 내가 정말 나약한 사람이겠지."

왕푸런이 의기소침한 얼굴로 말했다.

"그렇지 않아요."

내가 미소를 지었다.

위로하려고 건넨 말인 줄 알았는지 그가 나를 물끄러미 응시했다.

"아이를 위해 이런 범죄까지 저지르는 아버지는 많지 않을 겁니다."

나는 이렇게 말하며 의자 밑에서 오늘 저녁 왕푸런이 가득 채워 돌아온 배낭을 들어 테이블 위에 올려놓았다.

배낭을 앞으로 밀자 그가 당황하며 얼굴을 붉혔다. 절도 행각을 처음 들켜 어떻게 해야 할지 모르는 듯했다.

"걱정 마세요. 신고는 안 했으니까. 신고했다면 선생님은 지금 여기에 안 계시겠죠."

우팅강이 테이블로 다가와 모두에게 차를 따라주었다.

"그런가요? 고맙습니다."

왕푸런이 말했다.

그가 조심스럽게 가방을 당겨 품에 안았다. 귀한 보물처럼 가방을 끌어안는 모습이 측은했다.

"샤오광은 요즘 어떤가요?"

내가 물었다.

"샤오광에 대해 어떻게 알았어요?"

그가 조금 놀랐다.

"축제 때 샤오광을 보고 조금 이상하다고 느꼈어요. 그리고 지금 선생님의 배낭에 들어 있는 약상자를 보았고요."

"아…… 그렇군요." 그가 조금 망설이다가 말을 이었다. "상황이 좋지 않아요. 전에는 학교는 다닐 수 있었는데 지금은 작은 자극만 있어도 남들이 자기를 더러워한다며 위축되고 더 예민해져요. 병원에 데려갔더니 역시 우울증이라고 하더군요……. 내가 잘 보살펴주지 못한 탓이죠."

"노고가 많으세요."

"내가 짊어져야 할 짐이죠."

"사실 샤오광이 그런 상태가 된 건 집단 괴롭힘 때문이 아니에요."

"그게 무슨 말입니까?"

왕푸런이 당혹스러운 표정으로 나를 보았다.

나는 바로 대답하지 않고 휴대폰을 꺼내 화면을 켰다. 메시지 한 통이 도착해 있었다. 샤오후이가 몇 분 전에 보낸 것이었다.

— 미션 완료.

"죄송합니다. 메시지가 와서."

나는 다시 왕푸런을 보았다.

"샤오광이 우울증에 걸린 다른 이유가 있단 말인가요?"

왕푸런이 몸을 앞으로 당기며 다그치듯 물었다.

"우선 한 가지 묻겠습니다. 그 창고에 프로잭이 있다는 걸 어떻게 아셨죠?"

나는 그가 피하지 못하도록 그의 눈을 똑바로 보았다.

"그건……."

그의 눈동자가 반짝이더니 내 시선을 피하며 망설였다.

"불편한 질문이라면 대답하지 않으셔도 됩니다."

"아니에요……. 말할게요." 왕푸런이 입을 꾹 다물고 난처한 표정을 지었다가 다시 입을 열었다. "얼마 전 쉬즈춘의 집에 몰래 들어갔어요. 내가 롤모델로 삼은 성공한 인물이 실제로 어떻게 사는지 궁금해서…….”

“특별한 점이 있었나요?”

“아뇨. 별다를 게 없는 평범한 가정이었어요. 그런데 그의 비밀을 하나 알게 됐죠…….”

“무슨 비밀이요?”내가 물었다.

“그가 제약 회사의 영업 자료를 많이 모아놓았더군요. 어떻게 입수했는지 모르겠지만 모두 내부 기밀 자료들이었어요. 그리고 그가 외국 약물을 대량으로 훔쳐낼 준비를 하고 있다는 것도 알았어요. 역시 학교에서 보여준 점잖은 모습은 본모습이 아니었어요. 옛날 그대로예요. 비밀리에 나쁜 짓을 꾸미고 이익을 취하는 겁니다. 나보다 나을 게 하나 없는 인간이에요!”

왕푸런이 어금니를 깨물고 부르르 떨었다.

“맞아요. 겉과 속이 다른 사람이 많죠.”

나는 가볍게 고개를 끄덕이며 동조했다.

“어째서 그처럼 표리부동한 사람이 성공하는지 이해할 수가 없어요. 하지만 이젠 알았어요. 내가 예전에 너무 고지식해서 남들에게 얕보였다는 걸.”

“음…… 하지만 이번 일은 선생님이 잘못 아신 것 같아요.”

“잘못 알았다고요?”

"어릴 적 쉬즈춘 교장을 아창이라고 불렀죠?"

내가 말했다.

"아창……. 맞아요. 그렇게 불렀어요. 아주 오래된 일인데 그걸 어떻게 알았어요?"

"아창, 그러니까 쉬즈춘 교장도 바로 우리에게 일을 의뢰했 어요."

내가 그의 불룩한 배낭을 손으로 가리켰다.

나는 아창이 심한 우울증에 걸린 아내를 위해 우리에게 프로젝트를 훔쳐달라고 의뢰했다는 사실을 말해주었다. 내 얘기를 들으며 왕푸런의 얼굴이 하얗게 질렸다. 일이 이렇게 전개될 줄은 전혀 예상하지 못했을 것이다.

"제가 이미 말했듯이, 선생님의 새로운 인생은 선생님이 선택한 롤모델의 인생과 점점 닮아가게 되죠. 그래서 선생님은 돈과 명예를 얻고 쉬즈춘 교장처럼 사람들의 관심도 받게 됐지만, 또 한편으로는 가족이 심한 우울증에 걸리는 고통도 함께 겪어야 했던 거예요."

나는 샤오광의 우울증이 최근에 왜 갑자기 심해졌는지 설명하며 왕푸런의 반응을 살폈다. 그는 현실을 받아들이지 못한 듯 얼굴이 파랗게 질린 채 넋이 나간 표정이었다.

"어떻게 이럴 수가!"

왕푸런이 내 멱살을 홱 잡아채며 외쳤다.

"어떻게 이럴 수가 있어! 왜 진작 말하지 않았어?"

케빈이 일어나 도우려고 했지만 내가 괜찮다고 손을 저었다.

나는 감정이 격앙된 왕푸런을 똑바로 응시하며 차분한 말투로 말했다.

"죄송합니다. 저도 둘이 동일인이라는 걸 얼마 전에 알았어요. 불법적인 일을 의뢰하는 사람들은 가명을 쓰는 경우가 많아요."

"그러니까…… 내가 내 아들을 해친 거로군요. 어쨌든 그 사실은 변하지 않아요."

왕푸런이 내 멱살을 놓고 바람 빠진 풍선처럼 힘없이 의자에 앉았다.

"나를 위해 운명을 바꿨는데 도리어 아들에게 병을 주다니……. 대체 뭘 한 건지……."

왕푸런의 눈시울이 붉어지고 얼굴이 씰룩거렸다. 그는 자신이 평생 모은 재산을 바쳐 오랫동안 갈망하던 명예를 얻었지만 그 대가로 가장 사랑하는 사람이 고통을 겪어야 했다는 사실을 깨닫고는 망연자실했다.

우리 모두 아무 말도 하지 못하고 침묵했다.

바로 그때 미닫이문이 드르륵 열렸다. 가게 안으로 훅 들어온 12월의 찬바람이 굳은 분위기를 쓸어냈다.

"안 늦었네."

급하게 달려왔는지 샤오후이가 턱까지 차오른 숨을 고르며 안으로 들어왔다.

그녀 뒤에 검은 양복을 입은 건장한 중년 남자가 서 있었다. 검은 뿔테 안경을 쓰고 희끗희끗 새치가 섞인 머리칼이 약간 헝클어져 역시 급하게 달려온 듯했지만, 학교 홈페이지에서 본 사진 속 모습 그대로 세련된 엘리트의 분위기가 풍겼다. 제약 회사 창고에서 프로잭을 훔쳐내는 일이 바로 그에게서 시작되었다.

"왕 선생님…… 아니, 아런▾이라고 부를게요."

쉬즈춘이 후보쿠 안으로 들어와 왕푸런에게 말했다.

그는 왕푸런이 근무하는 학교의 교장 쉬즈춘이자 오래전 동창인 아창이었다.

왕푸런은 의자에 앉은 채 멍한 얼굴로 그를 보았다. 어떻게 해야 할지, 무슨 말부터 해야 할지 모르는 것 같았다. 몇 초 뒤 조금 정신이 들었는지 그가 말했다.

"교장 선생님, 여긴 어떻게?"

"여기서는 나를 그렇게 부를 필요가 없잖아. 아창이라고 불

▾ 중화권에서 이름의 마지막 글자 앞에 '아(阿)'를 넣어 애칭으로 부르는 문화가 있음.

러. 어릴 때처럼."

"……."

왕푸런은 대답하지 않고 그를 똑바로 쳐다보기만 했다.

"샤오후이에게 자초지종을 들었어."

쉬즈춘이 왕푸런 앞으로 다가오더니 큰 몸집을 구부려 테이블에 얼굴이 닿을 만큼 허리를 깊이 숙였다.

"미안해. 내가 정말 잘못했어. 철없던 시절 못된 짓으로 널 오랜 고통 속에 살게 만들어놓고 아무것도 모르고 있었어. 진심으로 사죄할게!"

계속 고개를 숙인 채 말하는 쉬즈춘의 어깨가 가늘게 떨렸다.

"교장 선생님……."

"사실 네가 내가 잠깐 다녔던 학교의 동창이라는 걸 알고 있었지만…… 내가 네게 그런 못된 짓을 했었다는 건 기억도 하지 못했어. 얼마나 부끄러운 일인지."

쉬즈춘이 붉어진 얼굴로 왕푸런에게 거듭 허리 숙여 사죄했다.

"이제 와서 이런 사과가 다 무슨 소용이야!" 왕푸런이 갑자기 버럭 소리쳤다. "넌 몰라! 네 행동이 한 아이에게 얼마나 큰 상처였는지!"

"그래. 그때 난 정말 몰랐어. 네가 내게만 놀림을 당하고 있다는 것도 몰랐어. 미안해. 난 네 상사가 될 자격이 없어."

쉬즈춘도 진심으로 괴로워하고 있다는 걸 느낄 수 있었다.

"미안하다는 말로 없었던 일이 된다면 좋겠지. 솔직히 난 지금 널 용서하고 이해해 줄 마음이 없어. 난 지금 어떻게 하면 내 아들의 병을 고쳐줄 수 있을까 그 생각뿐이야! 알아듣겠어?"

왕푸런이 평생 가슴속에 품어온 고통과 분노를 한꺼번에 터뜨리듯 악에 받쳐 고함을 질렀다.

쉬즈춘이 대답 없이 듣고만 있다가 조용히 고개를 들었다. 붉게 부어오른 눈으로 분노에 겨운 왕푸런을 보며 천천히 말했다.

"나도 알아. 지금 네 심정이 어떨지. 나도 너와 같으니까."

왕푸런은 말문이 막힌 듯 멍하니 쉬즈춘을 보았다. 흥분이 조금씩 누그러지자 그제야 오래전 동창과 눈을 맞추었다.

그는 쉬즈춘의 말과 표정이 자신과 매우 닮았다는 걸 알았다. 그가 고개를 돌리고 눈을 감았다. 상대의 고통스러운 표정이 마치 거울처럼, 바로 지금의 자기 자신과 똑같았기 때문이다.

사실 두 사람은 똑같은 심정이었다. 사랑하는 사람이 고통스러워하는 것을 보며 괴로워하고 있었다.

내가 말없이 지켜보고 있는데 갑자기 케빈의 목소리가 들렸다.

"아저씨, 제가 보기에 사실 아저씨의 인생이 그렇게 나쁘진 않아요."

"뭐라고?"

왕푸런이 지친 눈꺼풀을 들어 올렸다.

"누구에게나 도망치고 싶은 힘든 일은 있어요. 여기 있는 사람들도 모두 마찬가지예요. 하지만 아저씨는 살면서 겪는 모든 어려움을 어릴 적 친구에게 고약한 놀림을 당한 탓으로 돌리고 있어요. 사실은 자신이 남보다 못하다는 사실을 인정하기 싫은 거죠. 안 그래요?"

케빈이 잠시 말을 멈췄다가 다시 이었다.

"교장 선생님의 어릴 적 잘못을 변호하려는 게 아니에요. 잘못은 잘못이죠. 하지만 생각해 보세요. 교장 선생님도 아저씨처럼 아내의 병 때문에 고통받으며 걱정과 불안 속에 살고 있어요. 그런데 그 고통을 겉으로 드러내나요? 자신에게 닥친 어려움을 피하지 않고 극복하려고 하잖아요. 그런 점에서 아저씨는 이분보다 못해요. 저도 온라인에서 아저씨가 올린 동영상을 아주 재미있게 봤어요. 아저씨도 남들에게 호감을 얻을 수 있는 사람이에요. 안 그래요?"

케빈의 언사가 다소 직설적이기는 했지만 말투는 차분하고 부드러웠다. 한 마디 한 마디가 왕푸런의 마음을 정곡으로 찔렀다. 놀란 듯 멍하니 듣고 있던 왕푸런의 표정이 조금씩 이완되었다.

그는 오랫동안 너무 깊은 외로움에 파묻혀 있었다. 아들을 위해 모든 것을 묵묵히 견뎠지만 과거의 아픈 상처는 아물지 않고 그대로였다. 그는 누구에게도 이해받지 못했다는 생각에 자신이 이 세상에서 제일 불행한 사람이라고 여겼다. 그러다가 아들마저 집단 따돌림을 당하고 우울증을 앓게 되자 더 이상 참지 못하고 무너져 내린 것이다.

그는 자신이 두 사람 분량의 불행을 감당할 수 있을지, 이상하게 쳐다보는 시선을 곱절로 감당할 수 있을지 알 수가 없었다. 이대로 사는 게 무슨 의미가 있을까?

하지만 이제 그는 자기만 고통을 안고 사는 것이 아니라는 걸 알았다. 세상의 많은 사람들이 남들은 알지 못하는 아픔과 극복하기 힘든 어려움을 품은 채 살아가고 있다.

그의 눈가에 눈물이 차올랐다. 눈을 감자 두 뺨을 타고 흘러내린 눈물이 상처에 들어가 묽은 핏물이 되어 흐른 뒤 꽉 모아 쥔 그의 두 손 위로 떨어졌다.

"아련……."

쉬즈춘이 애틋한 말투로 그를 불렀다.

"미안합니다."

왕푸런이 고개를 툭 떨어뜨렸다.

"미안해요. 여러분에게 폐를 끼쳤어요······."

왕푸런이 이 소동의 원인 제공자인 것은 사실이지만, 누구
도 그를 탓하지 않았다. 오히려 아픔을 안고 살아온 그를 동
정했다.

하지만 지금 후회보다도 더 큰 문제는 그가 인생 시나리오
를 새로 쓰면서 샤오광의 우울증이 심해진 현실을 어떻게 해
결할 것인가였다. 왕푸런에게는 다른 어떤 문제도 중요치 않
았다.

내가 생각에 잠겨 있을 때 위층에서 이상한 소리가 들렸다.
위층으로 올라가는 계단 쪽을 보니 계단 깊숙한 곳에 백발의
남자가 서 있었다.

감독이었다.

감독이 아래층으로 내려온 건 처음이라 나도 깜짝 놀랐다.

말없이 나를 똑바로 쳐다보는 그의 눈빛은 마치 "뭘 꾸물
거리고 있어? 어서 처리해"라고 말하고 있는 듯했다. 나는 감
독의 허스키한 음성이 귀에 울린 것처럼 퍼뜩 정신이 들었다.
계단 쪽을 다시 보았을 때 그는 위층으로 올라가고 없었다.

그렇다. 내가 나서야 할 때였다.

나는 왕푸런에게 물었다.

"다시 한번 기회를 드린다면 그래도 쉬즈춘 선생님의 인생
을 선택하시겠어요?"

"아…… 이미 늦은 거 아닌가요?"

"아직 안 늦은 것 같은데요?"

나는 노트를 꺼내 테이블 위에 펼쳐놓고 수심이 가득 찬 왕푸런을 보며 말했다.

"선생님의 원래 인생으로 돌아갈 용기가 있으시다면 도와 드릴 수 있어요."

왕푸런이 울컥 차오르는 복잡한 심정을 애써 참는 듯 머뭇 거렸다.

"원래 내 인생이라고요?"

얼굴을 감싼 두 손 사이로 그의 목소리가 새어 나왔다.

9

그 순간 왕푸런의 눈빛에 아쉬움과 해탈의 감정이 교차했다. 두 가지 상반된 감정이 그의 마음속에서 줄다리기를 하고 있다는 걸 알 수 있었다. 쉽게 결정을 내리기 힘든 문제일 것이다.

나도 그런 심정을 잘 알고 있었으므로 재촉하지도 다시 묻지도 않고 조용히 그의 대답을 기다렸다.

스스로 용기를 내어 인생의 불완전함을 마음으로 받아들여야만 진정으로 자신의 인생을 살 수 있을 것이다.

"결정했어요."

왕푸런이 얼굴을 감싸 쥔 손을 천천히 내렸다. 고민하고 주저하던 눈빛은 사라지고 그 대신 단단한 무언가가 그의 눈동자에 자리 잡고 있었다.

"이제 어떻게 해야 하죠?"

그는 조금 전과 완전히 다른 사람이 된 듯 진지한 표정으로 나를 보았다.

"다크펀 하우스에 다시 들어가서 인생의 시나리오를 바꾸면 됩니다. 지난번과 다른 점이 있다면 새로운 시나리오의 롤모델이 바로 원래 선생님 자신의 인생이라는 겁니다."

나는 원래 자신의 인생으로 돌아가면 앞으로 어떤 일이 펼쳐질지 알 수 없을 것이라고 말했다. 다시 말해, 본래 자신의 인생으로 되돌아간 뒤 그 인생이 지금보다 나으리라고 장담할 수 없다는 뜻이었다.

린위치의 일을 겪으며 나는 인생의 시나리오를 바꾼 사람들의 결과가 모두 해피엔딩은 아니라는 걸 알았다. 오히려 작은 불행이라도 닥치면 그들의 마음속에 더 큰 후회가 생겼다. 직접 경험하기 전에는 자신에게 진정으로 중요한 게 무엇인지 모르는 게 바로 사람인 것 같다.

왕푸런이 조용히 내 말을 다 듣고 난 뒤 고개를 끄덕였다. 내가 펜을 들며 말했다.

"그럼 시작할까요?"

나는 노트에 왕푸런의 이름을 쓴 뒤 그의 앞으로 밀었다.

"직접 쓰시겠어요?"

나는 그의 손 옆에 펜을 가만히 놓았다.

그가 눈앞에 펼쳐진 노트를 물끄러미 내려다보았다. 맨 위에 쓰여 있는 그의 이름 외엔 아무것도 없는 백지였다.

그는 몇 초간 생각하더니 고개를 저으며 노트를 다시 내게 밀었다.

"갑자기 쓰려니 뭐라고 해야 할지 모르겠군요……."

그가 이렇게 말하고는 민망한 듯 웃음을 지었다.

"어떤 인생을 살지는 '미래의 나'에게 맡길게요."

왕푸런은 그날 자기 인생에서 가장 드라마틱한 밤을 보냈다. 온몸이 상처투성이였지만 그 순간 그의 입가에 부드러운 미소가 번졌다.

나는 왕푸런을 데리고 이자카야 위층에 있는 작은 다락방으로 올라갔다.

그가 다크펀 하우스의 낡은 문을 보며 탄식하듯 말했다.

"정말 믿을 수가 없군요. 여길 다시 올 줄은 몰랐어요."

"저도 같은 생각이에요."

인생의 시나리오를 바꾼 뒤 그의 인생이 예상한 대로 흘러갈 줄 알았다. 일이 이런 방향으로 전개될 줄은 정말 생각하지 못했다.

"한참을 돌아 다시 원점으로 왔군요. 아무것도 바뀌지 않고 다시 내 인생으로 돌아왔어요. 그런데 이상하게도 난 조금도 미련이 없어요."

"다행이에요." 내가 담담하게 대답하고는 물었다. "여기에 다시 온 걸 후회하실 건가요?"

"원래 내 인생으로 바꾼 걸 후회할 거냐고요?"

그가 나를 보며 물었다.

"네. 우릴 찾아오지 않으셨다면 평생 모은 재산을 지키셨겠죠. 이제 처음부터 다시 시작하셔야 하잖아요."

아까부터 묻고 싶었던 질문이었다.

"그렇긴 하죠……. 하지만……." 그가 혼잣말하듯 낮은 소리로 말했다. "아창에게 고마워요. 이유는 모르겠지만 오늘 그의 괴로워하는 표정을 보고 사실 나도 죄책감이 들었어요. 그가 운이 좋아서 성공했다고 생각해 왔어요. 모든 걸 불공평한 운명 탓으로 돌렸죠. 하지만 이젠 알았어요. 내가 틀렸다는 걸."

"죄책감이 들었다고요?"

"네. 아창도 아내의 병 때문에 무척 고통스러울 거예요. 하지만 학교에서는 그에게 그런 기색을 전혀 느낄 수 없었어요. 게다가 교사인 나보다 더 많고 복잡한 일을 처리해야 하는데도 항상 교직원들을 격려했어요. 인생에서 진정으로 중요한 게 뭔지 이제 알 것 같아요."

"그게 뭔가요?"

내가 물었다.

"자신이 더 용감한 사람이 될 수 있다는 믿음이요."

왕푸런이 겸연쩍은 웃음을 지었다.

다크펀 하우스의 문이 열렸다. 언제나 그렇듯 방 안은 어두 컴컴했다.

어둠 속에서 뒷짐을 지고 창밖을 보고 있는 감독의 뒷모습 이 보였다. 문이 열렸지만 그는 뒤를 돌아보지 않았다.

왕푸런은 그의 이름만 쓰여 있는 백지 시나리오를 들고 방 으로 들어갔다.

"잠깐……." 내가 그를 불러 세웠다. "원래 인생으로 돌아가 시더라도 동영상은 계속 만들어주세요. 저도 봤는데 그만두 시면 아쉬울 것 같아요."

그런 말을 예상하지 못한 듯 왕푸런이 멈칫했다가 고개를 끄덕였다.

다크펀 하우스의 문이 천천히 닫혔다.

밤이 깊었지만 후보쿠는 여전히 불이 환하게 켜져 있었다. 오렌지색 불빛이 실내를 따뜻하게 채웠다.

왕푸런이 다크펀 하우스에서 머무르는 시간이 길어졌지만 아무도 돌아가지 않고 조용히 기다렸다.

내가 왕푸런을 데리고 다크펀 하우스에 올라간 사이에 제 작자인 우팅강은 전체 의뢰 사건의 진도를 확인한 뒤 쉬즈춘 에게 진행 상황을 설명해 주었다. 오늘 밤 왕푸런의 돌발적인 행동 때문에 제약 회사는 창고의 보안을 더 강화할 것이다. 어쩌면 보안 요원이 24시간 창고 밖을 지킬 수도 있다. 설상 가상으로 경찰도 사라진 약품을 조사하기 시작할 것이다. 앞으로 프로잭을 훔치기가 훨씬 어려워질 것이라는 뜻이었다.

왕푸런을 다크펀 하우스에 들여보내고 계단을 내려와 보니 쉬즈춘이 심각한 표정으로 다크펀 조직원들의 설명을 듣고 있었다.

"징청, 이리 와봐. 좋은 방법이 없을까?"

"일이 골치 아파졌네."

나는 테이블에 있는 왕푸런의 배낭을 보고 긴 한숨을 내쉬었다. 배낭에는 오늘 밤 그가 훔친 프로잭이 가득 들어 있었다.

기존 시나리오는 어쩔 수 없이 폐기해야 할 것 같았다.

나는 골똘히 생각하며 평소에 가지고 다니는 서류 가방에 노트를 넣는데 하얀 상자에 걸려 들어가지 않았다. 가방을 열어보니 프로잭 상자였다. 며칠 전 정신과 의사가 프로잭을 슬쩍 찔러준 일이 그제야 생각났다. 급할 때 사용하라고 쉬즈춘에게 주려고 했는데 돌발 상황 때문에 까맣게 잊고 있었다. 약상자를 꺼내다가 대담한 아이디어가 뇌리를 스쳤다. 얼른 휴대폰을 꺼내 전화를 걸었다.

"여보세요. 이렇게 늦은 시간에 전화를 걸다니. 누구시죠?"

짜증스럽게 전화를 받는 사람은 바로 그날 내게 프로잭을 주었던 의사였다.

"허징청입니다."

"음, 이 시간에 무슨 일이오?"

"제가 병원 근처에서 우연히 제약 회사에 도둑이 든 걸 봤어요. 경찰차가 몇 대나 출동했더군요. 프로잭을 도난당했다나 봐요. 그냥 넘기려고 했지만 아무래도 찜찜해서 전화했어요. 선생님께서…… 병원에 그 약을 대량으로 감춰두셨잖아요. 이 도난 사건과 무관하시다고 해도 만에 하나 경찰이 병원을 수색한다면, 선생님께서……."

내가 일부러 말끝을 흐리자 의사가 굳은 말투로 따지듯 말했다.

"됐어요. 누가 이런 전화를 하라고 시켰소? 지금 한 얘기가 진짜요, 가짜요?"

그가 갑자기 경계심을 높였다. 그가 병원에서 몰래 빼돌린 오리지널 약이 프로잭만이 아니라는 걸 나도 알고 있었다. 아마 수량도 적지 않을 것이다.

정말로 조사한다면 그에게 큰 문제가 생길 게 분명했다.

"물론 진짜죠. 못 믿으시겠다면 내일 제약 회사 영업사원에게 물어보세요."

"그럼 내가 어떻게 해야 하오? 이왕 알게 됐으니 나를 좀 도와주시오."

"알겠습니다. 이번에는 어쩔 수 없이 도와드리지만, 이번 한 번뿐입니다. 내일 남은 오리지널 약들을 제 사무실로 옮겨다 놓으세요. 참, 지하에 있는 사무실입니다. 그다음은 제가 잘 처리할게요."

나는 짐짓 난처하다는 말투로 대꾸하며 쉬즈춘을 향해 엄지를 쳐들고 고개를 끄덕였다. 의사가 연방 고맙다고 인사하며 전화를 끊었다.

우팅강은 이마에 손을 짚은 채 믿을 수 없다는 표정으로 나를 보았다.

나는 놀란 눈으로 나를 보고 있는 사람들에게 어깨를 으쓱이며 말했다.

"왜들 그런 눈으로 봐요?"

"우리가 온종일 바쁘게 다닌 것보다 거짓말 한마디가 더 효과적이잖아. 젠장."

샤오후이가 눈을 크게 뜨고 눈동자를 굴리며 현기증이 나는 듯 비틀거리자 모두 웃음을 터뜨렸다.

"왕푸런 선생님이 만들어준 절호의 기회를 놓칠 순 없잖아?" 내가 쉬즈춘에게 시선을 돌렸다. "이것 말고도 한 방에 해결할 방법이 있을 거예요. 예를 들면 왕푸런 선생님처럼 하는 거죠. 그러면 사모님의 인생도 아마 달라질 거예요."

나는 인생의 시나리오를 새로 쓰는 방법을 제안했다.

"그럴 필요 없어요. 우리 둘의 힘으로도 충분히 극복할 수 있다고 믿어요."

내게 고맙다고 인사하는 쉬즈춘의 표정에서 굳은 의지가 느껴졌다.

나는 어색한 웃음을 지으며 머리를 긁적였다. 누군가에게 이런 감사 인사를 들은 게 언제였는지 기억나지 않았다. 왕푸런의 말이 옳았다. 아마 이것이 두 사람의 가장 큰 차이일 것이다. 잠시 후 왕푸런도 이렇게 확신에 찬 얼굴로 계단을 내려오리라는 기대감이 들었다.

3장

맥베스 부인

1

"어서 오세요!"

젊은 카페 종업원이 활기찬 목소리로 케빈을 맞이했다.

날씨는 여전히 추웠지만 주말 오후의 포근한 햇볕이 내리쬐는 거리에선 가끔 불어오는 찬바람이 오히려 약간의 활력소가 되었다.

큰길 옆 공원의 긴 벤치에 한참 앉아 있다가 길 건너 카페에서 나오는 케빈을 보았다. 양복 차림의 중년 남자가 그의 뒤를 따라 나왔다. 보수적인 인상이었지만 입가에 엷은 미소가 걸려 있었다. 대화가 순조롭게 끝난 듯했다.

중년 남자는 케빈의 아버지였다. 미국에서 아들을 보러 직접 타이베이까지 온 것이었다. 케빈이 말도 없이 집을 나온지 몇 달 만의 첫 대면이었다.

원래 내가 케빈과 동행하려 했으나 카페 앞에서 케빈이 마음을 바꿔 혼자 만나겠다고 말했다. 나는 돌아가지 않고 커피 한 잔을 사서 벤치에 앉아 기다리고 있었다.

케빈의 아버지가 작별 인사를 하고 길모퉁이 뒤로 사라진 뒤 벤치에서 일어나 케빈에게 다가갔다.

"그게 뭐야?"

케빈이 들고 있는 종이를 가리키며 물었다. 가지런히 접힌 종이 사이에 뭔가 끼워져 있었다.

"아무것도 아니에요."

"응? 그러니까 더 궁금한걸."

케빈이 난처한 표정을 지었다. 케빈은 원래 감정을 잘 숨기지 못하는 편이다. 그의 아버지도 점잖고 보수적인 사람으로 보였지만 희로애락의 감정이 얼굴에 드러나는 타입인 듯했고, 그 점은 아버지와 아들이 꼭 닮아 있었다.

"휴, 샤오후이 누나에게는 비밀로 해주세요. 누나가 알면 놀릴 거예요."

케빈이 접힌 종이를 내게 건넸다.

"인터뷰 센터 부센터장?"

종이 사이에 명함이 끼워져 있었다.

"타이베이에 있는 아버지의 오랜 친구래요. 제가 타이베이에 있다는 걸 아버지에게 알려준 사람이기도 해요."

"바로 이 사람이구나. 널 찾아내다니 역시 기자의 능력은 대단해."

"그러니까요. 제가 너무 방심했어요. 기자에게 들킬 줄은 몰랐어요. 샤오후이 누나가 알면 웃겨 죽겠다고 호들갑을 떨 거예요."

"샤오후이라면 그러고도 남지." 명함을 케빈에게 돌려주며 물었다. "아버지가 명함은 왜 주셨어?"

"제가 이곳에서 대학에 다니는 동안 제 생활에 간섭하지 않기로 아버지와 합의했어요. 단, 아버지는 제가 졸업 후에 미국에 돌아가 계속 공부하길 바라세요. 타이베이에 머무는 동안 어려운 일이 생기면 이분에게 연락해야 하고요. 결국 아버지의 통제를 완전히 벗어나진 못한 거죠."

케빈이 쓸쓸한 표정을 지었다. 아직도 아버지가 자신을 어린애 취급한다고 생각하는 듯했다.

"이 녀석아, 네가 바라는 대로 이루어졌는데 또 무슨 불평이야?"

나도 모르게 케빈에게 훈계를 했다.

"음, 그 말도 맞아요." 케빈이 아버지가 사라진 길모퉁이를 보며 말했다. "어쨌든 아버지와의 일은 일단락된 셈이죠."

케빈의 얼굴에 엷은 미소가 떠올랐다.

2

추위가 점점 물러가고 봄바람이 책상 앞 창문을 넘어 살랑살랑 들어왔다. 거리의 가로수도 파릇파릇한 새잎을 내밀며 새로운 한 해의 시작을 알렸다.

토요일이지만 늦잠을 자지 않고 이른 새벽에 일어나 인터넷에 새로 연재하기 시작한 소설을 썼다. 소설 속에서 징즈와 어머니는 여전히 미지의 나라를 떠돌며 모험을 하고 있었다. 가는 곳마다 난관에 부딪쳤지만 매번 위기를 잘 극복해 냈다.

유리창으로 스며드는 희푸른 새벽빛이 점점 밝은 오렌지빛으로 바뀌었다. 책상에 얼마나 오래 앉아 있었을까. 한 가지 일에 몰두하면 금세 시간이 훌쩍 지나버린다. 어깨와 목이 뻐근해질 때가 되어서야 허구와 현실이 교차된 세계에서 빠져나왔다.

시간이 날 때마다 틈틈이 글을 쓰는 것이 힘들기도 하고 이 일로 돈을 버는 것도 아니지만, 나는 쓰고 있을 때 가장 즐겁다.

아무것도 없는 공백에 새로운 이야기를 채워 넣은 뒤 모니터에 뜬 '발행' 버튼을 클릭했다. 또 한 편의 새로운 이야기를 얼굴도 본 적 없는 독자들 앞에 선보인 것이다.

시계를 보니 오후 2시였다. 점심 시간이 훌쩍 지난 뒤였다. 나는 기지개를 켜고 이제 뭘 하면서 남은 시간을 보낼까 고민했다.

새 댓글이 도착했습니다.

모니터에 작은 창이 나타났다.

'벌써 댓글을 단다고? 제대로 읽기나 한 거야?'

나는 속으로 구시렁거렸다. 온라인에 소설을 연재하면 세계 각지의 사람들과 실시간으로 소통할 수 있다. 웹에 올라간 글은 더 이상 작가의 것이 아니며 저마다 자기 관점에서 읽고 해석한다. 그렇기 때문에 독자의 해석이 저자의 원래 의도와 다른 경우도 비일비재하다.

나는 인터넷 창을 열고 소설을 연재하는 플랫폼에 접속했다. 내가 올린 이야기 아래 댓글이 한 개 달려 있었다.

└, 용감한 여자들이에요. 나도 이 여자들처럼 두려움 없이 내가 하고 싶은 걸 할 수 있으면 좋겠어요.

'아기물고기'라는 닉네임을 가진 네티즌이었다. 처음 보는 닉네임이었다.

새로운 독자인 것 같은데 글쓴이 외에는 볼 수 없도록 비밀 댓글 기능을 사용했다.

비밀 댓글로 의견을 남기는 독자는 별로 많지 않았기 때문에 왠지 호기심이 들었다. 프로필 사진을 클릭하자 젊은 여자 사진이 떴다. 검은 웨이브 머리를 길게 늘어뜨리고 흰 벽 앞에 서 있는 여자의 옆모습이었다. 처음 보는 사람에게도 깊은 인상을 남길 정도로 아름다운 미모의 소유자였다.

그녀는 바로 류샤오위, 극단 시절 징즈의 친한 친구이자 징즈보다 1년 먼저 데뷔한 선배였다. 심지어 징즈가 극단에 들어가게 된 것도 류샤오위가 적극적으로 추천한 덕분이었다.

당시 징즈는 대학 동아리에서 두각을 나타낸 데다 외모도 눈에 띄었지만, 그 분야에는 워낙 예쁜 배우가 수두룩한 데다 극단에 들어가고 싶어 하는 배우 지망생도 아주 많았다.

류샤오위가 대학 연극 동아리 공연을 관람하러 왔다가 징즈의 연기를 보지 않았다면 두 사람은 서로 만나지 못했을 것이고, 징즈가 꿈꾸던 배우의 길은 더더욱 열리지 않았을 것이다.

류사오위는 징즈의 짧고 화려한 인생에서 매우 특별한 귀인이었다.

내가 언제 마지막으로 그녀를 만났더라?

교통사고 후에 병원에서 류사오위를 만난 기억이 있었다.

사고 다음 날에도 극단의 연극 공연은 그대로 진행됐다. 입장권이 매진되어 공연을 중단할 수 없었기 때문이다. 보통은 주요 배역에 두세 명의 배우를 캐스팅해 번갈아 가며 공연을 했다. 류샤오위와 징즈가 함께 여자 주연을 맡고 있었으므로 류샤오위가 사고를 당한 징즈 대신 공연을 했다.

그녀는 그날 공연이 끝난 뒤 급하게 병원으로 달려왔다. 분장도 지우지 못하고 눈물범벅이 되어 달려온 류샤오위를 중환자실 문 앞 복도에서 만났다. 그녀의 큰 눈에서 하염없이 눈물이 흘러내렸다. 그녀는 교통사고 가해자를 향한 분노를 억누르며 떨리는 몸을 의자에 기댄 채 징즈를 위해 기도했다.

그날 밤 류샤오위는 징즈의 사고 소식에 큰 충격을 받아 무대에서 연기를 망쳤고, 그녀의 연기를 기대하고 있던 평론가들에게 혹평을 받는 바람에 한동안 재기하지 못했다고 한다.

징즈가 죽은 뒤 장례식에서도 그녀를 볼 수가 없었다.

"어떻게 지냈을까……."

나는 몇 년 전 징즈와 류샤오위가 함께 전국으로 순회 공연을 다니던 때를 떠올렸다.

무대 위에서 모든 생명력을 쏟아부으며 연기하던 두 사람의 반짝반짝 빛나던 모습을 지금도 잊을 수가 없다.

"오늘 저녁 프로그램 브로슈어입니다. 입장권에 적힌 번호에 따라 자리에 앉아주세요."

나이가 조금 들어 보이는 여자가 입구 앞에 앉아 친절한 미소를 지으며 브로슈어를 나누어주었다. 그녀는 이 시간에 관객이 입장할 줄 몰랐는지 조금 놀란 듯한 표정으로 얼른 내게 브로슈어를 건넸다.

"감사합니다."

2월의 어느 금요일 저녁이었다. 낮에는 제법 봄기운이 돌았지만 밤거리는 아직 쌀쌀했다.

인터넷에서 류샤오위의 소식을 찾아보다가 예전 극단의 배우 명단에 그녀가 없다는 것을 알고 조금 놀랐다. 그녀와 징즈가 속한 곳은 타이베이는 물론이고 외국에도 알려진 유명한 극단이었다. 개인 팬클럽을 가진 배우도 많았고, 류샤오위도 일찌감치 인기를 얻어 팬이 제법 있었다. 그런 그녀가 극단에 없다는 사실이 몹시 의외였다.

내가 그녀를 찾아낸 건 어느 지방의 무명 극단 홍보글에서였다. 그녀의 사진과 함께 최근 상연 중인 공연 일정이 적혀 있었다.

공연 날짜를 찾아보니 마침 며칠 뒤에 타이베이 둥(東)구의 소극장에서 저녁 7시에 시작하는 공연이 있었다. 셰익스피어의 《맥베스》를 각색한 연극이었다.

예전에도 본 적이 있었다. 여러 버전으로 각색되었지만 기본 줄거리는 같았다. 맥베스가 우연히 마녀를 만나 자신이 장차 국왕이 될 것이라는 예언을 들은 뒤, 맥베스 부인의 회유에 국왕을 살해하고 왕위를 차지한다. 그 후에도 권력을 지키기 위해 많은 사람을 죽이지만 결국 맥베스와 그 부인은 자신들이 저지른 죄에 대한 죄책감과 두려움에 고통스러워하다가 각각 참수당하고 자살하는 비극적인 결말을 맞게 된다는 내용이다.

셰익스피어의 이야기는 오랫동안 많은 극단에서 각색되고 공연되었는데 똑같은 내용임에도 매번 관객들에게 상당한 호응을 얻었다.

브로슈어를 나누어주는 여자가 지하실 제일 안쪽의 검은 철문을 가리켰다. 문틈으로 연기하는 배우들의 목소리가 새어 나왔다. 보통의 대화와는 사뭇 다른 말투인 것을 보니 벌써 공연이 시작된 모양이었다.

나는 다른 관객들에게 방해가 될까 봐 최대한 조심스럽게 철문을 열었다. 그런데 안으로 들어가 보니 객석은 거의 비어 있고 몇 사람만 두세 명씩 흩어져 앉아 공연을 보고 있었다.

소극장으로 향하는 길에 이미 예전에 그녀가 속했던 유명 극단보다는 규모가 작을 것이라고 예상하긴 했지만 관객이 내 생각보다도 훨씬 적었다. 오랜만에 소극장에 가보니 업계의 상황이 예전에 내가 알던 것보다 더 힘들어 보였다.

구석 자리에 앉아 무대 위에서 연기하는 배우들의 표정과 동작 하나하나에 집중하며 연극을 감상했다. 맥베스 부인이 느린 어조로 국왕을 살해하라고 종용하자 맥베스가 갈등하는 장면이었다. 맥베스를 연기하는 배우는 상당히 젊어 보였다. 나이가 들어 보이도록 분장을 했지만 앳된 목소리를 감출 수가 없었다.

나를 집중시킨 건 맥베스 부인이었다.

무대의상을 입고 분장을 한 그녀가 사려 깊은 미소를 지으며 빠른 결단을 내리라고 맥베스를 설득했다. 그녀의 모습은 누구라도 설득당하지 않을 수 없을 만큼 호소력 있고 매력적이었다. 맥베스 부인의 연기는 다른 배우들에 비해 확실히 훌륭했다.

극장에서 연극을 관람한 지 오래됐지만 이 무대보다 훨씬 큰 무대가 눈앞에 떠올랐다. 극에 완전히 몰입한 배우들이 그 무대 위에서 다른 사람의 인생을 열연하고 있었다. 그 크고 화려했던 무대가 눈앞의 작은 무대에 오버랩되었다.

내 앞에서 맥베스 부인을 연기하고 있는 배우가 바로 류샤오위였다.

객석에 앉아 있는데 예전에 징즈와 그녀가 함께 연습하던 모습이 계속 떠올라 나도 모르게 눈시울이 시큰했다.

고개를 돌려 눈물을 닦고 어두운 지하 소극장을 둘러보았다. 그녀가 어째서 이런 무명 극단에 들어와 공연을 하고 있는지 이해할 수 없었다. 그 사이 그녀에게 무슨 일이 있었던 걸까?

"모두 수고하셨어요."

류샤오위가 부드럽고 생기 넘치는 목소리로 동료 배우들에게 말했다.

"샤오위 누님이 제일 수고하셨죠. 도와주셔서 고맙습니다."

무대 뒤에 있던 스태프들과 젊은 배우들이 깍듯이 인사했다.

나는 골목 담장에 기대어 서서 류샤오위가 나오기를 기다렸다.

시계를 보니 11시였다.

"벌써 이렇게 됐네."

공연이 끝난 뒤 밖에서 40분 정도 기다리자 그제야 극단 사람들이 정리를 마치고 하나둘씩 나오기 시작했다.

블랙 코트를 입은 류샤오위가 계단을 올라와 조심스럽게 주위를 둘러보더니 인적이 드문 골목으로 빠르게 들어갔다.

그녀는 잰걸음으로 걸으며 계속 주위를 살폈다. 예전에는 공연이 끝나면 그녀와 함께 사진을 찍으려는 팬들이 공연장 밖에서 진을 치고 기다리곤 했다. 하지만 황량한 소극장에서 공연을 펼친 지금은 밖이 한산했기에 그녀의 이상한 행동을 도무지 이해할 수가 없었다.

그녀는 누군가를 피해 도망치는 것처럼 보였다.

과거를 회상하러 간 것은 아니었고, 그녀를 만난 뒤 무슨 말을 할지 미리 생각하지도 않았다. 어쩌면 그저 예전에 알고 지내던 사람을 다시 만나면 지나간 아름다운 시간을 돌이킬 수 있지 않을까 하는 헛된 망상을 품었던 것일 수도 있다.

하지만 류샤오위의 뒷모습을 조용히 보고 있자니 나만 예상치 못한 인생의 전환을 겪은 것은 아닐 수도 있겠다는 생각이 문득 들었다.

원래 그냥 돌아오려고 했지만 나도 모르게 그녀 뒤를 따라갔다. 뭐라고 말을 걸까 고민하고 있는데 그녀가 작은 건물로 들어갔다.

"술집?"

고개를 들어 간판을 보니 후미진 골목에 자리 잡은 아담한 와인바였다. 류샤오위의 순하고 예쁜 이미지 때문인지 그녀가 이런 곳에 간다는 사실이 왠지 어울리지 않아 보였다. 내가 알던 친구가 아닌 것 같은 낯선 기분과 함께 약간 이상한 감정이 들었다.

3

5년 전 특별할 것 없는 어느 저녁, 징즈와 저녁을 먹고 밤바람이 선선한 거리를 걷고 있었다.

건널목을 건너는데 징즈의 휴대폰이 울렸다.

"정말요? 저를 정말 극단에 받아주신다고요?"

징즈가 믿을 수 없다는 듯 커다래진 눈으로 몇 번이나 되물었다.

"그래요. 지난번 오디션 때 우리 단원들이 모두 징즈를 마음에 들어 했어요. 모두 징즈가 우리 공연에 참여해 주길 기대하고 있어요."

휴대폰 저편에서 흘러나온 류샤오위의 들뜬 목소리가 내게도 들렸다. 나 역시 전율이 느껴질 만큼 흥분해 환호성을 질렀다.

"고맙습니다! 정말 고맙습니다!"

"징즈를 알게 돼서 나도 기뻐요. 자세한 입단 절차를 메시지로 보내줄게요. 입단 전에 잘 쉬어둬요. 우리 극단 그렇게 녹록지 않으니까."

류샤오위는 몇 가지 세부 사항을 친절하게 설명해 준 뒤 전화를 끊었다.

통화를 마치고 고개를 든 징즈의 눈가에 눈물이 그렁그렁 차올라 있었다.

"샤오위에게 전화가 왔어. 내가…… 내가……."

"나도 들었어. 성공했어! 징즈 네가 해냈다고!"

나는 너무 기뻐서 징즈를 덥석 끌어안고 번쩍 들어 올렸다.

"하하하! 너무 세게 안았잖아. 아파!"

징즈가 내 품에서 버둥거리며 크게 웃었다.

"미안해. 너무 기뻐서."

나는 웃으며 징즈를 내려놓았다.

"너무 잘됐어. 드디어 네 꿈이 이루어진 거야. 주연이 될 날도 멀지 않았어."

"그게 어디 말처럼 쉽나. 다음에 샤오위의 공연을 보러 가자. 정말 대단한 배우야. 샤오위에 비하면 난 아직 멀었어." 징즈가 입을 오므리고 무슨 생각을 하다가 말했다. "징청, 이제 네 차례야."

"내 차례?"

"응. 네가 나보다 더 유명한 작가가 될 거야. 훌륭한 극본을 써서 날 주인공으로 캐스팅하겠다고 말한 거 잊었어?"

징즈가 내 가슴팍을 툭 밀었다.

"맞아. 그랬지. 네가 나보다 먼저 성공할 줄이야. 나도 더 노력해야겠어."

나는 머리를 긁적이며 웃었다.

"너무 스트레스 받진 마. 넌 분명히 해낼 거라고 믿으니까."

징즈가 자기 말이 틀림없다고 확신하는 듯 눈동자를 반짝이며 말했다.

5년 전 어느 날 밤의 일이었다.

특별한 곳에 간 것도 아니고, 로맨틱한 이벤트를 한 것도 아니었지만 내게는 가장 아름다운 기억으로 남아 있다.

나는 와인바의 제일 구석진 자리에 앉아 말없이 유리잔 속 얼음을 흔들었다. 얼음이 서로 부딪히며 딸각거리는 소리가 났다. 볼륨 높은 음악 소리가 와인바 내부를 가득 채우고 있었다. 번쩍이는 실내 조명이 그날의 아름다운 기억을 장식하듯 눈앞에 잔상을 남겨 멍하니 불빛을 응시했다. 테이블 아래 설치된 LED의 연보라색 불빛이 몽환적인 느낌을 주었다.

조금 떨어진 테이블에서 원피스를 입고 긴 머리를 어깨까지 늘어뜨린 샤오위가 손님에게 음료를 따라주고 있었다. 그녀는 환한 미소를 짓고 있었고 손님도 그녀와의 대화에 기분이 좋아 보였다.

나는 잠시 그녀를 응시했다.

그녀는 나를 전혀 발견하지 못한 채 일에 열중하고 있었다. 샤오위가 왜 이런 데서 일을 할까? 정말 이해할 수가 없었다.

그녀는 다소 보수적인 이미지였고, 내가 아는 극단 배우 중 연기에 대한 열정이 가장 뜨거운 사람이었다. 게다가 샤오위와 징즈는 그 누구보다 치열하게 노력했다. 서로 의지하고 응원하면서도 상대의 부족한 점에 대해서는 냉정하게 지적하고 고치도록 도와주었다. 활발하고 외향적인 징즈와 온화하고 내성적인 샤오위는 정반대 성격이었지만 연기에 대한 집착만큼은 우열을 가릴 수가 없었다.

하지만 손님과 대화를 나누는 샤오위의 눈빛은 공허하기만 했다. 아무리 밝게 웃고 있어도 영혼 없는 빈껍데기 같은 미소라는 게 느껴졌다.

"한 잔 더 하시겠어요? 오래 기다리셔야 할 거예요."

바텐더가 다가와 말했다.

"네? 뭐라고요? 잘 못 들었어요."

생각에 잠겨 있다가 그의 말을 잘 듣지 못했다.

"샤오위를 기다리고 계신 거 아닌가요? 아직 한참 남았어요."

바텐더는 후리후리한 체형의 중년 남자였다. 그가 내 시선이 향한 쪽을 가리켰다.

"아니에요. 우연히 마주친 거예요."

"샤오위의 옛날 친구세요?"

"옛날이요? 무슨 말이신지……."

내가 의아하게 물었다.

바텐더가 조금 머뭇거리며 나를 위아래로 훑어보고는 고개를 끄덕였다.

"우리처럼 수많은 사람을 상대하다 보면 사람 보는 눈이 정확해져요." 그는 주문하지도 않은 술을 내 잔에 가득 채워주며 말했다. "손님은 돈에 목숨 거는 사람들과 달라요. 눈 하나 깜짝하지 않고 사람을 뛰어내려 죽게 만드는 짐승 같은 놈들이 있죠."

"그게 무슨 말이에요? 샤오위에게 무슨 일이 있었어요?"

"너무 놀라지 마세요. 샤오위가 여기서 일하는 동안 친구가 찾아온 건 처음이에요."

바텐더가 걱정스러운 눈으로 나를 보았다.

"난 지미예요. 다들 지미 형님이라고 부르니까 그렇게 불러도 괜찮아요."

그는 자기 잔에도 위스키를 따랐다.

"지미 형님, 방금 그 얘기를 자세히 해주세요. 짐승 같은 놈들이 누구죠?"

"사채업자요."

"사채업자?"

나는 미간을 찡그렸다. 류샤오위가 왜 그런 사람들과 엮이게 됐는지 이해할 수가 없었다.

내가 알고 있던 그녀와 너무 달랐다.

"전 애인이 소개해 줬대요." 지미가 한숨을 내쉬었다. "급전이 필요하지 않았다면 샤오위가 그런 놈들을 만날 일도 없었겠죠. 집안일로 급하게 돈이 필요했대요."

"집에 무슨 일이 있었는데요?"

"어머니 병원비 때문에 큰돈을 빌렸나 봐요. 나중에 어떻게 됐는지는 나도 잘 몰라요. 샤오위가 말하고 싶어 하지 않는 것 같아서." 지미가 잠시 멈췄다가 다시 말했다. "하긴, 이 바닥에서 자기 과거를 시시콜콜 털어놓고 싶은 사람이 어디 있겠어요?"

나는 잠시 멍했다. 누구에게나 예상치 못한 난관이 닥칠 수 있다. 류샤오위도 몇 년 사이 그런 난관에 맞닥뜨린 것 같았다.

류샤오위는 어릴 적 아버지가 돌아가신 뒤 어머니와 단둘이 살았고, 유독 어머니를 생각하는 마음이 애틋했다.

나와 징즈가 계속 그녀 곁에 있었더라면 상황이 조금은 달라졌을까.

어차피 지난 일이지만.

"그래도 극단을 그만둘 것까진 없었을 텐데."

손님과 웃으며 대화하고 있는 류샤오위를 보며 안타깝게 중얼거렸다.

하지만 그녀가 속한 극단은 어떤 이유로든 연기에 몰두하지 못하는 배우는 용납하지 않는다는 걸 나도 알고 있었다. 조금만 뒤처지면 가차 없이 다른 배우로 교체되었다. 현실은 그토록 잔인한 것이다.

지미는 생각에 잠긴 듯 조용히 있었다. 말없이 나를 흘긋 보는 그의 눈빛에서 약간의 망설임이 느껴졌다. 그러나 금세 적극적으로 손님을 응대하는 바텐더의 자세로 돌아왔다.

"샤오위의 과거에 대해 잘 아시는 것 같군요."

지미가 나를 보며 의미심장한 미소를 지었다.

"네."

나는 짧게 대답했다.

"그럼 도움을 청해도 될까요?"

그가 하던 일을 내려놓고 나를 똑바로 보며 말했다.

"샤오위가 여길 그만두게 해주세요."

"그게 무슨 말이에요?"

잘못 들은 줄 알고 내가 되물었다.

"말 그대로예요. 샤오위가 여길 그만두게 할 방법을 찾아주세요."

지미가 담담하게 말했다. 그의 표정으로 볼 때 샤오위를 내쫓겠다는 뜻은 아닌 것 같았다.

"왜요? 샤오위가 여기서 일을 잘한다면 그만둘 필요가 없을 거고, 이 일을 정말 싫어한다면 제가 뭘 하지 않아도 스스로 그만둘 텐데요."

내가 말했다.

"그 말도 맞아요. 단, 밤에 일하는 걸 특별히 좋아하는 사람이 아니라면 아무도 이런 데서 오래 일하려 하지 않아요. 대부분은 빨리 돈을 벌기 위해 어쩔 수 없이 하는 거죠. 그렇게 시간이 흐르다 보면 자신조차 처음 이곳에 발을 들여놓은 이유를 점점 잊어버리게 돼요. 난 샤오위가 그렇게 되는 걸 원치 않아요."

지미가 진지한 눈빛으로 나를 보았다.

"무슨 말인지 알겠어요. 하지만 샤오위 본인의 의사를 먼저 물어본 뒤에……."

"샤오위의 뒤를 밟다가 여기까지 온 거죠?"

지미가 내 말허리를 끊었다.

"아…… 그런 셈이죠."

부끄러운 일을 들킨 것 같아 말문이 막혔다. 사실 샤오위의 뒤를 밟을 의도는 아니었다. 다만 뭐라고 말을 걸어야 할지 생각나지 않아 망설이다가 여기까지 오게 된 것이었다. 내가 조금 놀란 표정으로 물었다.

"그걸 어떻게 아세요?"

"한눈에 알 수 있어요."

그가 웃으며 내가 테이블에 올려둔 공연 브로슈어를 가리 켰다.

지미가 검지를 입술에 올리며 쉿, 하는 손짓을 했다.

"사실 공연 때문에 오늘 근무 시간에 지각했지만 상관없 어요."

과연 바텐더의 관찰력이 남달랐다.

"젊은이들은 현실에 발목 잡히지 말고 꿈을 좇아야죠. 샤오 위는 기회만 주어진다면 아주 높고 멀리 날 수 있는 사람이에 요." 지미가 부드러운 미소를 지으며 혼잣말처럼 말했다. "인 생을 다시 살 수 있게 해주는 마법이 있다면 이런 안타까운 일도 없겠죠. 하하하. 미안해요. 내가 오늘 좀 많이 마셨나 보 군요."

지미의 모든 말이 내 귓속을 파고들었다. 류샤오위가 현실 에 떠밀려 어쩔 수 없이 여기서 일하며 가장 바라는 꿈을 몰 래 감춰두는 건 나도 원하지 않았다.

징즈가 있다면 나와 같은 생각을 할 것이다.

나는 구석진 자리에서 류샤오위를 가만히 바라보았다. 예쁜 얼굴로 환한 미소를 짓고 있지만, 그녀의 연기가 아무리 자연스러워도 떨쳐내지 못한 무력감이 한 가닥 그림자처럼 얼굴에 드리워 있었다.

다크펀 하우스.

인생의 시나리오를 바꿔보지 않겠느냐고 내가 먼저 제안해 볼까? 눈을 감고 감정을 차분히 추스른 뒤 남은 술을 한입에 털어 넣었다.

4

그날 후보쿠 이자카야는 손님들로 북적였다.

우팅강은 샤오후이, 케빈, 나 세 사람을 모두 주방으로 밀어 넣었다. 지난번에 배운 요리 기술을 써먹지 않아서 금세 잊어버리면 아깝지 않겠느냐며 우리에게 요리를 시켰다.

결국 그는 오늘 카운터에서 계산만 하고 나머지 일은 모두 우리 셋의 몫이 되었다.

우팅강은 오랜만에 린위치와 그녀의 남편 아스, 왕푸런과 그의 아들 샤오광까지 불렀다. 그리 넓지 않은 가게에 잘 아는 얼굴들이 가득했고, 파티가 열린 것처럼 사람들의 웃음소리가 끊이지 않았다.

나는 주방에서 일식 볶음 우동을 요리하느라 쉴 틈이 없었다. 우팅강의 말대로 오랜만에 요리를 하려니 어색하고 잘 생각이 나지 않았다. 한참 웍을 돌리자 몸이 풀리면서 그제야 제 맛이 나오기 시작했다.

"어머! 이게 정말 언니예요? 너무 예뻐요."

샤오후이가 사진을 보고 까르르 웃으며 호들갑을 떨었다. 수영을 하고 있는 여자의 사진이었다. 얼굴을 물 위로 반쯤 내놓은 채 전방의 결승점을 곁눈으로 보고 있었는데 세상 그 무엇도 그녀를 막을 수 없을 것처럼 오로지 수영에만 집중한 모습이었다. 그 모습이 감탄이 나올 만큼 아름다웠다.

"에이, 뭐가 예뻐. 아스가 찍어준 거야."

린위치가 부끄러운 듯 미소를 지으며 옆에 앉은 남편을 보았다.

자신의 인생 시나리오를 되찾은 뒤 린위치의 걷는 능력은 크게 나아지지 않았으나 오래전 운동했던 기억을 되살려 종목을 육상에서 수영으로 바꾸었다.

물의 부력 덕분에 체중의 부담이 줄어 땅에서는 움직이기 힘든 다리도 물속에서는 비교적 자유롭게 움직일 수 있었다. 게다가 심폐 기능이 강화되어 육상 운동이 더 원활해지는 부수적인 효과도 있었다.

의사인 아스가 장애인에게 수영이 도움이 되는 이유를 간단명료하게 설명하며 말했다.

"조금만 더 훈련하면 몇 달 뒤 대회에 나갈 수 있을지도 몰라요."

아스는 우리에게 사실은 아내에게 용기를 주기 위한 응원에 가깝다고 말했다.

"정말 대회에 참가하게 되면 꼭 알려줘요. 다 같이 응원하러 갈게요."

"좋아. 그럼 나도 더 열심히 훈련할게."

린위치는 오래전 메달을 따기 위해 육상 트랙을 달리던 때의 승부욕이 다시금 샘솟는 걸 느끼며 맥주잔을 들어 크게 한 모금 들이켰다.

"와, 시원하다!"

"알았어. 알았어. 천천히 마셔."

아스가 옆에서 웃음을 터뜨렸다.

"참, 아까부터 무척 낯이 익다고 생각했는데 어디서 봤는지 기억이 안 나요. 혹시 텔레비전이나⋯⋯."

린위치가 냅킨으로 입가를 닦으며 호기심 어린 눈으로 왕푸런에게 물었다.

그 말에 사람들의 시선이 모두 왕푸런에게 쏠리자 그가 웃으며 고개를 끄덕였다.

"절 알아보시네요⋯⋯."

왕푸런이 겸연쩍은 말투로 말했다.

"어? 생각났어요. 유튜브에서 유명한 선생님이시죠? 와! 여기서 만날 줄은 몰랐어요."

린위치가 휘둥그레진 눈으로 테이블 맞은편에 앉은 왕푸런을 보았다.

"사실 저도 그렇게 될 줄은 몰랐어요. 부끄럽네요."

왕푸런이 고개를 숙였다.

"어쩌다 보니 저절로 그렇게 된 거죠. 당신처럼 대단한 사람은 아니에요."

"아니에요. 무슨 말씀을 그렇게 하세요? 각지에 숨겨진 이야기들을 발굴해서 소개하시는 걸 봤어요. 책을 많이 읽은 사람만이 알 수 있는 재미있는 얘기들이잖아요."

린위치가 왕푸런 옆에 앉은 샤오광을 보며 부드러운 목소리로 말했다.

"넌 정말 훌륭한 아버지를 가졌구나."

"네! 저도 그렇게 생각해요."

볶음 우동을 맛있게 먹고 있던 샤오광이 고개를 들고 자신 있게 대답했다.

왕푸런이 달라진 후 샤오광도 점차 호전되고 있는 듯했다.

"어렸을 때 사귄 불량한 친구들이 지금 와서 제 부업 파트너가 될 줄 누가 알았겠어요. 인생이란 참 알 수 없는 거예요."

왕푸런이 겸연쩍은 표정으로 말했다.

"누가 아니래요. 앞으로 인생에 어떤 일이 일어날지 아무도 몰라요. 그저 지금 이 순간을 열심히 살 뿐이죠."

"맞는 말씀이에요."

린위치와 왕푸런이 지긋이 미소를 지으며 생각에 잠겼다. 두 사람 모두 서로가 다크펀 하우스에 들어갔었다는 사실을 모르고 있었지만 지금 두 사람은 비슷한 감회를 느꼈다.

분위기가 다시 시끌시끌해졌다. 몇 사람은 왕푸런이 최근 찍은 동영상 내용에 대해 토론을 벌였다. 마피아와 사채업자가 결탁 관계를 맺고 있다는 내용이었다.

그는 마피아 조직원들을 인터뷰해 그들이 주로 쓰는 수법을 대중에게 알렸다. 돈이 필요한 젊은 여자들을 유인해 사채를 빌리게 하고, 비상식적으로 높은 이자를 갈취하는 바람에 견디지 못하고 스스로 목숨을 끊은 사람도 많았다. 또 어떤 여자들은 강압에 못 이겨 술집 호스티스로 일하며 많은 돈을 벌지만 대부분의 돈이 마피아의 주머니로 고스란히 들어가고 있었다.

사람들은 그 동영상을 보고 개탄하며 왕푸런이 그런 내막을 널리 알린 덕분에 미리 조심할 수 있어서 다행이라고 했다.

조리대를 정리한 뒤 한숨 돌리며 음료수를 마시고 있던 나는 그들의 얘기를 들으며 류샤오위를 떠올렸다.

떠들썩한 식사가 끝난 뒤 우팅강이 이자카야 앞에서 사람들을 배웅하다가 말했다.

"지금 저렇게 행복해 보이는 사람들이 불과 몇 달 전에는 그런 모습이었다는 게 상상이 되지 않는군. 지난주에 본 풍선 같아."

"풍선이요?"

나는 그의 생뚱맞은 비유를 알아듣지 못했다.

"언젠가 강물에 떠내려가다가 갑문 앞에 걸린 풍선을 봤어. 물결이 계속 풍선을 앞으로 미는데도 갑문에 가로막혀 나아가지 못하고 제자리에서 맴돌았지."

"누군가 갑문을 열어줘야만 통과할 수 있겠죠."

내가 말했다.

"응. 그러지 않으면 계속 갑문 앞에서 구르기만 하다가 결국 뾰족한 돌에 찔려 터진 뒤에야 문틈으로 빠져나갈 거야."

우팅강이 말했다.

"하지만 그러면 온전한 풍선이 아니라 찢어진 조각일 뿐이지."

"그래서요?"

"다크펀 하우스가 사람의 인생을 바꿔주고 있지만 사실 그럴 필요가 없는 것 같지 않아?"

우팅강이 물었다.

"잘 모르겠지만, 적어도 린위치와 왕푸런 두 사람은 전 재산을 다 쓰고 다시 원점으로 돌아가 원래 자기 인생을 살고 있으니 손해를 본 셈이긴 하죠."

나는 속으로 생각하고 있던 바를 솔직히 털어놓았다.

사실 린위치와 왕푸런 외에도 인생 시나리오를 바꾼 사람이 몇 명 더 있었다. 그들은 그 뒤로 다시 우리를 찾아오지 않았다. 그들은 자신이 바라던 인생을 살고 있을 것이다. 하지만 린위치와 왕푸런의 사례를 보며 처음 다크편에 합류할 때 했던 생각이 조금씩 흔들리기 시작했다. 우팅강이 이런 내 마음을 어떻게 알았는지 모르겠다.

"난 그들이 손해를 봤다고 생각하지 않아."

우팅강이 문 앞에 세워둔 입간판을 안으로 옮기며 말했다.

"왜요?"

"우린 그들에게 갑문을 열어줬을 뿐이야. 풍선이 어디로 흘러갈지는 물결이 정하는 거지. 적어도 우린 풍선이 외부의 힘에 터져버리기 전에 앞으로 나아가도록 출구를 열어주는 역할을 한 거야."

우팅강은 조용히 듣고 있는 나를 보며 계속 말을 이었다.

"짓궂은 운명의 방해 때문에 아무리 노력해도 앞으로 나아가지 못하고 생명을 침식당하는 사람들이 있어."

그가 이자카야 문을 닫기 전에 마지막으로 했던 이 말이 계속 내 귓가에 맴돌았다.

5

늦은 밤 연재 소설의 다음 화를 온라인 플랫폼에 올리고
있을 때 창밖에서 후드득 빗방울 떨어지는 소리가 들렸다. 빗
줄기가 제법 굵어 늦은 귀가를 하는 행인들의 발걸음이 빨라
졌다.

나는 빗줄기 사이로 가로등 불빛에 부옇게 밝혀진 밤거리
를 내려다보았다. 금방 그칠 비가 아니라 밤새도록 추적추적
내릴 것 같았다.

컴퓨터 모니터로 시선을 옮겼다. 방금 올린 소설의 조회수
가 천천히 올라가고 있었다.

하지만 예전에 징즈에게 했던, 베스트셀러 작가가 되겠다
던 약속과 지금의 나는 거리가 먼 듯했다. 나는 언제쯤 그 약
속을 지킬 수 있을까? 난 이 질문에 대답할 수가 없다.

"넌 알고 있니? 네 대답을 듣고 싶어."

비 내리는 창밖을 보며 중얼거렸지만 돌아온 대답은 빗소리뿐이었다. 주룩주룩 비가 내렸다.

새 댓글이 도착했습니다.

댓글 알림이 떠서 접속해 보니 이런 글이 달려 있었다.

ㄴ, Louvre님은 틀림없이 부자일 거예요. 그러니까 좋아하는 글을
　　쓰며 살 수 있는 거죠.

Louvre는 내 닉네임이다.

모든 글은 이 닉네임으로 발표했다.

댓글을 쓴 사람은 '아기물고기', 샤오위였다. 모니터에 그녀의 프로필 사진이 떴다. 지난번과 마찬가지로 글쓴이만 볼 수 있는 비밀 댓글이었다.

그 순간 지난번 그녀의 댓글에 답글 다는 걸 잊고 있었다는 사실이 생각났다. 그 사이 내 손가락이 저절로 키보드를 두들겼다.

ㄴ, 아닙니다. 저도 아기물고기님과 똑같이 평범한 사람입니다.

등록 버튼을 눌렀다.

몇 초 뒤, 아기물고기가 내 글에 다시 답글을 달았다.

┗, 저는 Louvre님과 달라요. 현실은 불공평한 것이에요.

문장 끝에 바싹 말라 갈라진 진흙 위에 누워 있는 아기물고기 이모티콘이 달려 있었다.

나는 잠시 생각하다가 다시 답글을 달았다.

┗, 힘든 일이 있으신가요? 제가 도와드릴 수 있어요.

샤오위의 변한 모습을 직접 보고 난 뒤 나는 온라인에서 그녀에게 '힘내세요!' '포기하지 마세요!' 따위의 말로 격려하는 건 아무 도움도 되지 않는다는 걸 알았다. 그래서 그녀에게 직접적으로 어려움이 무엇인지 물어본 것이었다. 어쩌면 온라인의 익명성에 기대어 그녀가 어려운 상황을 털어놓을지도 모른다는 기대를 했다.

내가 답글을 쓴 지 한참이 지나도록 아기물고기에게선 아무런 회신도 오지 않았다. 나는 모니터를 보며 머릿속으로 수많은 추측을 할 수밖에 없었다. 그녀가 오프라인 상태일 거라고 생각하고 있을 때 다시 댓글 알림창이 나타났다.

┗ 며칠 전 일하는 곳에서 아는 사람을 마주쳤어요. 그 사람이 날 알

　아봤는지 모르겠지만 너무 무서웠어요. 그가 날 알아보지 못했

　길 기도했어요. 내가 이곳을 그만두는 게 제일 좋겠지만 난 이 일

　을 하지 않으면 안 돼요.

아기물고기의 답글을 읽고 총알이 머릿속을 관통한 것처럼 쾅, 하는 소리가 들린 듯했다.

그날 밤 류샤오위가 날 봤다고?

그날 그녀가 앞쪽 테이블 사이를 지나다니면서도 내가 앉은 곳으로는 한 번도 가까이 오지 않았다는 것이 생각났다. 일부러 그런 것이 아니라면 이상한 일이다.

그녀가 날 피한 걸까? 왜 그랬을까?

뭐라고 말해야 할까 망설이며 떨리는 손가락을 키보드 위에 올렸다 내렸다 하고 있는데 댓글이 또 달렸다.

┗ 죄송해요. Louvre님의 소설을 읽고 용기를 얻었는지 저도 모르

　게 이상한 얘길 하고 말았네요. 신경 쓰지 마세요.

나는 얼른 답글을 달았다.

┗ 경제적인 문제인가요? 제 도움이 필요하면 말씀하세요. 도와드

272

리고 싶어요.

등록 버튼을 눌렀지만 한참 동안 아기물고기의 답글이 달리지 않았다.

모니터 앞에서 멍하니 앉아 있다가 아기물고기가 오프라인 상태일 거라고 확신한 뒤 뻣뻣해진 몸을 등받이에 기댔다.

어떻게 할까? 와인바로 찾아가 무슨 도움이 필요한지 물어볼까? 하지만 그녀는 날 피하고 있다. 내가 나타난다면 그 자리에서 도망쳐버릴지도 몰랐다.

그날 밤 왕푸런의 새 동영상을 보았는데 마침 고리대금업자에게 빚 독촉을 받고 있는 사람들에 대한 내용이었다. 내가 아는 사람이 그런 일을 겪고 있다면 어떻게 해야 할지 알 수가 없었다.

옴짝달싹 못 하게 묶인 채 죽어라 일만 하며 다른 꿈을 꿀 힘조차 빼앗겨버린 상황일 것이다. 예전에 무대에서 자신 있게 연기하던 류샤오위의 모습이 떠오르고, 그 위로 술집 손님을 응대하던 그녀의 영혼 없는 웃음이 오버랩되었다.

'짓궂은 운명의 방해 때문에 아무리 노력해도 앞으로 나아가지 못하고 생명을 침식당하는 사람들이 있어…….'

우팅강의 말이 내 가슴을 계속 두들겼다.

다크펀 하우스…….

갑자기 다크펀 하우스의 낡은 나무문과 감독의 깊은 눈동자가 생각났다.

지금까지 다크펀의 조직원이 자발적으로 누군가의 인생을 바꿔준 적은 없었다. 우리는 언제나 손님이 찾아오기를 수동적으로 기다렸다.

"뭐 어때! 내가 처음 시도해 보는 거야!"

우산을 들고 밖으로 나가 와인바를 향해 달렸다.

예상보다 더 세찬 빗줄기가 내 어깨를 두들겼다.

6

"징즈?"

그날도 타이베이에 장대비가 쏟아졌다.

나는 퇴근 후 극단 연습실이 있는 건물로 향했다. 지하철역을 빠져나오는데 한 여자가 건물 앞 계단에 앉아 있었다. 내리는 빗물처럼 우울한 표정이었다. 바로 징즈였다.

나는 놀라서 달려가 걱정스러운 표정으로 물었다.

"왜 여기 앉아 있어? 연습은 끝났어?"

얼른 그녀에게 우산을 받쳐주며 자세히 살폈다. 그녀의 머리와 어깨가 비에 축축하게 젖어 있었다.

"내가 너무 순진했나 봐……."

징즈가 작게 중얼거렸다.

"뭐라고?"

"징청, 내 연기가 학생 동아리 수준밖에 안 돼?"

고개를 든 징즈의 눈가는 붉게 물들었고, 빗물인지 눈물인지 두 뺨이 축축하게 젖어 있었다.

"무슨 소리! 넌 내가 본 배우 중에서 가장 재능 있는 사람이야. 생각해 봐. 지금 극단에서 너보다 어린 신입 배우가 있어? 그만큼 입단이 까다롭다는 극단에 들어갔다는 것만으로도 네 연기가 학생 수준이 아니라는 뜻이야. 게다가 넌 계속 발전하고 있어!"

나는 단호한 눈빛으로 징즈를 응시했다.

"……."

징즈는 괴로움을 삭이는 듯 말없이 입술을 깨물었다.

징즈가 극단에 들어간 지 꼭 1년째 되는 날이라 축하해 주기 위해 레스토랑을 예약해 두었는데 이런 일이 생길 줄은 몰랐다.

"무슨 일 있었어?"

나는 징즈의 머리를 쓰다듬으며 물었다.

그러자 징즈가 와락 울음을 터뜨렸다.

"곧 순회 공연 들어갈 연극을 시연했는데 오랫동안 연구하고 연습했던 배역을 따내지 못했어. 게다가 감독님은 아직도 나 자신의 모습을 버리지 못했다면서 계속 이럴 거면 대학 동아리로 돌아가는 게 낫겠다고 했고."

"말이 너무 심하네. 네가 속상해할 만해."

나는 쪼그려 앉아 징즈의 어깨를 쓰다듬었다. 징즈의 몸이 갑자기 한없이 작아진 것 같았다.

징즈가 안쓰러웠다. 그동안 배역을 따내기 위해 평소에도 그 인물처럼 행동하고 '그녀'의 말투가 어떨지, 걸음걸이는 어떨지, 밥 먹는 모습은 어떨지 끊임없이 고민했다는 걸 잘 알고 있었다. 나는 징즈가 자기 모습을 버리고 온전히 배역에 몰입하길 응원했는데, 때로는 그녀가 정말 다른 사람이 된 듯한 착각이 들기도 했다.

하지만 안타깝게도 이번 역시 배역을 따내지 못한 것이다.

징즈가 괴로워하는 이유를 이해할 수 있었다.

바로 그때 연두색 장화 코 두 개가 우산 옆으로 다가와 징즈 뒤에서 멈췄다.

"징즈, 세상이 끝난 게 아니야. 이제 막 시작이라고."

고개를 들어보니 류샤오위였다. 막 연습을 마치고 나오는 길인 듯 심플한 롱코트만 걸친 채 계단을 내려왔다.

"샤오위……."

징즈가 고개를 돌려 그녀를 보았다.

"내가 널 극단에 입단시키기 위해 그토록 노력했던 이유가 뭔 줄 알아?"

류샤오위가 옷이 젖는 것도 아랑곳하지 않고 징즈 옆 계단

참에 앉았다.

"내 노력이 가상해서?"

"바보. 아까 너와 함께 연기했던 배우 중에 노력하지 않는 사람이 있을 것 같아?"

류샤오위가 피식 웃으며 눈을 흘겼다.

"배역 하나를 따내기 위해 내가 몇 달 동안 연구하고 고민한 줄 알아?"

"음……."

징즈가 고개를 떨구고 말을 흐렸다.

"됐어. 이유를 모른다니 말해줄게. 넌 누구보다 예민한 감수성을 가졌어. 그게 너의 최대 강점이야."

류샤오위가 진지하게 말했다.

"감수성?"

"그래. 그건 배우에게 아주 훌륭한 특징이야. 상대의 감정 변화와 전체적인 분위기를 예민하게 감지해 적절하게 반응하는 거지. 그래야 진정한 연극이라고 할 수 있어. 감독님도 말했잖아. 넌 연기할 때 대본에 쓰여 있는 대사를 토씨 하나 안 틀리고 내뱉지만, 그건 감독님이 원하는 게 아니라고. 안 그래?"

류샤오위가 징즈의 어깨를 두드리며 천천히 말했다.

"대본대로만 연기하는 건 60점밖에 안 돼. 좋은 배우는 이미 만들어놓은 스토리에 점수를 보태는 역할을 하는 거야. 난 네가 그런 잠재력을 갖고 있다고 믿어. 지금 너한테 필요한 건 연습이야. 연습만 하면 돼."

징즈가 샤오위의 말에 자극을 받은 듯 눈물을 뚝 그치고 그 말을 곱씹었다.

샤오위의 말이 정곡을 찔렀던 것이다.

샤오위가 옆에 있던 나를 보며 의미심장하게 웃었다.

"이제부턴 징청 씨에게 맡길게요. 징즈가 또 울면 당신 잘 못이에요. 징즈, 어서 가. 빗줄기가 점점 굵어지잖아. 데리러 와주는 사람이 있어서 얼마나 부러운지 몰라!"

샤오위가 시원하게 웃고는 다시 건물 안으로 총총 들어가더니 몸을 돌려 우리에게 손을 흔들고는 연습실로 향했다.

나는 샤오위의 뒷모습을 보며 꿈을 실현하는 길이 늘 순조로울 수만은 없다는 걸 새삼 느꼈다. 순조롭다고 말하는 사람이 있다면 아마 그 길의 출발선을 벗어나지 못한 풋내기일 것이다. 그러자 오늘 징즈가 겪은 좌절이 나쁜 일만은 아니라는 생각이 들었다.

"아, 추워. 어서 가자. 맛있는 거 사줄게!"

나는 웃으며 징즈를 일으킨 뒤 함께 우산을 쓰고 지하철역으로 향했다.

7

내가 와인바에 도착했을 때는 가게가 막 바빠지려 할 시점이었다.

류샤오위는 아마 틈틈이 휴대폰으로 댓글을 달며 나와 소통했을 것이다. 그녀도 내가 글 쓰는 취미를 갖고 있다는 건 알고 있었다. 하지만 Louvre라는 닉네임은 징즈가 떠난 뒤에 만든 것이기 때문에 그녀는 내 정체를 모를 터였다. 그리고 나도 정체를 밝힐 생각은 없었다.

"샤오위요? 잠시 기다리세요."

류샤오위를 찾는 손님이 익숙한 듯 종업원이 친절하게 대답했다. 그녀의 연기력이라면 손님의 비위를 맞추는 건 하나도 어렵지 않을 것이다. 하지만 그녀에게는 더 어울리는 곳이 있었다. 적어도 이런 컴컴한 와인바는 아니었다.

"역시 또 오셨군요."

지미가 나를 보고는 주문을 기다리지도 않고 칵테일이 가득 담긴 잔을 내 앞으로 내밀었다.

"제가 사는 거예요."

"고맙습니다."

칵테일을 한 모금 마셨다. 새콤달콤한 오렌지 향이 났지만 알코올 도수가 낮지 않아 한 모금 마셨을 뿐인데도 속에서 온기가 차올랐다.

"지난번에 부탁한 일, 생각해 봤어요?"

지미가 마른 천으로 잔을 닦으며 내게 물었다.

"음. 마법의 힘을 빌려보려고요."

내가 신비로운 미소를 지었다.

"뭐라고요?"

"인생을 바꿔주는 마법이요."

"벌써 취했어요? 내가 술을 너무 많이 넣었나?"

뜬금없는 내 대답에 지미가 옆에 있는 술병을 흘긋 보았다.

"아니에요. 안 취했어요. 걱정 마세요."

"무슨 방법이 있긴 있군요. 그럼 더 깊이 묻지 않을게요."

"네. 변신술 같은 거예요."

"변신술이요? 당신, 마술사였어요?"

지미가 점점 더 이해할 수 없다는 듯 미간을 찌푸렸다.

"타인의 인생을 바꿀 수 있다면 마술사인 셈이죠."

나는 잠시 멈췄다가 다시 말했다.

"단, 관객들이 기꺼이 믿어줘야 하지만요."

15분쯤 지나자 복도 끝에서 류샤오위가 나타났다. 오늘 그녀는 몸매가 드러나는 원피스를 입고 있었다.

나는 고개를 돌려 그녀와 눈을 마주친 뒤 살짝 미소를 지었다.

잠시 걸음을 멈춘 그녀의 표정이 순간 굳어졌다. 하지만 이내 무대 위에서처럼 자연스러운 미소를 지으며 내게 다가왔다.

"여기서 만날 줄은 몰랐어요. 얼마 만이죠?"

류샤오위가 내 옆자리에 앉으며 지미에게 손을 흔들었다. 곧 술 한 잔이 그녀 앞에 놓였다. 지미는 술잔을 내려놓고 일부러 바테이블을 벗어나 다른 일을 하러 갔고, 와인바 구석 자리에는 그녀와 나 둘만 남았다.

"2년 넘었을 거예요."

내가 대답했다.

마지막으로 그녀를 본 건 병원에서였지만 굳이 말하지 않았다. 그 시간을 헤아리는 것만으로도 가슴이 무척 아팠기 때문이다.

"2년밖에 안 됐군요……."

류샤오위가 술을 크게 한 모금 마시고 반쯤 빈 술잔을 테이블에 내려놓았다.

"몇십 년은 된 것 같아요."

그녀의 얼굴 위로 만감이 교차했다.

나는 부인하지 않고 고개만 끄덕였다.

"잘 지내요?"

내가 물었다.

"여전히 말주변이 없군요."

류샤오위가 한숨을 내쉬며 웃었다.

"내가 잘 지내는 것처럼 보여요?"

"네. 그럭저럭이요."

그녀의 질문이 나를 난처하게 했다. 힘들어 보인다고 솔직히 말할 수도 없고, 잘 지내는 것 같다고 거짓말을 할 수도 없는 노릇이 아닌가.

"그럭저럭이라……."

류샤오위가 잠시 멈췄다가 다시 말했다.

"어떤 손님도 내게 그렇게 말한 적이 없어요."

그녀가 마침내 내 눈을 똑바로 바라보았다.

"이런, 난 그냥 손님이 아니잖아요."

"그렇기도 하죠."

갑자기 허탈한 마음이 들며 뭐라고 해야 좋을지 몰랐다. 그녀도 더 말을 잇지 않았다.

"징청, 우연히 이 술집에 온 건 아니죠? 날 찾아온 이유가
뭐예요?"

류샤오위가 먼저 침묵을 깨고 내게 물었다.

"다시 무대로 돌아가고 싶지 않아요? 예전 그 극단으로요."

내 질문을 듣자마자 그녀가 내게서 시선을 거두어 테이블
을 내려다보았다.

"아뇨. 그건 그냥 한창 젊은 시절의 치기 어린 꿈이었어요.
이 나이에 무슨. 꿈 깨야지."

그녀가 술을 또 한 모금 마시고는 술잔을 천천히 돌렸다.

"징즈의 일 때문이에요?"

내가 물었다.

술잔을 돌리던 그녀의 손이 멈추고 숨이 가쁜 듯 가슴이
들썩였다.

"그런가요? 아마 그럴 거예요."

그녀가 술잔에 남은 술을 응시하며 자신 없는 말투로 말
했다.

"내 청춘의 대부분을 꿈을 좇는 데 쏟아부었지만 돌아온
게 하나도 없어요. 집에 돈이 필요한데 수입은 불규칙했죠.
어쩔 수 없었어요. 도와줄 사람 없이 나 혼자니까 현실적인
선택을 할 수밖에요."

류샤오위의 목소리가 점점 작아지다가 금세 다시 밝아졌다.

"여기서 일하는 걸 좋아하진 않지만, 이젠 오래돼서 익숙해졌어요."

그녀가 말했다.

"샤오위……."

"내가 하룻밤에 버는 돈이 예전에 극단에서 일주일 동안 번 돈보다 많아요. 그 정도일 줄 몰랐죠?"

그녀는 담대해 보이려는 듯 눈썹을 추어올리며 말했다.

"당신이 연기한 '맥베스 부인'을 봤어요. 여전히 놀랄 만큼 아름다웠어요."

나는 그녀의 눈을 보며 진지하게 말했다.

"당신……."

샤오위가 믿을 수 없다는 표정으로 나를 보았다.

"당신은 무대에 있을 때 가장 매력적이에요. 겉모습은 지금만큼 아름답지 않을 수도 있지만 무대 위에 선 당신은 정말 행복해 보여요."

"왜 당신 멋대로 공연을 보러 와요?"

별안간 감정이 격해졌는지 그녀가 언성을 높였다. 다행히 음악 소리가 커서 사람들이 듣지 못했다.

샤오위가 벌떡 일어나 나에게서 홱 등을 돌렸다. 술기운 때문인지 감정이 격앙된 탓인지 그녀의 등이 붉게 달아올라 있었다.

"미안해요……. 다른 볼일 없으면 이만 가볼게요. 고마워
요."

자리를 뜨려는 그녀에게 내가 급하게 말했다.

"샤오위, 당신의 인생을 바꿀 방법이 있어요. 당신이 원한
다면 밖에서 기다리고 있을게요."

내 말에 그녀가 잠시 걸음을 멈췄지만 뒤돌아보지 않고 또
각또각 걸어 복도 끝으로 사라졌다.

봄이 왔으나 따뜻한 날씨를 피부로 느끼려면 아직 몇 주는
더 기다려야 했다. 특히 연일 비가 내려 밤에는 기온이 제법
내려가는 데다가 바람까지 불어 자칫하면 감기에 걸리기 좋
은 날씨였다.

와인바 앞 어두운 골목에서 담에 기댄 채 드나드는 손님들
을 응시했다. 세련된 옷차림을 하고 큰 소리로 웃고 떠들며
내 앞을 지나가는 사람들을 가만히 지켜보다가 문득 이곳에
오는 손님에게 공통점이 있다는 걸 알았다. 바로 모두 고독하
다는 점이었다. 특히 일행과 작별 인사를 하고 몸을 돌리는
순간의 표정에서 똑똑히 보였다.

고독이 사람을 죽일 수도 있다는 누군가의 말에 동의할 수
있을 것 같았다. 한 사람의 고독이든 한 무리의 고독이든 별
로 다르지 않다.

밖에서 그녀를 기다리며 어떻게 말을 꺼내야 할지 고민했지만 적당한 말이 생각나지 않았다. 기다리다가 다리가 아파 쪼그려 앉아 있으려니 내 모습이 남들에게 무척 초라해 보일 것 같았다.

졸음이 밀려오려고 할 때 류샤오위가 옆문을 열고 나왔다. 나를 발견하고는 깜짝 놀란 눈치였다.

"아직도 기다리고 있을 줄 몰랐어요."

내 옆에 선 그녀는 평범한 셔츠를 걸치고 머리를 포니테일로 질끈 묶은 채였다. 평범한 여자들과 다를 바 없어 보였다.

"퇴근 안 하는 줄 알았어요."

나는 웃으며 뻐근한 다리를 주물렀다.

"근처에 편의점이 있어요. 거기로 가요."

그녀가 가벼운 한숨을 내쉬었다.

우리는 따뜻한 카페라테를 한 잔씩 사서 편의점 옆 작은 공원 벤치에 앉았다. 손바닥을 타고 올라온 온기가 온몸으로 퍼지며 긴장이 풀렸다.

"오래 기다리게 해서 미안해요. 이럴 줄 알았으면 바 안에 있으라고 했을 텐데."

그녀가 고개를 숙였다.

"괜찮아요. 거긴 나도 좀 불편했어요."

나는 그녀를 흘긋 보았다.

"지금 이런 모습이 훨씬 보기 좋아요."

"나도 알아요."

샤오위가 바닥에 고인 빗물에 시선을 고정한 채 말했다.

"샤오위, 아까 얘기했지만, 당신이 무대로 돌아갔으면 좋겠어요. 당신이 있어야 할 곳은 바로 거기예요."

"내가 돌아갈 수 있을까요?"

그녀는 자기 자신에게 묻듯 거의 들리지 않을 만큼 작은 목소리로 말했다.

"다크펀 하우스라고 들어봤어요?"

내가 단도직입적으로 말했다.

"다크펀 뭐라고요?"

그녀가 의아한 눈빛으로 날 보았다.

"다크펀 하우스요. 인생을 바꿔주는 곳이에요. 당신이 다시 배역을 따낼 기회를 줄 거예요."

"동화 같은 얘기군요. 하지만 난 이제 순진한 소녀가 아니에요. 호의는 고마워요."

류샤오위의 입가가 살짝 말려 올라갔다. 내 말을 믿지 않았지만 그게 정상이었다.

"당신을 위로하려고 하는 말이 아니에요."

나는 단호한 눈빛으로 그녀의 눈을 똑바로 응시했다.

"놀리지 말아요. 세상에 그런 황당한 일이 어디 있어요?"

진지한 내 태도에 조금 당황한 것 같았지만 그녀는 여전히 그 말을 믿지 않았다.

"내 얘길 더 들어볼래요? 듣는다고 손해 날 건 없잖아요."

"그럴게요."

그녀가 나와 더 실랑이를 벌이고 싶지 않은 듯 긴 한숨을 내쉬며 어깨를 으쓱였다.

"다크펀 하우스는 작은 다락방이에요. 거기 들어간 의뢰인들은 현재 자기 인생을 바꿀 수 있어요. 단, 세 가지 조건을 충족해야 하죠?"

그녀가 별다른 반응을 보이지 않는 걸 보고 계속 말을 이었다.

"첫째, 의뢰인이 원하는 인생 시나리오의 롤모델이 있어야 해요. 인생 시나리오가 바뀌면 그 롤모델의 인생을 따라 살게 되죠. 둘째, 롤모델의 동의를 받을 필요는 없지만 일정 부분 타인의 인생을 훔치는 셈이기 때문에 그 인생의 장단점을 모두 수용해야 해요."

우선 두 가지 조건을 말했지만 류샤오위의 반응은 여전히 냉랭했다.

"나머지 하나는요?"

"셋째, 누구든 다크펀 하우스에 들어가려는 사람은 자신의 전 재산을 비용으로 지불해야 해요."

"전 재산을요?"

그녀가 미간을 찌푸리며 이해할 수 없다는 듯 물었다.

"그게 당신이 말한 인생을 바꾸는 방법이에요? 내 그 빌어먹을 전 애인과 다를 게 뭐예요? 그의 친구 회사에 돈을 빌려주기만 하면 우리 엄마의 운명을 바꿔준다고 했었어요. 헛소리였죠. 내가 그때 그 말을 믿는 바람에 지금 여기에 있는 거예요!"

류샤오위의 말속에 오랫동안 참아왔던 분노가 가득했다.

지미의 말이 맞았다. 그녀는 어머니 때문에 사채를 빌렸다가 엄청난 이자를 감당하지 못해 어쩔 수 없이 꿈을 포기했던 것이다.

"당신의 불행이 안타까워요. 날 믿어줘요."

내가 진지하게 말했다.

그녀는 무슨 생각을 하는지 말없이 바닥만 보았다.

"당신도 들어갔었어요?"

그녀가 갑자기 물었다.

"그게 무슨 말이에요?"

"당신도 운명을 바꾸려고 해보았느냐고요."

샤오위가 잠시 주저하다가 물었다.

"그러면…… 그 애도 돌아올 수 있어요?"

나와 샤오위는 둘 다 말을 잇지 못하고 침묵했다. 바람 부는 소리만 휘휘 들려왔다.

샤오위가 말하는 사람이 누구인지 우리 둘 다 알고 있었다.

"안 해봤어요."

나는 고개를 저었다.

"그것 봐요. 이 세상에 동화는 없어요. 그래도 말해줘서 고마워요. 재밌었어요. 오늘 밤에 들은 얘기 중에 가장 아름다웠어요."

그녀가 나를 보며 웃었다. 진심에서 우러나온 미소였다. 나는 그제야 예전의 류샤오위를 다시 만난 것 같았다.

"다크펀 하우스는 죽은 사람을 되살려내진 못해요. 하지만."

나는 고개를 돌려 그녀를 똑바로 보며 말했다.

"아직 살아 있는 사람은 다시 한번 살 수 있게 해줘요."

"징청 씨……."

그녀가 말없이 나를 바라보았다. 내 말을 아직 이해하지 못하고 내가 왜 이렇게 끈질기게 설득하는지도 알 수 없는 듯했다. 하지만, 그녀의 눈동자에서 흔들리는 감정을 읽었다.

"시먼딩 쪽에 후보쿠라는 작은 이자카야가 있어요. 바로 그 이자카야 2층 다락방이에요. 정말 마음의 준비가 되면 언제든 찾아와요. 기다리고 있을게요."

나는 할 말을 마친 뒤 들고 있던 커피를 단숨에 마셨다. 금세 식어버린 미지근한 커피가 가슴을 차갑게 했다.

"너무 늦었군요. 집에 가서 푹 쉬어요."

"네. 징청 씨도요."

그렇게 말한 뒤에도 그녀는 고민에 잠긴 듯 벤치에서 일어나지 않았다.

8

어느 날 저녁 습관처럼 퇴근 후 후보쿠 이자카야로 향했다.

"오늘 오전에 경찰이 왔었어."

주방에 있던 우팅강이 아무렇지 않게 말했다.

"무슨 일이에요? 뭘 들켰어요?"

나는 적잖이 놀랐다. 지금까지 그런 일이 한 번도 없었기 때문이다.

"아마도. 하지만 너무 긴장할 필요는 없어."

그가 조리대를 가볍게 닦았다. 과연 그는 남의 이야기를 하듯 태평한 표정이었다.

"아직은 괜찮은 거예요?"

"샤오후이와 케빈에게 경찰 조사에 응하라고 했어. 지난번 제약 회사에서 약을 바꿔치기할 때 문제가 생긴 것 같아. 너희들이 그 근처에서 서성이는 걸 본 목격자가 있어서 의례적인 조사를 하는 걸 거야. 그런데……."

우팅강이 잠시 말을 멈췄다.

"그런데 뭐요?"

"젊은 경찰 하나가 인터넷에서 다락방에 대한 소문을 봤대. 호기심이 동한 거지."

우팅강이 손가락을 올려 천장을 가리켰다.

"다크펀 하우스요?"

"응."

"와, 놀라운데요? 생각보다 소문이 많이 퍼졌나 봐요. 경찰이 뭐래요?"

"자기도 올라가 보고 싶다고."

"네? 수색 영장을 가져왔어요?"

나는 더럭 겁이 났다.

"물론 아니지. 젊은 경찰이 그냥 호기심에 올라가 봐도 되냐고 물은 거야."

설마 무슨 일이 생기진 않겠지? 인터넷에 괴담처럼 떠도는 소문이지만 경찰이 흥미를 보인다면 우리에게 큰 위협이 될 수밖에 없다. 그동안 다크펀이 수행한 의뢰 건들 중에는 불법적인 수단을 동원한 것들이 적지 않았다.

나는 위층의 어두컴컴한 다락방을 떠올리며 물었다.

"그래서 올라가 보라고 했어요?"

"응."

"설마, 거짓말이겠죠?"

나는 크게 숨을 들이마셨다.

"올라가지 못하게 하면 더 의심을 사겠지만. 후, 골치 아파지겠는걸요."

"징청, 뭘 걱정해?"

우팅강이 고개를 들며 물었다.

"감독님이요. 나이도 많고 모든 행동이 다 비밀스럽잖아요. 무슨 생각을 하는지 모르겠어요. 그러다가 경찰이 뭘 묻기라도 하면 무슨 대답을 할지."

감독님의 그 비밀스러운 모습을 떠올릴 때마다 나는 그가 사람이 아닌 유령인가 의심하곤 했다. 하지만 그는 분명히 실존하는 사람이었으며 다크펀의 책임자이기도 했다. 조직을 탄생시킨 사람이 바로 그였다.

"걱정할 거 없어. 다락방에 들어가 봤자 감독님을 만나지 못할 테니까."

우팅강이 말했다.

"네? 그래서 다크펀 하우스에 들어가게 해줬어요? 열쇠가 어디 있는지 형님이 알아요?"

"장난해? 내가 너보다 여기 더 오래 있었어."

"어쨌든 형님이 차분하게 대응해서 다행이에요. 나였으면 긴장해서 괜히 의심을 샀을 거예요."

나는 경찰들이 이자카야를 급습하는 장면을 상상하며 가슴을 쓸어내렸다. 만약 정말로 그런 일이 생긴다면 얼마나 많은 의뢰인에게 불똥이 튈지 모른다.

그날 류샤오위를 만나고 보름이 지났지만 아직 연락이 오지 않았다. 내가 소설을 연재하는 플랫폼에도 접속하지 않는 듯했다. 그날 우리가 대화를 나누기는 했는지 의심스러울 정도로 아무 일도 일어나지 않았다.

하지만 달라진 점이 조금 있기는 했다. 류샤오위가 조용히 활동했던 극단에서 공연 기간 중에 배우가 교체된다는 이례적인 소식을 발표했다. 그들의 홈페이지에 맥베스 부인 배역이 젊은 신인 배우로 교체된다는 공지사항이 올라왔다. 류샤오위가 무슨 이유로 공연에서 빠졌는지는 설명하지 않았다.

"이런!"

그걸 본 순간 나도 모르게 한숨이 튀어나왔다.

샤오위는 다시 무대로 돌아가고 싶지 않은 걸까? 자신이 있는 곳을 내가 아는 게 싫었던 걸까? 그래서 다른 극단으로 옮긴 걸까?

그녀가 무슨 생각을 하는지 알 수가 없었다. 인터넷을 검색하다가 그녀가 나온 예전 자료와 사진을 찾았다. 심지어 2년 전 그녀와 징즈가 함께 참여했던 마지막 공연 때의 사진도 있었다. 징즈가 오랜 노력 끝에 마침내 주연을 따낸 첫 연극이었다. 사진 속의 무대 의상이 바로 그날 밤 그녀가 입었던, 내가 제일 좋아하는 순백색 새틴 원피스였다.

사진 속 징즈는 무대 중앙에 서서 관객들의 갈채를 받으며 환한 웃음을 짓고 있었다. 그녀의 가장 간절한 꿈이 마침내 실현된 순간이었다.

그것이 징즈 인생의 마지막 공연이기도 하다는 사실이 아직도 믿기지 않았다. 그날의 무대 위 커튼콜이 관객들에게 하는 마지막 작별 인사였다.

마음을 추스르려고 했지만 사진에서 시선을 뗄 수가 없었다. 그날 밤 징즈와 어머니의 생명을 앗아간 교통사고의 기억이 소환되며 예리한 비수가 가슴에 날아와 꽂히는 듯했다. 숨을 쉴 때마다 가슴이 욱신거렸다.

그날 사고를 낸 벤츠 차주의 행방을 아직도 찾지 못했다.

백방으로 알아보았지만 찾으려 할수록 더 고통스러웠다. 어쩌다 아주 작은 단서만 찾아도 그때 상처 위에 박혔던 유리 파편처럼 나를 후벼 파고 잔인하게 찔러댔다. 찾으려고 발버둥 칠수록 더 심한 고통이 나를 괴롭혔다.

감정을 가라앉히려고 연재 중인 소설 파일을 열었다. 아직 스토리의 3분의 1이 남아 있었다. 할 수 있는 건 내가 구축한 허구의 세계에 몰입해 시간이 흐르기를, 그래서 상처가 저절로 아물기를 기다리는 것뿐이었다.

글을 쓰다 보니 어느새 밤이 깊어졌고 집중력이 조금씩 흐트러졌다. 글은 순조롭게 풀렸지만 몸이 버티지 못했다. 피로감이 손끝에서 온몸으로 점점 퍼져나갔다. 파일을 저장하고 잠자리에 들 준비를 하는데 플랫폼에 새 댓글 알림이 여러 개 나 와 있었다. 몇 시간 동안 달린 댓글들이었다.

알림을 눌러 댓글을 확인했다. 주인공의 영리함과 용감함을 칭찬하는 사람, 자주 업데이트해 달라고 재촉하는 사람, 스토리가 마음에 들지 않는다며 대놓고 혹평을 쏟아붓는 사람 등등 댓글 창에 온갖 다양한 의견이 달려 있었다.

빠르게 마우스를 내리다가 소설과 상관없는 댓글이 눈에 들어왔다.

ㄴ 다크펀 하우스에 대해 들어보셨어요? 검색해 보니 정말로 그런 괴담이 있는 것 같은데 저도 거길 가보는 게 좋을까요?

아기물고기였다. 이번에도 비밀 댓글이었고 댓글이 달린 시간은 30분 전쯤. 한창 글쓰기에 몰입하고 있었을 때라 댓글을 일일이 확인하지 않았다.

류샤오위가 내 제안을 진지하게 고민하고 있다는 걸 알자

피로감이 사라지고 희망이 생겼다.

"잘됐어!"

나는 지난번 그녀와 온라인 댓글로 주고받았던 대화를 상기했다. 그녀가 돈 때문에 어쩔 수 없이 하기 싫은 일을 하고 있다고 답했던 것을 떠올리며 곧바로 답글을 달았다.

ㄴ, 힘든 상황에서 인생을 반전시킬 기회가 온다면 시도해 볼 가치가 있죠.

답글을 쓰고 등록 버튼을 눌렀다. 지금 류샤오위는 무척 외로울 것이다. 그런 고민을 털어놓고 상의할 사람이 고작 온라인에서 만난 얼굴도 모르는 존재라니. 자신의 말 못 할 고민을 주변 사람에게 알리기 싫은 듯했다.

시계를 보니 아직 와인바에서 일하고 있을 시간이었다. 그녀가 언제 내 댓글을 볼지 모르겠다고 생각하고 있을 때 바로 답글이 달렸다.

ㄴ, 이 모든 게 내가 자초한 일이라면요? 내가 가장 원하는 생활로 되돌아갈 기회가 있지만 나 자신을 용서할 수가 없어요. 내 말을 이해할 수 없으시겠죠.

이게 무슨 소리지? 그녀가 무슨 일을 저질렀던 걸까?

뜻밖의 답글에 어리둥절했지만 계속 읽어 내려갔다.

ㄴ, 잘못을 저지른 뒤 순식간에 자유를 잃어버린 것 같아요. 거리 한
복판에 서서 사람들에게 내가 한 짓을 들킬까 봐 두려움에 떨고
있는 기분이었어요. 내가 한 짓이 밝혀질까 봐 두려워서 제일 사
랑하는 무대를 떠나 어두운 곳으로 왔어요. 이곳에는 나를 알아
보는 사람이 없지만 매일 밤 일하는 게 너무 괴로워요.

샤오위의 말을 이해할 수가 없어서 몇 번을 다시 읽었다.

자신에게 무대로 돌아갈 기회가 있었지만 어떤 이유 때문
에 포기했다는 뜻인 것 같았다.

그녀는 대체 무슨 잘못을 저지른 걸까?

그녀가 극단을 떠나 와인바에서 일하는 건 표면적으로는
빚 때문인 듯했지만, 사실 다른 이유가 있다는 의미였다. 일
부러 자기 인생을 망치려는 이유가 뭘까?

ㄴ, 뭘 회피하고 있는 건가요?

그녀에게 이렇게 질문하면서 나는 내 손가락이 가늘게 떨
리고 있다는 것도 알지 못했다.

몇 초 뒤 그녀의 답글이 도착했다. 그 답글을 보는 순간, 굳은 마음이 산산이 부서지는 소리가 들렸다.

　└ 고의는 아니었지만 내 질투심이 나와 그 사람의 인생을 무너뜨렸어요. 그 대가로 난 꿈을 포기했고, 제일 사랑하는 친구가 죽었어요.

나는 그녀가 말하는 친구가 누구인지 알았다.
징즈였다. 그런데 왜?
나는 순간적으로 아득한 심연에 빠진 기분이었다. 붙잡고 기어 올라갈 그 무엇도 없었다. 몸속에서 어떤 목소리가 내게 빨리 답글을 쓰라고 재촉했다.

　└ 나도 다크펀 하우스에 대해 들어봤어요. 당신이 거길 간다면 누구의 인생으로 바꾸고 싶나요?

조금 시간이 흐른 뒤 그녀가 대답했다.

　└ 할 수만 있다면 내가 가장 사랑하는 친구의 인생을 갖고 싶어요. 그 애는 내가 아무리 노력해도 얻을 수 없는 천부적인 감수성을 가졌어요. 언젠가는 그 애에게 따라잡힐 거라고 생각하고 있었

어요. 아니, 이미 날 앞질렀었어요. 그날 밤 난 질투심에 휩싸여 이성을 잃어버린 나머지 교통사고를 내서 다음 날 그 애가 공연을 하지 못하게 만들고 싶다고 생각했죠. 교차로에서 속력을 내기 직전에 퍼뜩 정신이 들어 급하게 브레이크를 밟았지만 되돌리기엔 늦은 뒤였어요. 음주운전 차량이 급정거해 버린 내 차를 추월하려고 추월차선으로 급하게 차를 몰다가 그만 앞에 있는 그들을 보지 못해 들이받았어요…….

└. 징청, 내가 당신의 제안을 받아들이지 못한 이유를 알았겠죠. 난 죄책감에 괴로워하는 현실 속의 맥베스 부인이에요. 이런 진실을 알고도 내가 인생 시나리오를 바꾸도록 도와줄 수 있어요?

그녀의 고백에 머릿속이 멈춰버렸다. 아무것도 생각할 수가 없었다. 잔잔한 호수에 커다란 돌이 떨어져 물보라를 일으킨 듯 가슴이 격렬하게 들썩였다.

그녀는 내가 바로 Louvre라는 걸 이미 알고 있었던 것이다.

믿을 수 없는 그녀의 고백에 모니터에서 시선을 떼지 못한 채 그대로 밤을 새웠다.

9

　내가 사는 곳에서 후보쿠까지는 지하철로 몇 정거장 거리다. 인도를 따라 걷다가 횡횡 바람을 일으키며 지나가는 차들을 보니 2년 전 그날 밤 교통사고 장면이 떠올랐다. 바닥에 쏟아진 유리 조각, 끔찍한 통증. 그날의 기억은 조금도 희미해지지 않고 내 머릿속에 그대로 남아 있었다.

　류샤오위가 이자카야에 들어설 때 어떤 표정으로 맞이해야 할지 고민했다.

　그날 밤 그녀가 내게 고백한 뒤로 줄곧 고민했지만 결론을 내리지 못했다. 아니, 복수하고 싶다는 생각이 점점 더 커졌다.

　며칠 동안 소설을 한 글자도 쓸 수 없었다.

　소설 속 징즈와 어머니를 생각하기만 하면 두 사람이 무표

정한 얼굴로 앞에 서서 날 보고 있는 것 같았다. 그 어떤 말
도, 그 어떤 반응도 없이. 두 사람은 내 시선이 닿는 곳에 그
대로 선 채 내가 이제 어떻게 할지 궁금하다는 듯 차갑게 바
라보았다.

"내가 어떻게 하면 좋겠어? 징즈, 네 생각은 어때?"

나는 그녀의 눈을 응시했다.

그녀의 입술이 달싹였다. 징즈가 드디어 내게 말을 하려는
것 같아 몇 걸음 다가갔는데 이제 보니 그녀는 징즈가 아니
었다.

"더 비극적인 일이 일어나도록 내버려두지 마."

그녀의 예쁜 얼굴이 순식간에 늙고 주름진 노인의 얼굴로
바뀌었다.

감독이었다.

그가 내게 무슨 말을 하고 있는 듯 눈동자가 형형하게 반
짝였다.

"감독님이 왜?"

나는 놀라서 더 다가가지 못하고 우뚝 멈췄다.

그 순간 감독이 연기처럼 사라지고, 징즈와 어머니도 함께
눈앞에서 사라졌다.

아무것도 보이지 않는 암흑 속에 떨어진 것 같았다.

깜짝 놀라 눈을 떠보니 컴퓨터 앞에 엎드려 있었다. 식은땀

이 이마를 타고 천천히 흘러내렸다.

나는 오늘 밤 10시 후보쿠 이자카야에서 류샤오위를 만나기로 했다.

손님이 거의 빠질 시간이라 방해받지 않고 대화를 나눌 수 있을 것 같았다.

후보쿠까지 걸어서 갔지만 약속 시간보다 일찍 도착했다.

문을 열자 우팅강이 주방에서 설거지를 하고 있었다. 수돗물 쏟아지는 소리와 그릇 부딪치는 소리가 달그락달그락 규칙적으로 메아리를 일으켰다. 테이블에 아직 치우지 못한 그릇이 있는 걸 보니 손님이 돌아간 지 얼마 되지 않은 듯했다.

바테이블 자리에 앉자 갑자기 몸이 축 가라앉으며 복잡하고 우울한 감정이 차올랐다.

어떻게 하면 좋지?

미로 속을 헤매는 기분이었다.

"왔어?"

우팅강이 주방에서 말을 건넸다.

"테이블에 있는 그릇 좀 가져다줄래?"

"네."

그릇을 쟁반에 담아 바테이블 너머 주방으로 갔다. 설거지가 반쯤 남아 있었다.

"고마워. 여기 놔줘."

우팅강이 말했다.

"올 사람이 있어요. 곧 도착할 거예요."

"그래. 이번 의뢰인은 좀 다른 거 같네."

우팅강이 나를 흘긋 보았다.

"그걸 어떻게 알아요?"

"거울을 봐."

우팅강이 귀퉁이에 놓인 전신 거울을 가리켰다.

어리둥절해하며 거울 앞으로 다가가 나를 보자마자 깜짝 놀랐다. 두 눈이 벌겋게 충혈되어 있었고, 턱에는 수염 자국이 거무스름했다. 내가 오늘 집을 나서기 전에 세수를 했는지도 기억나지 않았다. 어떻게 이런 몰골로 여기까지 걸어왔을까?

"이번 의뢰인은 아는 사람이지?"

우팅강이 나를 흘긋 보았다.

"네."

"아는 사람이면 더 신중 해야지."

그의 말이 끝나기가 무섭게 이자카야의 문이 드르륵 열리는 소리가 들려왔다.

"누가 왔나 봐요."

나는 세면대에서 급하게 세수를 하다가 고개를 들었다.

우팅강이 수건을 건넸다.

"짓궂은 운명에 붙잡힌 사람이 있다면 벗어나도록 최대한 도와줘야지. 하지만 우리가 할 일은 거기까지라는 걸 명심해. 타인의 인생에 개입해선 안 돼."

그의 말이 옳다. 하지만 어디 그렇게 쉬운 일이겠는가?

왜 그런지 모르겠지만, 징즈와 어머니의 복수를 하고 싶다는 생각이 들 때마다 감독의 어두운 얼굴이 계속 눈앞에 떠올랐다.

나는 주방을 가로질러 홀로 나갔다.

셔츠 위에 아이보리색 외투를 걸친 류샤오위가 이자카야 입구에 혼자 서 있었다. 며칠 만인데도 얼굴이 초췌한 탓인지 지난번과 완전히 다른 사람처럼 보였다.

주방에서 나오는 나를 보고 그녀가 입가에 살짝 미소를 지었지만 눈동자 속에 교차하는 복잡한 심경은 감추지 못했다. 그녀는 아직 주저하고 있었다.

"왔군요."

"네."

그녀가 조금 쉰 목소리로 대답했다.

"이쪽으로 앉으세요."

그녀를 테이블로 안내한 뒤 마주 앉았다. 몇 초간 침묵이 흘렀다.

"죄송해요……."

류샤오위가 먼저 입을 열었다.

"뭐가요?"

그리 호의적이지 않은 내 말투에 류샤오위의 가냘픈 어깨가 떨렸다.

"전부 다요."

"2년 전 그날 밤 일도요?"

"……."

류샤오위는 대답하지 않고 입을 오므린 채 테이블의 한 곳에 멍한 시선을 고정했다.

"당신은 어떻게 생각할지 모르지만, 그날 밤 당신이 한 짓 때문에 나는 인생에서 제일 중요한 두 사람을 잃었다는 걸 똑똑히 알았으면 좋겠네요."

그녀의 대답을 기다리지 않고 내가 말했다.

사실 류샤오위를 동정하는 마음도 있었지만 그녀와 대면한 순간 가슴속에서 복수심의 불길만이 활활 타올랐다. 그녀의 고백을 들은 뒤 치밀어오른 복수심을 더 키워서는 안 된다고 생각한 한편 그 불씨를 꺼뜨리기 싫은 마음에 조심스럽게 살려두고 있었다. 그러다가 그녀와 대면하자 불씨에 바람이 혹 불어와 금세 거센 불길로 타오른 것이다.

나는 숨을 한 번 깊게 들이마셨다.

"솔직히 말할게요."

나는 잠깐 멈췄다가 다시 말을 이었다.

"당신에게 인생을 바꿀 기회에 대해 말하긴 했지만 미처 알려주지 못한 게 있어요. 내가 다크펀의 시나리오 작가예요. 의뢰인에게 새로운 인생 시나리오를 써주는 사람인 거죠."

"내가 한 짓을 알고 나서 날 돕겠다고 한 걸 후회했겠군요."

그녀가 죄책감에 괴로운 듯 어두운 얼굴로 말했다.

"모르겠어요. 앞으로 무슨 일이 일어날지 누구도 미리 알 수 없어요. 그날 밤 당신이 브레이크를 밟았지만 결국 그 일이 일어난 것처럼."

나는 원망하는 눈빛으로 그녀를 똑바로 응시했다. 그녀가 자신이 저지른 잘못이 무엇인지 똑똑히 알았으면 했다.

평범한 직장인이었던 내가 범죄조직의 일원이 된 이유를 깊이 들여다보면 어떤 수단을 동원해서라도 다시는 내가 겪었던 것과 같은 후회스러운 일이 일어나지 않게 막고 싶다는 마음이 있었다.

하지만 내가 타인의 인생을 바꿔주고 후회되는 일을 되돌릴 기회를 준다고 해도 또 다른 후회가 생겨난다는 걸 차츰 알게 됐다.

나는 뛰어난 배우인 류샤오위가 빚 때문에 사회의 음침한 구석에서 인생을 소진하고 있는 것이 안타까웠다. 하지만 사실 그녀의 불행은 자신의 죄책감에서 시작되었다. 그녀는 한 순간의 잘못된 질투심이 불러온 비극에 고통받고 있었던 것이다.

그녀는 결국 자신이 가장 사랑하는 일을 그만두고 자기 파멸의 길을 선택했다. 하지만 사랑하는 무대를 완전히 떠나지 못하고 아무도 모르게 무명 극단에 들어가 연극 공연을 하고 있었다.

그녀는 반짝이는 별로 태어난 사람이었다. 어떤 무대에서든 관객의 눈을 사로잡는 매력을 갖고 있었지만, 사람들이 자신의 잘못을 알게 될까 봐 두려웠다. 이런 모순된 마음과 내면의 갈등도 그녀의 인생을 나락에 빠뜨린 이유 중 하나였다.

류샤오위가 괴로워하는 이유를 알았을 때, 인정하고 싶지 않지만 그녀를 향한 복수심이 흔들리기 시작했다. 하지만 복수심이 흔들린다는 사실만으로도 억울하게 세상을 떠난 징즈와 어머니에게 미안했다.

우팅강이 조금 전에 했던 말이 생각났다. 의뢰인을 도와줄 뿐 타인의 인생에 개입해서는 안 된다는 것. 하지만 난 이미 나도 모르는 사이에 그 소용돌이를 향해 헤엄쳐가고 있었다.

"징청, 어떻게 할 거예요? 난 더 이상 죄책감을 감당할 수 없어서 비밀을 털어놓았어요. 당신에게 내 인생을 맡길게요. 당신이 원하는 대로 시나리오를 써줘요. 다만 한 가지 부탁이 있어요……."

"무슨 부탁이요?"

"우리 엄마가 수술 후에 아직도 병원에 있어요. 지금 내 수입의 대부분을 빚 갚고 치료비 내는 데 쓰고 있어요. 나는 어떻게 하든 상관없지만 엄마는 내버려두세요."

"물론이죠. 어머니는 아무 죄도 없으니까요."

내 태도는 누그러졌지만 머릿속에서는 여전히 복수와 용서의 저울이 시소처럼 흔들리고 있었다.

의뢰인의 인생 시나리오를 쓰는 노트를 꺼내 빈 페이지를 펼쳐놓고 우두커니 내려다보았다.

류샤오위가 가방에서 편지 봉투를 찾아 내 앞으로 내밀었다.

"내 전 재산이에요. 많지 않지만 이게 전부예요."

그녀가 떨리는 목소리를 애써 누르며 담담하게 말했다.

"내 앞날을 당신에게 맡길게요."

나는 봉투를 가만히 바라보다가 주방 쪽으로 시선을 옮겼다. 우팅강은 어디로 갔는지 보이지 않았다. 한숨을 내쉬고 봉투를 그녀 쪽으로 다시 밀었다.

"당신은 예외로 할게요. 당신만을 위한 건 아니니까 넣어둬요."

나는 복잡한 감정을 추스르다가 문득 깨달았다. 사실 류샤오위는 오늘 밤 모든 것을 내려놓고 죄책감이라는 감옥에서 벗어나겠다고 결심하고 왔다는 사실을. 그렇기 때문에 자기 인생을 온전히 남의 손에 맡길 수 있는 것이다.

빈 노트 앞에서 펜을 들자 수많은 생각과 만감이 교차했다.

여백 맨 위에 류샤오위의 이름을 쓴 뒤 그 밑에 그녀의 미래를 적어나갔다…….

"시나리오가 두 개예요?"

그녀가 물었다.

"네. 두 가지 인생을 썼어요. 어떤 인생을 선택할지는 당신이 결정해요. 어떤 선택을 하든 난 간섭하지 않을 거예요."

"시나리오를…… 읽어봐도 되나요?"

그녀가 침을 한 번 삼켰다. 모든 걸 내려놓았지만 뜻밖의 상황에 긴장하지 않을 수 없으리라.

"그럼요."

내가 상체를 곧게 펴고 말했다.

"하나는 징즈의 인생이에요. 이걸 선택한다면 무대로 되돌아갈 뿐 아니라 당신이 부러워했던 징즈의 재능까지 가질 수 있을 거예요."

"징즈의 인생……."

그녀가 기어 들어가는 목소리로 말했다.

"나 같은 사람이 그렇게 멋진 성공을 거둘 자격이 있을까요?"

나는 그녀의 질문에 대답하지 않고 계속 말을 이었다.

"두 번째 시나리오는 당신에게 아주 익숙할 거예요. 바로 당신 자신의 인생이니까."

"내 인생이요?"

그녀가 미간을 찡그렸다.

"네. 샤오위 씨 자신의 인생이요. 변하는 게 아무것도 없어요. 똑같이 인생의 고난을 겪고, 똑같은 일을 해요. 아무 조건도 변하지 않아요. 그냥 지금 이대로 사는 거죠."

"그렇군요. 그게 나에 대한 최고의 복수이긴 하겠어요."

류샤오위가 쓴웃음을 지었다.

"그래요? 난 그렇게 생각하지 않아요."

"왜요?"

"인생을 바꾸고 나면 그 인생의 장단점을 모두 받아들여야 한다고 했잖아요. 당신이 징즈의 장점을 얻게 된다면 연기에 훨씬 도움이 되겠죠. 하지만 징즈가 갑작스러운 사고로 죽었다는 걸 잊지 말아요. 당신도 그런 불행을 피해 갈 수 없을 거예요. 아마 당신이 아주 훌륭한 공연을 마치고 난 직후가 되겠죠."

나는 엄숙한 표정으로 그녀를 똑바로 쳐다보았다.

내가 다크펀 하우스의 두 번째 규칙을 상기시켜 주자 그녀가 침묵했다.

그녀의 얼굴에 아무런 표정도 떠오르지 않았다. 생각하고 있는 것이 아니라 받아들여야 한다고 자기 자신을 설득하는 중인 듯했다. 내가 내뱉는 모든 말이 그녀에게 순간의 잘못에 대한 대가를 내놓으라고 종용하고 있었다.

"이게 전부가 아니에요."

내가 말했다.

"다른 버전의 인생 시나리오가 또 있나요?"

"아뇨."

내가 말했다.

"한 가지 조건이 더 있어요. 내가 특별히 덧붙인 거예요."

나는 새로운 인생 시나리오를 적은 페이지를 각각 조심스럽게 뜯어내 반으로 접은 뒤 테이블에 나란히 놓았다. 어떤 종이에 어떤 시나리오가 적혀 있는지 분간할 수 없었다.

"난 당신의 선택에 관여하지 않을 거라고 했죠. 그건 당신이 어떤 인생을 살 것인지 무작위로 골라야 한다는 뜻이었어요."

10

전혀 예상치 못한 말에 류샤오위가 깜짝 놀랐다.

"내 인생을 운명에 맡기라는 건가요……."

그녀가 말을 잇지 못했다.

"인생이 내 손에 달려 있을 거라고 생각했지만 결국 한 바퀴 빙 돌아와도 모든 결정은 운명에 맡겨야 하는군요."

그녀가 고개를 저으며 한숨을 내쉬었다.

"밤이 늦었어요."

나는 접힌 종이 두 장을 그녀 쪽으로 더 밀었다.

"어서 결정하세요."

류샤오위는 눈앞에 놓인 종이 두 장을 뚫어져라 응시했다. 아무리 봐도 분간할 수 없는데도 한참 동안 내려다보았다.

그녀가 어떤 시나리오를 원하는지는 알 수 없지만 결과적으로 그 어떤 시나리오도 해피엔딩은 아니므로 종이를 펼쳐 놓았더라도 마찬가지로 선택하기 힘들었을 것이다.

"결정했어요?"

내가 물었다.

"이걸로 할게요."

류샤오위가 오른쪽 종이를 가리켰다.

나는 고개를 끄덕인 뒤 가방에서 흰 봉투를 꺼내 선택된 시나리오를 넣고 그녀에게 건넸다.

류샤오위가 조심스럽게 받아 들고는 한참 동안 봉투를 응시했다.

"이런 생각을 했어요. 인생의 무게가 이렇게 가벼운 것이었구나. 모든 일에는 대가가 있다는 걸 이제야 절실히 느껴요."

엷게 미소 짓는 그녀를 보며 내 마음이 무거워졌다.

"갑시다. 다크펀 하우스로."

내가 일어나 왼쪽에 있던 종이를 집어 들었다. 펜에 눌린 글씨 자국이 손끝에 만져졌다. '류샤오위'라는 이름 밑에 아무것도 쓰여 있지 않았다. 그녀 자신의 인생이었다.

나는 그녀가 선택하지 않은 시나리오를 말없이 주머니에 넣었다.

11

"샤오위가 너무 부러워!"

2년 전 가을, 리허설을 마친 징즈가 타이베이 거리를 걸으며 내게 이렇게 말했다.

"뭐라고?"

옷가게에서 흘러나오는 음악 소리 때문에 제대로 듣지 못한 내가 고개를 돌려 물었다.

"샤오위가 부러워서 미치겠다고!"

징즈가 감탄하는 눈빛으로 말했다.

"몰입력이 엄청나. 함께 무대에 오를 때마다 내가 아는 샤오위가 맞는지 믿을 수가 없다니까?"

징즈가 옷가게에 걸린 원피스를 집어 몸에 대보며 서비스직 여자의 새침한 말투를 흉내 냈다. 일부러 과장한 연기에 나는 웃음이 터졌다.

"나도 샤오위의 공연을 몇 번 봤는데 흡인력이 대단했어. 나까지 스토리에 빨려드는 기분이랄까."

나도 고개를 끄덕였다.

"맞아. 우리 극단 신입 여배우 중에 제일 기대주야. 나도 걔한테 배우는 게 많아."

"다음 작품 배역을 정할 때는 샤오위에게 의견을 물어봐. 인물 분석할 때 도움이 될 수도 있어. 다음 연극에는 주연을 연기하고 싶다고 했잖아."

나는 징즈가 주연이 된다면 얼마나 좋을까 상상했다. 우리 부모님도 기뻐하며 공연을 보러 오실 게 분명했다.

"다음 작품?"

징즈의 목소리가 작아졌다.

"자신 없어. 샤오위가 오랫동안 준비했다고 했어. 내 느낌에 다음 주연은 샤오위가 될 거야."

"포기하지 마. 네 연기도 충분히 훌륭해. 저번에 샤오위가 했던 말 잊었어? 넌 상대의 감정 변화와 분위기를 예민하게 감지하는 특별한 감수성이 있다고 했잖아."

나는 징즈를 격려했다.

"내가 무슨. 과장하지 마."

징즈가 민망한 듯 웃었다.

"그래도 이번 작품은 공연 기간이 길어서 더블캐스팅을 할 거래. 다행이지 뭐야. 내가 뽑힌다면 얼마나 좋을까."

"네가 제일 자신 있는 방식대로 연기해 봐. 틀림없이 좋은 결과가 있을 거야."

"응. 최선을 다해볼게. 좋은 결과가 나오지 않는다 해도 다음 기회를 잡을 밑거름이 되겠지. 징청, 내가 주연이 되면 그때는 한 회도 빼놓지 말고 다 봐야 해!"

징즈가 뒤에서 팔을 감아 내 목을 조르려고 했지만 나보다 키가 작아 우스운 모양이 됐다.

"알았어. 알았어. 꼭 볼게! 하지 마. 사람들이 보잖아."

내가 난처해하며 외쳤다.

"보면 좀 어때? 하하하!"

징즈가 큰 소리로 웃었다.

몇 주 뒤 극단의 캐스팅 결과가 발표됐다.

과연 징즈와 샤오위가 쟁쟁한 선배들을 제치고 주연으로 더블캐스팅 됐다. 신이 나서 환호하는 두 사람을 보며 나도 모르게 코끝이 찡해졌다.

인생이라는 트랙에서 전력 질주를 한다면 어떤 흔적이든 남기게 된다.

그 흔적이 얼마나 깊은지는 상관없다. 이번엔 실패하더라도 다음 번에는 흔적이 남은 그곳에서부터 다시 시작하면 된다.

그때 내게는 이런 믿음이 있었다.

12

거의 자정에 가까운 시각에 이자카야의 좁은 계단을 따라 위로 올라갔다. 차마 끝낼 수 없어 계속 되감는 영화 필름처럼 과거의 기억이 머릿속을 스치고 지나갔다. 다크펀 하우스의 나무문 앞에 선 뒤에야 현실로 돌아왔다.

"허무맹랑한 동화인 줄 알았는데 이런 곳이 정말 있었다니."

류샤오위가 낡은 나무문을 보고도 믿을 수 없다는 듯 중얼거렸다. 나무문을 똑바로 바라보는 그녀의 얼굴 위로 확신이 차올랐다. 다크펀 하우스에 대한 소문이 사실이었음을 그제야 믿게 된 것이다.

내 이마에 식은땀이 맺혔다.

"잠깐만요."

문 옆에 놓인 돌사자의 입에 손을 넣자 차갑고 딱딱한 것이 만져졌다. 다크펀 하우스의 열쇠였다. 문으로 다가가 조심스럽게 열쇠를 넣었다. 문 너머는 완전히 다른 세상이었다.

깜깜한 방 한가운데 골동품 책상이 놓여 있고, 책상 위에는 유럽식 스탠드가 있었다. 창밖의 네온 불빛이 실내로 비껴들어 알록달록한 빛이 바닥에 어른거렸다.

감독이 창 앞에 서서 우리를 보고 있었다.

"시나리오를 들고 들어가세요."

내가 류샤오위에게 말했다.

그녀가 고개를 끄덕이고 들어가려다가 갑자기 고개를 돌려 내게 말했다.

"징청, 미안해요. 지금 무슨 말을 해도 돌이킬 수 없다는 걸 알지만, 그래도 미안하단 말을 하고 싶었어요. 내가 잘못했어요."

그녀가 이자카야의 문을 열고 들어올 때부터 억누르고 있던 감정을 한꺼번에 쏟아냈다. 그녀의 눈가가 새빨개지더니 왈칵 눈물을 흘렸다.

"알았어요."

나는 이를 꽉 물었다. 독한 저주를 퍼붓고 싶었지만 아무 단어도 떠오르지 않았다. 가슴이 욱신거릴 만큼 안타깝고 참담했다. 한때 아름다웠던 징즈와의 순간들, 어머니와 함께했던 시간들, 심지어 눈앞에 선 류샤오위와의 일들까지 모든 게 내 기억 속에만 남아 있었다. 내겐 과거를 추억하는 것 말고 아무것도 남은 게 없었다.

그녀의 사과는 진심에서 우러난 것이었다. 류샤오위의 연기력이 아무리 뛰어나도 난 진심과 거짓을 구분할 수 있다. 그때 그녀는 진정으로 자신이 저지른 잘못을 참회하고 있었다.

"안 내려가고 뭐 해?"

묵직한 쉰 목소리가 들렸다.

감독이었다.

그가 류샤오위를 빤히 쳐다보았다. 그의 그런 눈빛을 본 적이 없었다. 아니, 지금껏 그 어떤 이에게서도 그토록 사납고 슬프고 원망스러운 눈빛은 본 적 없었다. 주체할 수 없는 노기가 차오른 눈동자였지만 상처받은 짐승처럼 슬퍼 보였다.

그는 상처 입은 늙은 짐승처럼 류샤오위를 노려보고 있었다. 그녀를 사냥하려는 것 같기도 하고, 복수하려는 것 같기도 했다.

"내려가지…… 않겠습니다."

나는 목구멍에서 맴돌던 말을 내뱉었다. 목소리가 갈라져 나왔다.

"번복하지 않을 자신이 있나?"

감독이 언성을 높여 다시 물었다.

"네. 여기 있겠습니다."

나는 단호한 목소리로 대답했다. 목소리가 훨씬 차분해졌다.

감독이 나를 똑바로 응시했다. 무슨 생각을 하는 듯 잠시 나를 보다가 말했다.

"좋을 대로 해."

나는 짧게 탄식하고 류샤오위를 보았다.

"저 책상 앞에 앉아서 스탠드를 켜세요."

그녀가 고개를 끄덕이고는 내 말대로 책상 앞에 앉았다. 책상에 놓인 스탠드를 켜자 노르스름한 불빛이 번져 나갔다.

"새로운 인생의 시나리오를 읽어보게."

감독이 의자 뒤에 서서 계속 나를 주시한 채 말했다.

내가 류샤오위에게 고개를 끄덕이자 그녀가 입술을 깨물며 봉투를 열고 인생 시나리오가 적힌 종이를 펼쳤다. 그녀의 몸이 긴장감에 파르르 떨렸다.

나는 주머니에 있던 다른 시나리오를 꺼냈다.

그녀 자신의 인생이었다.

감독은 새로운 시나리오 대신 나를 보며 입가에 미소를 띄웠다.

"완벽한 결말인 것 같군."

감독이 알 수 없는 표정을 지으며 웃어 보였다.

"자네 여자친구처럼 이 여자도 천재적인 재능을 지닌 배우가 되겠지. 하지만 가장 훌륭한 공연을 마친 뒤 모든 게 물거품이 될 거야. 아주 멋진 결말을 생각해 냈군. 이건 오직 복수를 위해 쓴 시나리오야!"

"무대에 오를 때마다 마지막 공연이라고 생각하게 될 겁니다. 그러면 배우로서의 잠재력을 최대한 발휘할 수 있겠죠."

내가 말했다.

"흥! 아직도 남 생각을 해주는 건가?"

감독이 히스테릭하게 쏘아붙였다.

류샤오위는 우리 대화를 듣고 자신이 어떤 시나리오를 골랐는지 알았다. 그녀의 얼굴이 창백해지며 어쩔 줄 모른 채 입술을 떨었다.

"자네에게 말해줄 게 있네. 이 여자에게 행운은 다시 오지 않을 거야……."

감독이 말했다.

"다른 의뢰인들에게는 시나리오를 바꿀 기회를 줬지만 이 살인자에겐 단 한 번의 기회밖에 없을 테니까."

"그게 무슨 말씀이세요?"

나는 그의 말을 이해할 수가 없었다.

"오늘이 내가 다크펀 하우스에 있는 마지막 날이네."

"뭐라고요?"

나는 찬 숨을 훅 들이켰다.

감독이 살짝 웃음을 지었다.

"내가 자네를 다크편에 영입할 때 했던 말을 기억하고 있나?"

"일이 비극적인 방향으로 발전할 것을 알면서도 그 일이 발생하도록 내버려둔다면, 그건……."

"공범이지."

내 말이 다 끝나기 전에 감독이 말했다.

"지금 자넨 변화의 기회를 얻었어. 과거에 비극을 일으킨 그 싹을 잘라야 앞으로 똑같은 피해자가 나오지 않을 거야."

"이 여자를 죽이란 말씀이세요?"

내가 깜짝 놀라 외쳤다.

"아니. 자넨 이미 이 여자를 죽였어."

감독이 내 두 눈을 똑바로 응시했다.

"우린 모두 상처받은 사람들이란 걸 기억하고 있나?"

감독이 내게 처음 접근하며 했던 말이었다. 그때는 그 말을 이해할 수 없었고, 그도 나처럼 마음에 상처를 품고 이 세상에 절망한 사람일 거라고만 생각했다.

"과거 사고의 원인 제공자를 찾아 복수하고 싶다. 이것이 자네가 다크편에 합류한 가장 중요한 이유가 아닌가?"

감독이 의미심장한 미소를 짓더니 돌연 굳은 표정으로 말했다.

"우리 함께 이 모든 걸 끝내자고. 그러면…… 자네도 다시는 나를 만날 일이 없을 거야"

"당신은 대체 누군가요?"

내가 거의 고함을 지르듯 물었다.

감독은 내 말에 대답하지 않고 류샤오위의 어깨에 두 손을 얹었다.

"자, 할 말을 다 했으니 이제 시작해 볼까."

그가 류샤오위에게 말했다.

"당신의 미래를 내게 읽어주시오."

감독의 말과 동시에 책상 위에 놓인 스탠드에 이상한 일이 일어났다. 노르스름한 불빛이 갑자기 신비한 초록색으로 바뀌더니 그 초록색 빛이 기이한 빛무리로 변해 류샤오위를 천천히 감쌌다. 의자에 앉아 있는 그녀의 모습이 한여름 아스팔트 바닥에서 피어오르는 열기에 휘감긴 듯 흔들리고 비틀어지기 시작했다.

이것이 다크펀 하우스가 사람의 인생 시나리오를 바꾸는 방식이었다.

류샤오위는 말없이 눈물만 흘렸다. 이 모든 게 과거 자신의 질투심에서 비롯된 일이라는 걸 알고 있었다. 후회가 차올랐지만 담담하게 고개를 끄덕이고 인정했다.

모든 일에는 대가가 따르는 법이다.

그녀는 죄책감을 견디지 못하고 나를 찾아왔다. 오늘 밤 그녀는 누군가 자신을 깜깜한 어둠 속에서 끌어 올려주길 간절히 바란 것이 아니었다. 지난 2년간 스스로 자신을 벌주었던 방법과 같은 방식을 선택한 것이었다. 2년 전 그녀는 자기 혼자 스포트라이트를 받는 걸 참을 수가 없어서 무대를 떠났고, 오늘 밤은 내 복수심이 자신을 죄책감에서 해방시켜 속죄할 수 있길 바라며 날 찾아온 것이다.

그녀는 내가 써준 인생 시나리오를 펼쳐 들고 읽기 시작했다.

의자 다리가 흔들리더니 그녀의 모습이 점점 심하게 요동쳤다.

감독, 류샤오위, 낡은 책상과 스탠드가 눈앞에서 일그러지더니 초록색 빛무리가 넓어지며 천천히 내 몸을 감쌌다.

바로 그때.

"어?"

류샤오위가 이상하다는 듯 읽기를 멈췄다.

"어떻게 이럴 수가?"

그녀가 이해할 수 없다는 얼굴로 그녀 앞에 서 있는 나를 보더니 시나리오를 계속 읽어 내려갔다.

"저 류샤오위는 잘못을 저질렀습니다. 돌이킬 기회가 있다면 더 큰 용기를 내어 징즈가 늘 했던 말을 하고 싶습니다.

'남을 부러워하는 건 정상이야. 미소와 용기를 잃지만 않는다면 어떤 어려움도 극복할 수 있어'라고. 그러니까 제 인생을 바꾸지 않고 그대로 살겠습니다. 제 인생의 어려움이 저절로 사라지길 바라지도 않습니다. 이번엔 더 노력해서 저 스스로 용감하게 약점을 극복하겠습니다."

시나리오를 끝까지 다 읽은 그녀가 고개를 들고 나를 보았다. 그녀의 두 뺨이 눈물로 젖어 있었다. 나도 그녀를 보고 눈시울이 붉어졌다.

사실 두 가지 시나리오 모두 류샤오위 자신의 인생 시나리오였다. 그녀를 혼란과 후회에 빠뜨리려고 두 가지 버전의 시나리오가 있다고 거짓말을 했던 것이다. 난 그녀가 징즈처럼 불의의 사고를 당하는 결말을 원치 않았다. 이것이 그녀에 대한 내 복수이자 짓궂은 장난이었다. 징즈가 있다면 아마 손뼉을 치며 개구쟁이처럼 웃었을 것이다.

하지만 옆에 선 감독은 당황한 표정이 역력했다. 그는 손에 들고 있던 사냥감을 내게 도둑맞은 듯 나를 사납게 노려 보았다. 굶주린 맹수 한 마리 같았다.

"네놈이 무슨 짓을 했는지 알아?"

빛무리에 비친 감독의 얼굴이 사람이 아닌 듯 흉측하게 일그러졌다.

"물론이죠."

나는 잠시 멈췄다가 다시 말했다.

"의뢰인의 인생을 어떻게 바꿀지는 다크펀의 시나리오 작가인 제가 결정합니다. 감독님이 제게 하신 말씀을 잊으셨나요?"

"너……."

감독이 분을 이기지 못하고 부르르 떨었다.

그 순간 나는 그에게 연민을 느꼈다. 지금 그는 복수심에 똘똘 뭉친 사람일 뿐이었다. 인생을 바꾸려고 찾아오는 의뢰인들과 마찬가지로 감독 자신도 자기 인생에서 도망치지 못해 발버둥 치는 가련한 사람이었다.

"고맙습니다. 긴 시간은 아니었지만 재미있었어요. 당신이 원한 결말은 아니지만 달리 생각해 보면 우린 많은 사람들이 자기 인생을 되찾도록 도와줬어요. 그렇게 생각하면 조금 낫지 않겠어요?"

나는 곧 빛무리 속으로 사라질 감독을 보며 말했다.

"……."

감독은 대답 없이 두 눈을 부릅뜬 채 나를 노려보기만 했다.

"순진해 빠졌군."

그가 한참 만에 한마디를 내뱉었다. 실루엣이 점점 희미하게 뭉개지는 몸으로 나에게 달려들려 했다.

"그래요?"

나는 겁내지 않고 오히려 웃으며 말했다.

"징즈도 자주 그렇게 말했지만 난 이게 좋아요."

나는 말을 내뱉자마자 재빨리 손을 뻗어 책상에 놓인 스탠드의 줄을 당겼다.

신비한 초록색 불이 툭 꺼졌다.

바로 그때 굳게 닫혀 있던 창문이 홱 열리며 싸늘한 밤바람이 다크펀 하우스로 밀고 들어왔다. 창밖 네온 불빛이 다시 방 안을 비쳤다.

노쇠한 감독이 사라지고 방에는 골동품 책상과 의자, 그리고 고개를 떨군 채 눈물을 흘리는 여자만 덩그러니 남았다.

"징청······."

그녀의 눈동자가 불안하게 떨렸다.

"인생의 새로운 도전에 맞설 준비가 됐어요?"

나는 샤오위를 보며 말했다.

나와 류샤오위가 아래층 이자카야로 내려왔을 때는 이미 깊은 밤이었다.

우팅강은 아직 퇴근하지 않고 혼자 바테이블에 앉아 있었다. 그의 앞에는 사케 한 병이 놓여 있었다. 일본인 친구가 준 선물인데 마시기 아깝다며 보관해 두던 것을 웬일인지 혼자 따라 마시고 있었다.

우리가 내려가자 우팅강이 고개를 들었다.

"끝났어?"

"네. 그런 셈이죠."

나는 담담하게 대답했다.

나도 작은 술잔 두 개를 가져다가 각각 사케를 따랐다. 한 모금 마시자 후끈한 기운이 뒤통수까지 차올랐다.

"감독님 떠났어요."

"진짜? 아직 직접 본 적은 없지만 그래도 가끔 생각날 거야……."

우팅강이 이럴 줄 알고 있었다는 듯 태연하게 말했다.

"그럼 이제 다크편은 어떻게 해요? 감독님이 없는데 다크편이 계속 유지될 수 있어요?"

나는 조금 걱정이 됐다.

"무슨 상관이야?"

우팅강이 사케 한 모금을 더 마시더니 뜻밖의 제안을 했다.

"지금까지 잘 해왔으니 이참에 네가 감독을 맡는 게 어때? 음, 그게 좋겠어. 시나리오와 감독을 혼자서 다 한다니 더 흥미로운 느낌이잖아."

"농담이죠?"

예상치 못한 말에 나는 깜짝 놀랐다.

"규칙은 사람이 정하는 거잖아. 난 찬성이야. 다른 두 명도 이의가 없을 거야."

우팅강이 갑자기 주머니에서 영수증 같은 종이를 꺼내며 웃었다.

"하지만 이 가게는 감독님에게 세를 얻은 거야. 임대료는 내지 않아도 되지만 매월 공과금은 부담해 줘."

"이게 뭐예요?"

우팅강이 건넨 종이를 펼쳐 보고 깜짝 놀랐다. 계약서에 내 이름이 적혀 있었기 때문이다.

"어떻게 된 거예요?"

어떻게 된 일인지 도무지 이해할 수가 없었다.

우팅강이 천천히 대답했다.

"이 건물은 원래 네 거야. 사실 지금까지 쭉 네가 바로 감독이었어."

에필로그

아침 10시, 늦여름 더위와 수영장 특유의 냄새가 공기 중에 떠다녔다.

타이베이 인근 한 교육대학 수영장에서 50미터 접영 경기가 열리고 있었다.

패럴림픽에 출전할 국가대표를 선발하는 이 대회에 모든 장애인 선수가 종목별로 참가해 장애 정도에 따라 조를 나눠 경기했다.

나는 케빈과 샤오후이를 데리고 이른 아침에 도착해 관중석에 자리를 잡았다. 벌써부터 스탠드 앞쪽은 자리가 없을 만큼 관중으로 북적였다.

샤오후이가 미술 감독의 솜씨를 발휘해 사람 키의 절반만 한 응원 피켓을 만들고 그날 밤 후보쿠 이자카야에서 보았던,

린위치가 수영하는 사진을 붙였다. 린위치가 연습할 때 아스가 찍은 사진이었다. 모두들 멋지다고 감탄했던 사진을 확대해 응원 피켓에 붙였다. 그 옆에 쓴 '린위치 파이팅'이라는 글씨와 잘 어울렸다.

린위치는 여자 100미터 종목에 출전했다. 린위치가 경기장으로 입장하려면 더 기다려야 했지만 샤오후이와 케빈은 벌써부터 목청껏 린위치의 이름을 외치며 응원에 돌입했다. 방금 막 도착해 관중석에 앉은 우팅강은 린위치가 이미 입장한 줄 알고 벌떡 일어나 경기장을 두리번거렸다. 하지만 린위치를 찾지 못하고 난처한 표정으로 다시 앉았다.

"아스 선생님, 여기예요!"

샤오후이가 관중석 입구에서 두리번거리는 아스를 향해 크게 소리쳤다. 아스가 우리를 발견하고 활짝 웃으며 손을 흔들었다. 그런 다음 이쪽으로 왔다.

"준비 잘 했어요?"

아스에게 앉을 자리를 내어주며 내가 물었다.

"방금 워밍업을 마쳤어요. 컨디션은 괜찮은데 조금 긴장했어요."

아스가 앉으면서 옆에 둔 대형 응원 피켓을 보고 웃음을 터뜨렸다.

"긴장하는 게 당연하죠. 첫 출전이잖아요. 그래도 잘 해낼 거라고 믿어요."

내가 말했다.

"고마워요. 나도 그렇게 말해줬어요."

린위치가 선수 대기실에서 나오기를 기다리는 동안 아스가 문득 생각난 듯 작은 소리로 내게 물었다.

"그 후에 또 본 적 있어요? 감독 말이에요."

"못 봤어요."

내가 고개를 저었다.

나는 아스의 소개로 그의 대학 학장이 근무하는 병원에서 진료를 받았다. 학장은 신경 정신과 전문의였다. 정밀 검사 결과 큰 이상은 없었지만 내게 자꾸 감독이 보인 이유는 찾아내지 못했다. 2년 전에 겪은 심각한 교통사고와 연관이 있을 것이라는 게 최종 결론이었다. 머리에 외상을 입은 뒤 환각이나 망상 등 정신병 증상이 나타나는 사례가 종종 있다고 했다.

내가 교통사고를 겪고 나서 가족을 사망에 이르게 한 가해자를 찾아야 한다는 다급한 마음에 스스로 만들어낸 또 다른 인격이 바로 감독이라는 뜻이었다. 감독이 복수심에 불타올랐던 것도 결론을 뒷받침했다. '다크펀'이라는 범죄조직도 내가 무의식 속에 만든 것이었다.

감독의 성격이 신중해서 다른 사람들 앞에 모습을 드러내지 않았다는 점, 심지어 우팅강과도 메시지로만 연락해 모든 사람을 속일 수 있었던 것도 이 때문에 가능했다.

우팅강은 사실 진즉부터 이상하게 여겼지만 더 캐보지는 않았다. 그 대신 후보쿠 이자카야에서 조용히 나를 관찰하다가 감독이 나타날 때의 특징을 발견했다. 이 사실은 경찰들이 조사하러 왔던 날 다락방에 올라갔다가 추측한 결론이었다.

다행히 반년 동안 정신과 진료를 받으면서 내게 그런 증상이 재발하지 않았다. 감독도 다시는 내 앞에 나타나지 않았다. 그래서 더 이상 병원에 갈 필요가 없었다.

하지만 다크펀 하우스의 이야기는 여전히 인터넷에서 전설처럼 떠돌아다녔고, 인생 시나리오를 바꾸고 싶다며 찾아오는 이들도 계속 있었다.

조용한 나날을 보내다가 혼자 다크펀 하우스에 갔다.

불이 다 꺼진 방 한가운데 골동품 책상과 의자만 덩그러니 놓여 있었다. 나는 책상에 앉아 한참 동안 생각에 잠겨 있다가 조금 주저하는 손으로 스탠드에 달린 줄을 당겼다.

노르스름한 불빛이 켜졌다. 신비한 초록 불빛은 나오지 않았다.

"정말 그 모든 게 가짜라고? 그게 다 내 환각이었다고?"

나는 작게 뇌까렸다.

책상을 짚고 일어나려는데…….

신비하고 이상한 기분이 들었다.

책상에서 전기가 오르는 것처럼 지르르한 느낌이 들더니 머릿속에서 어떤 목소리가 나타나 내게 말을 거는 듯했다.

'말해 봐. 네 인생을 어떻게 바꾸고 싶은지.'

아주 또렷한 목소리였다. 어디서 들리는지는 모르지만, 내 목소리가 분명했다.

나는 몇 초쯤 멍하니 있다가 깨달았다. 다크펀 하우스는 아직 사라지지 않고 존재한다는 것을.

잠시 침묵하다가 웃음을 터뜨렸다.

"고마워. 잠깐 앉아 있었을 뿐인데. 그렇게 해줄 수 있다면 내게 용기를 조금만 더 줘. 내 인생에 닥친 역경을 나 혼자 당당히 맞설 수 있기만 하면 돼."

나는 허공에 대고 말했다.

"……."

그 목소리는 더 들리지 않았고, 창밖의 네온 불빛이 내게 응답하듯 깜박였다.

'딩동' 메시지 알림음에 휴대폰을 열어보니 사진 한 장이 도착해 있었다. 아름다운 여자가 무대 위에서 열정적으로 연기하는 모습… 여자는 조연 배역을 맡은 듯했다.

어젯밤 류샤오위가 다시 무대로 돌아간 뒤 첫 공연이 상연

되었다.

내가 정식으로 다크편의 감독이 된 후 우팅강은 그동안 의뢰 건으로 받았던 수입을 전부 내놓았다. 짐작은 했었지만 그동안 다크편이 벌어들인 돈은 꽤 큰 액수였다. 나는 그중 일부로 류샤오위가 진 빚을 갚아 돈에 쫓기는 지옥같은 상황에서 그녀를 탈출시켜 주었다. 그녀가 사랑하는 무대로 다시 돌아온 모습을 보고 내 가슴도 따뜻해졌다.

메시지에 답장을 보내려는데 관중석에서 누군가 소리쳤다.

"나온다!"

"저기야. 저기 있어!"

"린위치, 파이팅!"

내 옆에 앉은 몇 사람이 입을 맞춰 연호했다.

린위치가 진행 요원의 도움을 받아 먼저 자기 레인으로 들어갔다.

응원 소리가 체육관 전체에 메아리쳤다.

"육상 트랙에서 달리는 것만큼 빠르게 수영할 수 있다는 걸 보여줘요!"

샤오후이가 응원 피켓을 흔들며 큰 소리로 외쳤다.

"파이팅!"

나도 함께 소리쳤다. 그러다가 나도 모르게 울컥했다. 옆에서 함께 외치며 응원하는 아스를 보니 두 뺨이 이미 기쁨의 눈물로 젖어 있었다.

사실 우리뿐만 아니라 관중석에 자리한 모든 사람이 목이 터져라 응원하고 있었다. 수영장을 가득 채운 응원의 외침이 각자 사랑하는 사람들에게 그대로 전달되어 용감하게 승부를 펼치도록 힘을 북돋워 주었다.

"준비!"

"5, 4, 3, 2, 1!"

수영장 레인에 아름다운 물보라가 일었다.

경기가 시작됐다.

나는 그 사이 재빠르게 휴대폰 메시지에 답장을 보냈다.

— 파이팅! 전력으로 질주한다면 인생은 결코 당신을 실망시키지 않을 거예요.

관중의 환호성을 들으며 나도 다시 응원에 집중했다.

린위치가 눈부시게 빛나는 유성처럼 혼신의 힘을 다해 결승점으로 곧장 나아갔다.

이 경기는 그녀의 재기전이었다.

다른 어딘가에서 류샤오위도 자기 인생을 위해 분투하고 있을 것이다.

거인의 고민

깊은 밤 넓은 정원의 중정에 정장을 갖춰 입은 남녀가 모여 있었다. 사람들의 머리 위에 매달린 노란 전구들이 별빛처럼 그들을 비추었다.

파티가 시작된 지 겨우 30분쯤 지났을 뿐인데 마치 한나절은 된 듯했다. 각지에서 참석한 정치인, 기업가, 마피아들이 뒤섞여 만면에 웃음을 띤 채 화기애애한 대화를 나누었다.

오늘 밤 임무도 막바지에 이르렀다. 그러나 샤오후이와 케빈 그 누구에게도 행동 개시를 알리는 암호가 도착하지 않아 조금씩 초조해졌다.

'감독'은 1년 전 사라진 뒤로 다시 나타나지 않았지만, 그가 만든 범죄조직 다크펀은 여전히 도시의 어두운 그림자 속에서 비밀리에 움직였다. 후보쿠 이자카야는 여전히 다크펀 조직원들의 아지트였고, 은밀히 찾아오는 의뢰인들에게 다양한 불법 서비스를 제공했다. 감독은 나의 또 다른 숨겨진 인격이었으므로 감독이 사라진 뒤 자연스럽게 내가 그의 역할을 물려받았다.

그런데 이유는 알 수 없지만 다크펀 하우스에 들어가 인생을 바꾸고 싶다는 의뢰인이 크게 줄어들었다. 그간 몇 번의 사례를 통해 나 스스로 그 신비한 다락방에 의지하지 않으려고 경계해서일까. 게다가 인생을 바꿔준다는 이 다락방이 실은 이자카야 주인이 손님을 끌기 위해 지어낸 마케팅 전략일 거라는 소문이 퍼지며 호기심에 찾아오는 사람들도 훨씬 줄어들었다.

다행히 다크펀이 이미 벌어놓은 돈으로 작전 수행에 필요한 비용은 충당할 수 있어서 조직에는 큰 변화가 없었다.

"한 번도 직접 임무에 참여하지 않던 팅강 형님이 이번엔 웬일이지?"

정장을 입은 귀빈들 사이를 돌아다니며 방송 진행 요원으로 위장해 무대 근처를 서성이는 우팅강을 흘긋 보았다. 다크펀의 제작자인 우팅강은 그동안 의뢰인의 인생에 너무 깊게 개입해서는 안 된다는 입장을 고수해 왔다. 그러나 이번에는 무슨 일인지 직접 임무를 수행했다.

원래 말수가 적은 우팅강이 의뢰가 들어왔다며 먼저 내게 말을 꺼낸 건 지난주였다.

"편지 한 통을 전달해 주면 되는 일이야."

우팅강이 하얀 조리복을 벗고 편지봉투 하나를 내게 내밀었다.

"편지 한 통이요?"

나는 호기심이 들었다.

"우체국에서 보내지 않고 왜 우리에게 부탁한대요?"

"물론 평범한 편지가 아니지. 비밀리에 전달해야 해."

우팅강이 여전히 무표정한 얼굴로 말했다.

편지 수신자는 다음 달 결혼식을 앞둔 여자였다. 보내는 사람의 이름도 없고 받는 사람의 주소도 없이 '샤오한'이라는 이름만 적혀 있었다.

우팅강의 설명에 따르면, 샤오한이라는 여자가 대만 북부 지역 마피아의 아들과 결혼할 예정인데, 그녀를 잊지 못한 전 남자친구가 마지막으로 그녀의 마음을 돌리고 싶어 한다는 것이었다. 전 여자친구에게 접근할 방법이 없었던 남자는 자신의 마지막 진심을 어떻게 전달해야 할지 몰라 고민하다가 다크펀에 도움을 요청한 것이었다.

"의뢰인에게는 마지막 고백의 기회가 될 거야."

우팅강이 말했다.

우팅강은 다음 주에 샤오한이 주최한 파티가 열릴 예정이라며 어수선한 틈을 타 그녀에게 편지를 전달할 수 있을 것 같다고 말했다. 그는 작가 겸 감독인 내게 구체적인 행동 계획을 짜달라고 요청했다.

"그렇게 빨리? 착수금도 받았어요? 마피아까지 끼어 있다면 쉽지 않을 것 같은데. 형, 내 말 듣고 있는 거예요?"

우팅강이 내 말에 대답하지 않고 주방 일에만 열중했다.

나는 한숨을 내쉬고 편지를 외투 안주머니에 넣었다.

디데이 바로 전날 밤에야 샤오후이와 모든 작전 계획을 완성했다.

파티장에서 웨이터로 위장한 케빈이 샤오한의 드레스에 실수로 칵테일을 쏟으면 샤오후이가 행사 진행 매니저라며 다가가 샤오한을 서둘러 휴게실로 데리고 들어가기로 했다.

나는 의뢰인에게 휴게실에서 기다리고 있다가 샤오한과 단둘이 얘기할 기회를 만들어보는 건 어떤지 물어보고 싶었지만, 우팅강이 내 얘기를 듣자마자 반대했다. 의뢰인이 어떤 상황에서도 직접 나타나지 않겠다고 했다는 것이었다.

나는 마지막에 등장해서 의뢰인의 편지를 샤오한에게 전달하는 역할을 맡았다. 이리저리 궁리 끝에 행사 총괄 책임자로 위장해 웨이터가 저지른 실수를 사과하는 편지와 함께 우대 할인권이 담긴 봉투를 건네기로 했다. 물론 그 안에 의뢰인의 편지를 숨길 것이다.

작전이 착착 진행되고 케빈이 몰래 샤오한의 뒤를 따라가
며 내게 고개를 끄덕였다.

암호였다.

쨍그랑!

투명한 술잔이 공중에서 아름다운 호선을 그리며 떨어졌
다. 뒤이어 샤오한의 새하얀 드레스에는 술이 쏟아졌다.

이제 샤오후이가 등장할 차례였다.

그런데 돌발 상황이 벌어졌다. 주위에 있던 마피아들이 살
기등등한 얼굴로 케빈을 향해 다가오더니 케빈의 어깨를 밀
친 것이다. 그를 가만히 두지 않을 기세였다.

케빈이 이제 어떻게 하느냐고 묻는 듯 나를 흘긋 보았다.
몸싸움이 벌어져 제대로 맞붙는다 해도 케빈은 큰 문제가 없
겠지만 파티 분위기가 험악해질 것이다.

"죄송합니다. 죄송합니다. 우리 직원이 실수를 했군요. 아
가씨 이쪽으로 오세요. 저희가 수습해 드리겠습니다."

내가 얼른 달려가 사과했다. 샤오후이에게 그녀를 휴게실
로 데리고 가라고 할 생각이었다.

"당신이 책임자요?"

그때 복고풍 선글라스를 낀 중년의 마피아가 샤오한과 내
사이에 끼어들었다.

"네. 그렇습니다. 정말 죄송합니다."

"오늘이 무슨 파티인지 잘 모르는 것 같은데."

마피아가 시비조로 말했다.

"물론 알고 있습니다. 죄송합니다. 저희 실수……."

"이 웨이터 이거 아르바이트생이지? 훈련도 안 시키고 데리고 왔겠군. 이런 초짜를 데리고 오다니. 쯧쯧, 여보쇼, 지금 누가 주최한 파티인지 정말 알고 있는 거야?"

주위에 사람들이 모여들어 가볍게 상황을 무마할 수 없을 것 같았다.

영리한 샤오후이가 재빨리 신부 샤오한을 데리고 자리를 피해 한쪽에 있는 휴게실로 향했다. 하지만 의뢰인의 편지가 나에게 있었다. 케빈도 마피아들에게 둘러싸여서 그야말로 사면초가였다.

그때 내 뒤에서 작은 목소리가 들렸다.

"나한테 넘겨……."

우팅강이었다. 행사 진행 요원 조끼를 입은 그가 어수선한 틈을 타 내게 다가왔다.

나는 재빨리 안주머니에 있던 의뢰인의 편지를 뒤로 툭 던졌다. 우팅강이 곧바로 편지를 주웠다. 다행히 선글라스 마피아가 그 모습을 보지 못한 것 같았다.

나는 곁눈질로 우팅강을 좇았다. 그는 조금 주저하는 듯하다가 샤오후이와 샤오한이 있는 휴게실 쪽으로 걸어갔다.

"이제 어떻게 할까요?"

케빈이 주먹을 꽉 쥐고 마피아들을 상대로 응전 태세를 취하며 물었다.

"뭘 어떻게 해? 퇴근해."

내가 어깨에 힘을 풀고 케빈의 어깨를 툭 두드렸다.

"끝났어."

살기등등했던 마피아가 내 말을 듣더니 키득거리며 선글라스를 벗었다.

"이런 제길. 하마터면 웃음이 터질 뻔했네."

그가 선글라스에 가려졌던 네모난 얼굴을 드러내며 시원스레 웃었다.

왕푸런이었다.

"어! 아저씨?"

케빈이 깜짝 놀랐다. 왕푸런이 마피아로 위장했다니!

"됐어요. 여러분, 아무 일도 아니에요. 내가 그만 오해를 했군요."

왕푸런이 주위에 모여든 사람들을 향해 손을 가로저었다. 마피아와 친분이 있는 그가 이렇게 말하자 모두 별일이 아니라는 듯 다시 제자리로 돌아갔다. 파티는 곧 화기애애한 분위기를 되찾았다.

"어떻게 된 거예요?"

케빈이 물었다.

"너희 작가님에게 물어봐."

왕푸런이 히죽거리고는 다시 사람들 틈에 섞여 대화를 나눴다.

구경꾼들이 흩어진 뒤 나는 가든 파티장 구석으로 케빈을 데리고 갔다. 우리는 저만치 떨어진 휴게실을 지켜보았다. 문밖에 샤오후이가 서 있고, 우팅강과 신부는 보이지 않았다.

"케빈, 팅강 형님이 좀 이상한 것 같지 않아? 지금까지 작전에 직접 참여한 적이 없잖아."

내가 말했다.

"맞아요. 불안해서 따라온 줄 알았죠."

"편지를 전달하기만 하면 되는데 불안할 게 뭐가 있어?"

내가 고개를 저으며 말했다.

"의뢰인들이 다크편에 도움을 요청할 때 제일 불안해하는 사람이 누군 줄 알아? 바로 의뢰인 본인이야."

케빈이 내 말을 듣고 뭔가 깨달은 듯 나를 보았다.

"아하, 그러니까……."

"이번 일의 의뢰인은 바로 팅강 형님 자신인 거지. 저 신부는 형님이 잊지 못하는 예전 여자친구고."

나는 눈이 휘둥그레진 케빈을 향해 회심의 미소를 지었다.

"덩치만 크면 뭐 해? 팅강 형님은 원래 말수가 적은 게 아니라 어떻게 말해야 할지 모르는 거야."

"형님이 그걸 눈치채고 왕푸런 아저씨와 미리 계획을 짠 거로군요!"

"흠…… 우린 그냥 등을 떠밀어줬을 뿐이고, 근본적인 변화는 당사자 본인의 노력에 달린 셈이지. 우리가 할 수 있는 건 여기까지야."

이 말을 하면서도 나는 깨닫지 못했다. 사라진 감독이 내게 똑같은 말을 했었다는 사실을.

나는 범죄조직의 시나리오 작가다

초판 1쇄 인쇄	2025년 1월 8일
초판 1쇄 발행	2025년 1월 14일

지은이	린팅이
옮긴이	허유영

책임편집	이현지
디자인	studio forb
책임마케팅	최혜령, 박지수, 도우리
마케팅	콘텐츠 IP 사업본부
경영지원	백선희, 권영환, 이기경
제작	제이오

펴낸이	서현동
펴낸곳	㈜오팬하우스
출판등록	2024년 5월 16일 제2024-000141호
주소	서울특별시 강남구 테헤란로 419, 11층 (삼성동, 강남파이낸스플라자)
이메일	info@ofh.co.kr

© 린팅이

ISBN 979-11-94293-66-8 (03820)

반타는 ㈜오팬하우스의 출판 브랜드입니다.